中国知青文库

记忆之歌

远山几道弯

哦，生活，你那么丰富，又那么简单；
那么美丽，又那么丑恶！你究竟要告诉和教会我们什么？

莫伸 著

武汉大学出版社
WUHAN UNIVERSITY PRESS

图书在版编目(CIP)数据

远山几道弯/莫伸著.—武汉:武汉大学出版社,2014.4
中国知音文库记忆之歌
ISBN 978-7-307-12344-1

Ⅰ.远…　Ⅱ.莫…　Ⅲ.长篇小说—中国—当代　Ⅳ.I247.5

中国版本图书馆 CIP 数据核字(2013)第 312623 号

责任编辑:黄　殊　　责任校对:鄢春梅　　版式设计:马　佳

出版发行:**武汉大学出版社**　(430072　武昌　珞珈山)
(电子邮件:cbs22@whu.edu.cn 网址:www.wdp.com.cn)
印刷:湖北知音印务有限公司
开本:880×1230　1/32　印张:13.375　字数:303 千字
版次:2014 年 4 月第 1 版　　2014 年 4 月第 1 次印刷
ISBN 978-7-307-12344-1　　定价:28.00 元

谨以此篇，

献给难忘的插队生活。

献给所有经历过上山下乡运动的同龄人。

总　序

叶　辛

40 多年前，中国的大地上发生了一场波澜壮阔的知识青年上山下乡运动。“波澜壮阔”四个字，不是我特意选用的形容词，而是当年的习惯说法，广播里这么说，报纸的通栏大标题里这么写。知识青年上山下乡，当年还是毛泽东主席的伟大战略部署，是培养和造就千百万无产阶级革命事业接班人的百年大计，千年大计，万年大计。

这一说法，也不是我今天的特意强调，而是天天在我们耳边一再重复宣传的话，以至于老知青们今天聚在一起，讲起当年的话语，忆起当年的情形，唱起当年的歌，仍然会气氛热烈，情绪激烈，有说不完的话。

说“波澜壮阔”，还因为就是在“知识青年到农村去，接受贫下中农的再教育，很有必要”的指示和召唤之下，1600 多万大中城市毕业的知识青年，上山下乡，奔赴农村，奔赴边疆，奔赴草原、渔村、山乡、海岛，在大山深处，在戈壁荒原，在兵团、北大荒和西双版纳，开始了这一代人艰辛、平凡而又非凡的人生。

讲完这一段话，我还要作一番解释。首先，我们习惯上讲，中国上山下乡的知识青年，有 1700 万，我为什么用了 1600 万这个数字。其实，1700 万这个数字，是国务院知青办的权威统计，应该没有错。但是这个统计，是从 1955 年有知青下乡这件事开始算起的。研究中国知青史的中外专家都知道，从 1955 年到 1966 年“文革”初始，十多年的时间里，全国有100多万知青下乡，全国人民所熟知的一些知青先行者，都在这个阶段涌现出来，宣传开去。而发展到“文革”期间，特别是1968年12月21日夜间，毛主席的最新最高指示发表，知识青年上山下乡，掀起了一个前所未有的高潮。那个年头，毛主席的话，一句顶一万句；毛主席的指示，理解的要执行，不理解的也要执行，且落实毛主席的最新指示，要“不过夜”。于是乎全国城乡迅疾地行动起来，在随后的10年时间里，有1600万知青上山下乡。而在此之前，知识青年下乡去，习惯的说法是下乡上山。我最初到贵州山乡插队落户时，发给我们每个知青点集体户的那本小小的刊物，刊名也是《下乡上山》。在大规模的知青下乡形成波澜壮阔之势时，才逐渐规范成“上山下乡”的统一说法。

我还要说明的是，1700万知青上山下乡的数字，是国务院知青办根据大中城市上山下乡的实际数字统计的，比较准确。但是这个数字仍然是有争议的。

为什么呢？

因为国务院知青办统计的是大中城市上山下乡知青的数字，没有统计千百万回乡知青的数字。回乡知青，也被叫作本乡本土的知青，他们在县城中学读书，或者在县城下面的区、城镇、公社的中学读书，如果没有文化大革命，他们读到初中毕业，照样可以考高中；他们读到高中毕业，照样可以报考全国各地所有的大学，就像今天的情形一样，不会因为他们毕业于区级中学、县级中学不允许他们报考北大、清华、复旦、交大、武大、南大。只要成绩好，名牌大学照样录取他们。但是在上山下乡“一片红”的大形势之下，大中城市的毕业生都要汇入上山下乡的洪流，本乡本土的毕业生理所当然地也要回到自己的乡村里去。他们的回归对政府和国家来说，比较简单，就是回到自己出生的村寨上去，回到父母身边去，那里本来就是他们的家。学校和政府不需要为他们支付安置费，也不需要为他们安排交通，只要对他们说，大学停办了，你们毕业以后回到乡村，也像你们的父母一样参加农业劳动，自食其力。千千万万本乡本土的知青就这样回到了他们生于斯、长于斯的乡村里。他们的名字叫“回乡知青”，也是名副其实的知青。

而大中城市的上山下乡知青，和他们就不一样了。他们要离开从小生活的城市，迁出城市户口，注销粮油关系，而学校、政府、国家还要负责把他们送到农村这一“广阔天地”中去。离开城市去往乡村，要坐火车，要坐长途公共汽车，要坐轮船，像北京、上海、天津、广州、武汉、长沙的知青，有的往北去到“反修前哨”的黑龙江、内蒙古、新疆，有的往南到海南、西双版纳，路途相当遥远，所有知青的交通费用，都由国家和政府负担。而每一个插队到村庄、寨子里去的知青，还要为他们拨付安置费，下乡第一年的粮食和生活补贴。所有这一切必须要核对准确，做出计划和安排，国务院知青办统计离开大中城市上山下乡知青的人数，还是有其依据的。

其实我郑重其事写下的这一切，每一个回乡知青当年都是十分明白的。在我插队落户的公社里，我就经常遇到县中、区中毕业的回乡知青，他们和远方来的贵阳知青、上海知青的关系也都很好。

但是现在他们有想法了，他们说：我们也是知青呀！回乡知青怎么就不能算知青呢？不少人觉得他们的想法有道理。于是乎，关于中国知青总人数的说法，又有了新的版本，有的说是2000万，有的说是2400万，也有说3000万的。

看看，对于我们这些过来人来说，一个十分简单的统计数字，就要结合当年的时代背景、具体政策，费好多笔墨才能讲明白。而知识青年上山下乡运动中，还有多多少少类似的情形啊，诸如兵团知青、国营农场知青、插队知青、病退、顶替、老三届、工农兵大学生，等等等等，对于这些显而易见的字眼，今天的年轻一代，已经看不甚明白了。我就经常会碰到今天的中学生向我提出的种种问题：凭啥你们上山下乡一代人要称“老三届”？比你们早读书的人还多着呢，他们不是比你们更老吗？嗳，你们怎么那样笨，让你们下乡，你们完全可以不去啊，还非要争着去，那是你们活该……

有的问题我还能解答，有的问题我除了苦笑，一时间都无从答起。

从这个意义上来说，武汉大学出版社推出反映知青生活的“黄土地之歌”、“红土地之歌”和“黑土地之歌”系列作品这一大型项目，实在是一件大好事。既利于经历过那一时代的知青们回顾以往，理清脉络；又利于今天的年轻一代，懂得和理解他们的上一代人经历了一段什么样的岁月；还给历史留下了一份真切的记忆。

对于知青来说，无论你当年下放在哪个地方，无论你在乡间待过多长时间，无论你如今是取得了很大业绩还是默默无闻，从那一时期起，我们就有了一个共同的称呼：知青。这是时代给我们留下的抹不去的印记。

历史的巨轮带着我们来到了2012年，转眼间，距离那段已逝的岁月已40多年了。40多年啊，遗憾也好，感慨也罢，青春无悔也好，不堪回首也罢，我们已经无能为力了。

我们所拥有的只是我们人生的过程，40多年里的某年、某月、某一天，或将永久地铭记在我们的心中。

风雨如磐见真情，

岁月蹉跎志犹存。

正如出版者所言：1700万知青平凡而又非凡的人生，虽谈不上“感天动地”，但也是共和国同时代人的成长史。事是史之体，人是史之魂。1700万知青的成长史也是新中国历史的一部分，不可遗忘，不可断裂，亟求正确定位，给生者或者死者以安慰，给昨天、今天和明天一个交待。

是为序。

目　录

第一章

一

细雨不知什么时候便从山林中钻了出来，轻轻地向沟谷中飘洒。这是一条梭形沟谷，沟底很开阔，很平坦。伐鱼河从沟中间流过，咿咿呀呀，永远不歇。随着风儿的飘送，声音时而像老人们在深沉而哀切地叹息，时而像孩子们在欢快而天真地嬉逗……河中兀立着许多奇形怪状的石头。这些石头都是从秦岭山顶崩坍风化，而后被雨水、河水冲滚到这儿的。也许，再过十年、二十年，这些石头又会继续风化，继续被冲向下游——说不定总有一天，低凹的关中平原会被填高，甚至和秦岭山脉并肩携手吧！

除了石头，伐鱼河里游动着许多小鱼。不知是由于地气的原因还是其他原因，这里的鱼长相很狰狞，以至于刚下乡时，我们竟不敢吃它们。并且奇怪的是，这里没有一条鱼能超过半尺长！按说这儿有许多深潭，这条河的存在更是有无法算清的历史了，可是却没有一条大鱼！从这里再往上走，用不了十里远，就是山的顶端。越过山顶，便到了太白县。那里有一条桃川河，水流并不比伐鱼河大，河中却有娃娃鱼，一条便四五斤重。一山之隔，品类竟截然不同，这使我们不解！

细想起来，不解的事情多得很呢！从这儿朝北走三四里，有一座“天门”，是两块石头卡在一起，中间露出一道窄缝。通往陕南的小路就从这石缝中穿过。那一年，聚财从天门中过，突然两边的石头挤紧了，生生把他挤死，挤得脑浆直流。再后来，杨家沟一位年轻媳妇透露，那天她和聚财在小路上相遇，聚财一把抱住她就往草丛里按。她急得乱呼乱叫，却没有人听见。眼看着衣服被扒光，突然草丛中蹿出一条碗口粗的大蛇，慢慢向他们蠕动。聚财一惊，松了手。她站起来就跑。说来也怪，那大蛇竟不追她，而是死死盯准了聚财。就在聚财连滚带爬地穿过天门时，哗啦一声，天门猛地将聚财卡住。

是真是假，无从考证。总之，这些稀奇古怪的事情还有许多。刚下乡时，我们每听一件，便毛骨悚然，感到洪荒远古般的大山是那么神秘，那么恐怖！但很快，我们发现这儿的生活和山外并没有什么不同。最重要，也最本质的仍然是种庄稼，是缝补衣服，烧火做饭。日出而作，日落而息。天气开春，人们便脱棉穿单；时临深秋，人们便又脱单穿棉……和城里——不，应当说和全中国的人都一样地活着，并且活得不慌不忙，疲疲塌塌。这种疲塌传染了我们，于是我们也常常两眼望天，怅惘而麻木……

就说眼下，我和岳平能够单独在这里看玉米地，这在三年前几乎是不可想象的。这里已经紧挨着秦岭山顶了，一片又一片古老的树林组成了高深莫测的世界。雾气和水气就在树林里面回荡和飘旋，慢慢吞吞，不声不响，十分恶毒，十分阴险！由于海拔关系，即使是艳阳当头的大晴天，这里一早一晚也得穿棉衣。何况现在已是深秋！更何况这里的野猪和豹子时常出没，虎视眈眈地盯牢着我们拼死守卫着的玉米地呢！常常在半夜里，我们举起火把，掂着木棍，对趁黑偷袭的狗熊和野猪进行恫吓——我们敲响一切可以敲响的东西，燃亮一切可以燃亮的东西，在一阵色厉内荏的、莫名其妙的瞎咋唬中，狗熊和野猪便仓皇地逃窜了！

看玉米地的差事很苦。这里没锅没灶，每天只能搅拌面疙瘩吃，实在馋了，我和岳平便用斧头背面将地上夯平，再摊开一张塑料布，小心翼翼地擀面。但没法切面，只好用手扯，扯得不伦不类，像穷孩子的尿布。至于睡觉，更惨！是用桐木搭就的三角架，没门没窗户。每到半夜风起，我们都连头带脚蒙严……

我们愿意看玉米。看玉米可以一天到晚不干重活儿，可以不去犁地、背粪、为牛圈垫土……那些牛马般的机械劳动把我们干烦了！我们想无所事事。

而现在，无所事事的日子就要结束了！

上午，生产队捎来话，让我俩回队里去。

捎话的是秋儿。他长得很结实，突出的特点是嘴大，嘴大不怕，问题在于他的嘴茬子是向两颊上翘翘着伸去的。这叫“猪茬子嘴”。养过猪的人都知道，挑选猪娃有一条最重要的标准：嘴茬子要大！这样的猪上膘快，好喂——当然，秋儿人很好，和我们知青相处得很好，但无论如何，他那张嘴让人一看见，不由得就联想起那个讨厌的字眼儿了。

秋儿是单身汉。当初，他有个媳妇。结婚没两年，山外来了个割漆的，住在他家，一来二去，把他媳妇勾搭上了。有一回他进老林里护秋，一个月后回家，媳妇已跟着人家跑了。他气得呜呜地哭了一场。不过哭完又咧着大嘴傻乎乎地听我讲林道静和卢嘉川。在我们这儿，这种事太多了，不稀罕！

有人说，秋儿媳妇跑走，是秋儿在“嵗①事情上太卖力咧”！这使我们不解。只有在这种事情上不卖力，媳妇才会不满意、不满足，以致出逃呀！怎么十分努力，媳妇反倒逃走了呢？难道，招架不住？……还是三娃他爸给我们破了谜：

“啥事情么，都要见好就收！不卖力不行，太卖力也不行！……女人嘛，开始都不开窍，要男人慢慢撩拨！啊你太会撩拨，把她嵗美气劲儿一下子撩拨旺，她可就上瘾咧！好比抽大烟，想戒也戒不掉……啊就和外人沾身，一来二去动了真情，不跑还等个毬——”

这真是辩证法，活学活用！

媳妇出逃了没半年，秋儿便整日思谋着再找一个，并且只要没事儿，便扯着嗓子吼：

我想她俏样儿世间少有，
人世上这女子万全难求；
还想她金莲小不肥不瘦，
却叫我暗难舍情意难丢……

---

① 嵗——关中西部地区一种特有用语，相当于“那”。嵗人，即那人；嵗事情即那事情。关中东部发音时为“嗢”。

一听他唱，三娃他爸照例要骂："把他先人，娶个小脚女人就好么？毬！"

秋儿一路爬坡赶来，气喘吁吁。还没奔到窝棚，先埋下头，对着路边山石中一股泉水咕咚咕咚地喝，随后抹抹嘴，直起身，大嘴一咧，那嘴茬子顿时咧到耳朵根了。

"吃咧么，老赵？"

论年龄，他比我大出足有十多岁，却一张口一个"老"。这是对我们知青的一种尊重。

"吃咧。"我懒洋洋地回答。

"啊今儿做啥活路？"

"还有啥做！"我没好气地说，"看玉米喀——"

"啊你玉米看得好！"

如果按城里人的理解。这是对我们工作成绩的一种肯定。可是我知道他不是这个意思。他的真实意思是：你在这儿看玉米，过得怎么样？山里人说话很不"现代化"，如果不在这里生活一段时间，就很难理解和洞悉他们一举一动中所表露出来的远古遗风。比如，他们常常省略许多媒介词儿。"好得很"，说成"好很"；"漂亮得很"，说成"漂很"。至于把"痴心妄想"叫作"麻喜"，把"做事果断利索"叫作"列折"，那更是只有在上古时代的文献里才可以找到出处的。

"好锤子！"我气冲冲地回答，"吃没吃睡没睡，一天坐这搭儿，和死人似的。"

"啊你不是带着洋胡胡哩嘛？"

他说的是小提琴。山里人只见过二胡。我们刚下乡时，·拉小提琴便引得一群人围拢来评头品足，后来我们告诉他们，这和二胡是一样的乐器，只不过是从外国传过来的。于是村民们便概括性极强地为它起了个中国称谓：洋胡胡。

我告诉他，洋胡胡的弦子断了拉不成了。

他遗憾地咂咂嘴，又问："啊岳平哩，咋不见人？"

"在沟里摘五味子哩！"我反问，"你来做啥，采药？"

"不是。"

那么，他一定是来打核桃。村子周围的核桃已经打得差不多了，如果再要打，就得到我们这儿的深山区来。

他却又说不是，一边东瞅瞅，西瞅瞅，一边用手去拨还残存着的一根提琴弦。提琴弦发出"叮咚"的响声，他便咧着大嘴笑，掂起提琴夹在自己脖子下，另一只手学着我们上上下下拉扯。提琴却不听他使唤，总是朝下滑脱，他便诧异道：

"把他娘的，咋么我夹不住！"

又说：

"崴外国人都是些啥怪！咋么就日弄出这么个东西！"

"你到底来做啥？"我问。

他这才回过神儿。这是山里人的一大特点，常常莫名其妙地东拉西扯，忘了自己要说些什么和做些什么。也许，这是环境造就的。在这里，一切都是半原始的，用不着节奏和效率。

"队上让你和岳平回去哩。"

"回去？"我有些诧异。

"对着哩，今儿就回，要耽搁。"

"有啥事？"

“不亮清。”

“那——谁看玉米?”

“谁知道!”他说,“队长让我先顶一天,说明儿再派个人换我。”

二

捆好铺盖卷儿,我和岳平每人又砍了一根椽子,开始回村。

在我们山里,什么副业也没有。大伙儿穷得丁当响。穷极思变,于是想着法子挣钱。砍椽子就是其中最重要的一项。山外农民们盖房子缺椽,我们便利用这得天独厚的条件,没事儿就钻进山里砍两棵,之后出山赶集时卖掉。一根普通椽子可以卖两三块钱,上好的可以卖五六块钱。虽然不算多,但足够我们去馆子里吃一顿面条的。

只是砍椽子属于破坏森林,国家不允许。县上专门在通往山外的路卡上派驻看林员。关尔下大队的苟德全就是其中的一个。苟德全每月领取五块钱报酬,于是忠心耿耿,常常半夜三四点就披着棉袄坐在路口,堵截那些偷山砍林的不法分子。有一回,我们被他截住,他厉声厉气,要我们放下,并且要带我们去公社。我们不但没放下,反而拔出斧头,说要旋他的耳朵。苟德全虽说对国家一片赤诚,但毕竟“斗私批修”不到家。一看我们动凶器了,开始还强硬了一番,但头上噼哩啪啦挨了几巴掌后,便立即鼠窜狼奔,从此只要见到我们,就远远地朝背处躲!

——现在,我们每人扛上一根椽子,使得秋儿羡慕不已。他不敢砍,他要砍,队长扇他的嘴巴子。

蒙蒙细雨不知不觉已经变大了,山路开始泥泞难走。远远近近的山峰都罩严在水汽中。起初还影影绰绰地露出轮廓，渐渐便空茫茫地，什么也看不清了。而深谷中的流水却一点儿一点儿涨起来，声音也响了许多。

走到菩萨山峰前，岳平停住脚，凝神朝一条沟壑望着。那里水汽稀薄得多，偶尔风吹来，水汽被撕开口子，便能看见深绿色的树林边梢……

“看什么哪？”我问。

他不回答，仍专注地看，脸色很沉重。

我又问了一句。

他这才慢慢扭过脸：

“……还记得不，头一回砍柴，熊老汉就是领我们到这条沟……”

我明白过来，默默无语。看看他。又朝那条神秘莫测的沟里望……

熊老汉是村上的一个孤老汉。

熊老汉全名叫什么，没有人知道。在山里，有很多没有名字的人。知道姓熊，这就行了。为了把这个“熊”和那个“熊”区别开来，至多只需要在后面冠以“熊家老大”、“熊家老二”，或者“熊儿子”、“熊儿子他大”……

熊老汉为什么喜欢和我们接近？现在想起来原因很多。一则他是个孤老汉，无儿无女，很自然地和我们在一起凑堆儿。二是他有些虚荣。虽说已经五十出头的人了，可是攀上我们这些“高枝儿”，使他十分神气。有一回我们借了别人的斧子去砍柴，他还很不高兴，很嫉妒了一番呢。

下乡头一天，热情地为我们烧炕的就是熊老汉。他不是队长，可比队长嗓门还大。一会儿吆喝围观的孩子："去，去去！一边去！又不看戏。围你娘个屁哩！"一会儿又指挥几位妇女："抱柴去！把柴燃得旺旺的，炕烧得暖暖的，让青年知识睡得美美的！"

他说不顺"知识青年"这四个字，老是说成"青年知识"。

晚上，我们睡下了。果然睡得很舒服，很暖和。天快亮的时候，窗户跟前有窸窸窣窣的响动。岳平先听见，叫醒了我。我又叫醒了张立明和徐申民。大伙儿从没在山区呆过，昨天摸黑进到山里，只听见满山遍野野兽瘆人的怪叫，都吓破了胆；并且那一阵子电影上、报纸上每天都讲阶级敌人如何猖獗，如何破坏，所以给我们先就灌输了一种疑神疑鬼的警惕性……窸窸窣窣的声音一直不停，几分钟后，窗外终于出现了一个黑影。黑影趴在窗户上向里窥探，用手小心地抠剥窗纸。这一下可吓坏了我们。岳平发声喊，抓住一块碎砖就扔出去，只听"哎哟"一声。

"谁？"

我们密切注视着，会不会是哪个阶级敌人，手里拿着菜刀，正悄悄摸向我们。

"我，是我……哎哟……"外边的人一边应着，一边呻吟。

我们这才看清了，是昨晚指挥妇女烧炕的熊老汉。只是——只是他手里果然拿着把长长的刀，刀刃雪亮，在微弱的星光下一闪一闪地发着寒光。

"你手里拿的啥？"徐申民警惕地问。

"弯刀。"

"你拿弯刀干啥？"

“不做啥。”他回答，“我来给你们炕眼里添柴哩！夜长，炕怕是早就凉下咧——”

山里的炕都是紧挨着窗户。人在屋里睡，烧炕却在屋外窗根儿下。

果然，一头说着，炕眼已袅袅冒出了浓烟。随后火星子乱爆，一片闪亮。凉却了的炕一点儿一点儿重新变暖和。

我们有些不好意思。眼看着他蹲在窗根下抽烟，烟锅一明一灭。随后，他又将预先抱来的另一捆柴解开，用弯刀噼哩啪啦剁短，继续往炕眼儿填——

第二天一早，他又来了，左眉边鼓着一个大包。

岳平很过意不去，说：

“打疼了吧？”

“没事。没事咯。”

“真对不起，进来坐坐吧！”

“不咧，不咧。”

熊老汉嘴里说着“不咧”，身子却一个劲儿往我们门里进。等到我们递给他一根烟，更是受宠若惊，双手接住，弯腰躬背地：“嗨，不敢！嗨，不敢——”刚叼上嘴，又想起什么，取下来，往耳根一夹。

一忽儿，他走出去了，很快扛来半布袋核桃，“哗啦”朝炕上一倒：

“吃！吃核桃！”

我们不客气，砸开就吃。他又教我们如何吃核桃。首先，不用费那么大的力气砸，只要有个工具——说着，从腰里摸出来把小刀似的铁东西——朝核桃蒂柄的部位戳进去。一折，核桃就乖顺地开了。其次，有人不爱吃生核桃，可以放在炭火里煨热。

我们很快混熟了。他兴头上来，脸红红地为我们唱秦腔。先是《王宝钏进寒窑》、《法门寺》。然后是《双合进京》和《麟骨床》。最后竟是一首莫名其妙的情歌：

你要走来我不叫你走，
扯住你的胳膊拉住你手。

千留万留留哥哥，
怀里煨热了实难丢。

送你送到大门外，
妹妹我腿软得回不来……

曲调很悠长，很凄凉，也很缠绵。他一边唱，一边眼泪汪汪地，动了真情。

但这点儿真情很快便又消失。一出门，他就把耳根上的纸烟取下，点着，深深吸了一口，很得意地向别人吹：

“看着了么？这是青年知识给的，吸上一口，嗨，崭劲儿很！”

我们都感到好笑，又替他遗憾。用半口袋核桃换了一根纸烟，他倒像占了什么大便宜。

再后来，生产队要为我们派个业务指导，我们便主动要求让他来。队上同意了。于是熊老汉神气非凡，却又故作谦虚，说：

“嗨，这任务可是担子太重大咧！千条江河归大海，各种光荣集体来！我熊老汉不怕革命艰险，光怕有个闪失。话说回来，山高压不了泉眼眼，牛大压不死虫虱！困难是弹簧，看你强不强。我下定决心，不怕牺牲，完成革命。”

他这样足足时髦了半个钟头，把我们听得莫名其妙，又笑得眼泪都出来了。

熊老汉担任业务指导是十一月初。这正是农闲。再过一半月，大雪封山，砍柴就作难了。所以山里人都趁这段时间把全年的烧柴砍够。熊老汉便也提醒我们抓紧砍柴，又说他愿意带我们上菩萨山。

菩萨山离村子有好几里地呢，为什么带我们去那儿砍柴呢？

熊老汉有些不自然，嗫嚅说：

“菩萨山么……树大山大，好耍哩！”

但是奇怪的是，菩萨山并不好玩。那时我们刚下乡，对什么是柴，什么不是柴没有形成概念，更分不出哪些是硬质柴哪些是软质柴，因此随心所欲，喜欢砍哪棵就砍哪棵。每逢这时，熊老汉便出来“业务指导”一番。他怂恿着我们找那些笔直的、碗口粗细的树砍。直到最后，当这些“柴”集中到一起时，我们才诧异地发现这些“柴”全是一个品种，长短粗细简直像是用尺子量出来的。

我们砍柴全用斧子，只有熊老汉用弯刀。岳平对弯刀很感兴趣，提出让他试试，熊老汉很爽快地答应了，又大气地说：

“喜欢么？啥时我不用了，就送给你！”

……砍完柴返程，天还没黑。熊老汉磨磨蹭蹭地动员我们一路走一路歇，一直捱到天黑才进村。进村后，他又连夜背来几捆柴，说要和我们今天砍下的柴换一换，弄得我们莫名其妙。

第二天刚起床，我们就发现不对劲儿。除了岳平，我们都浑身肿胀。尤其是脑袋，竟肿胀得根本辨不出原形！用手拚命掰眼皮，才能看见东西。并且裤裆里奇痒难熬，以致不得不解开裤带没命地抓搔。

岳平吓坏了，出去叫了许多人。农民们一看就说：

“中漆咧！中漆咧！”

“啥叫中漆？”我们提心吊胆，又急不可耐。

“昨天你们砍的是啥树？有没有白浆子溅到身上？”

我们想起来，一点儿不错，昨天我们砍那些“柴”时，树身上都渗出一种非常奇特的汁水，酷似奶浆。当时大家都觉得非常新鲜，情不自禁地伸手去摸，伸舌头去舔，没想到竟然是有毒的！

“啊还咋么！”农民们说，“不光有毒，崴一年还险些闹死一个城市人哩！”

一直过了半年以后，我们才从书本上得知：“……漆树，高二三丈。有毒。人有禀性畏漆，但见，便中其毒。……以手搔之，随手辇展，起赤痞瘰……遍身作疮。小者如麻豆，大者如枣杏。……亦有性自耐者”。

看来，岳平是属于“性自耐者”。

只是那天，我们被吓坏了，面面相觑，又问农民们用什么办法可以治疗。农民们便你一句我一句地出了好多主意。有说用鸡蛋清洗，有说用葱蒜汁洗，还有说用韭菜汁洗……一直忙到天完全黑定。只剩下生产队长张仁义，蹲在地上一口一口抽闷烟，又灭了烟，恨恨地骂。骂得很难听。什么“野汉日下的！”“嫖客日下的！”什么“万一出点乱子，你野狗老汉担得起——”……但最恶毒的一句骂话是“瞎怂！”在我们这里，“瞎”并不指眼睛视力，而是“坏”的意思，

“怂”则指男人的精虫。“瞎怂”翻译成文明语言是——坏了的精子！或者更简洁些：坏精子！

骂完了，张仁义磕磕烟灰，说：

“从明儿起，把崴野汉日下的老汉撤了！换三娃他爸来！”

为什么要撤他呢？

张仁义说：

“崴吾儿不是个好怂！毛主席教导我们说，知识青年馋火①很！崴他是打着知识青年的招牌给他捞好处哩！”

我们更不明白。

张仁义便一五一十给我们讲。原来，菩萨山盛布漆树。而漆木椽是最上等的椽子，它不仅直挺，而且天然防虫蛀。这种椽一般可以卖到近十块钱。只是漆树属于经济林木，国家更重视保护。熊老汉自己不敢砍，就怂恿我们去砍。砍回来后，他再从中调包……

第二天，生产队便开了会。张仁义在会上结结巴巴地念了几段毛主席语录后，宣布撤销熊老汉的职务，并且没收全部漆木椽。至于那几捆换给我们的硬质柴，不需要还，算是用实际行动给我们赔礼道歉。

本来，事情过去也就算了。但不巧的是碰上“清理阶级队伍”。我们山里根本找不出个阶级敌人，只有熊老汉“破坏上山下乡”，应当揪出来示众！

熊老汉被揪出来没几天就死了。是自杀的！

没有人感到惊奇，死个人么，不算事。反正活着也没滋没味的！

---

① 馋火——陕西关中地区土语：利索、精干、很棒的意思。

岳平去为他收的尸。熊老汉的眼眉旁还残留着那块伤疤。并且特别奇怪的是，他身旁放着那把弯刀，弯刀把上用红布绸缠着，这是要送给别人的表示。

岳平对着弯刀端详了半天，脸色很阴重，直到回屋里，才长长地、颤抖地吸了一口气，对我说：

“熊老汉的死跟徐申民有关！日久见人心，咱们要防着徐申民点儿！”

三

雨下得更大了。雨点打击着树叶，发出刷刷拉拉的声音。

一条小路弯弯曲曲地顺着伐鱼河蛇行。小路足有几百年历史了。当初，李自成被官兵打败，就是从这条小路往商洛跑的。如今，历史的烟云都消散了，只剩这条小路还默默地卧伏着……

这儿所有的山体都是以花岗岩为中心矗起的断块山，许多地方裸露着斑驳的岩层。据勘测队的人说，这是第四纪古冰川侵蚀地貌的遗迹。由于气候变化大，所以这里的植被也形成垂直带谱。我们队朝外是浅山区，山上长着的无非是些红叶木、橡树、毛栗子和核桃树；朝里便是漆树、凤尾蕨、连香树。翻过山顶，一律是桦树，像苏联电影中常看到的情景……

除了雨声，四周很安静。偶尔，路上有野兽的蹄印，我们已经可以毫不费力地分辨出哪是豹子的，哪是野猪的……

“独叶草！”

岳平眼睛尖，惊喜地叫。果然，一株独叶草正隐藏在草丛里。这是一种珍贵的药材，也是我国特有的毛茛科一年生草本植物。它的植株矮小，只有一片叶子。我们偶尔采了一棵带回家，竟引起植物老师的兴趣，说这种独叶草有许多原始植物学形态特征，在器官的特征上还具有原始的和进步的水平结合体。并且告诉我们，有一个叫佛斯特的美国人，从一九五九年起就对它进行认真的观察研究……

足足走了三个多钟头，才总算回到村子。家家户户屋顶上正飘着炊烟。炊烟被细雨压迫，紧贴着屋顶悄悄飘散。偶尔风停，烟雾便像用胶水粘在屋顶上的，久久地凝滞着。

厨房门没锁，庄莲莲不在，案板上留着一张纸条：

你们回来后，锅里有熬好的包谷丝，瓦盆里有饼。我去磨面了。

庄莲莲是我们队里唯一的女知青。本来，队上共有七名知青，四男三女。三女是庄莲莲、吴芝英、姚艳萍。但下乡没两个月，吴芝英嫌山区太苦，转回江苏家乡去了。而姚艳萍的父母被提拔到汉中专区当革委会的头头，也随家走了。这样就只剩下四男一女。半年前，宝鸡峡引渭工程指挥部要成立毛泽东思想文艺宣传队，把张立明和徐申民选去，于是队上便只剩下两男一女！

公平地说，我和岳平还好受些。毕竟，两个人做伴儿呢。而庄莲莲就不同了，只有她一个女的，她的心理状态如何，我们没有深究。起码，她很孤独！

为了照顾她，我们便约好了，她不用出工，只需每天为我们做饭，操持家务。虽然如此，每次看见她独自一人早早地过来为我们做饭，看见她拎着水桶吃力地从井边提水回来，看见她弯着腰细细地淘麦子，看见柴火熏得她两眼直流泪……我们仍然感到不安。

可是又有什么办法呢？下乡了，我们才发现，生活毕竟不是我们在学校里所憧憬的……

说起来，我和庄莲莲还有一段不愉快的插曲！

在学校时，我是班长，庄莲莲是生活委员。

本来，学校里选班干部是凭学习成绩，可是她成绩并不怎么样。她之所以当上班干部，完全是因为她每天下课后去打扫教室，擦课桌，是由于爱劳动而获得了好评，进而使得她很快入了团。可是我瞧不起这样的团员，称她“扫地团员”。没有想到的是，经我的嘴一传开，全班人都开始这样称呼她了。

后来，临下乡前，工宣队要为每一位同学写一份鉴定。以往操行评语是由老师写，而现在正批“师道尊严”，改由全班同学民主评议……万万想不到的是，评议一开始，便有一位姓吴的女同学向我进攻，说我有资产阶级思想，瞧不起劳动人民，爱整人。

整谁呢？

庄莲莲！

那时候，据说政治鉴定要进档案。而档案在中国人一生中会起多么大的作用是不言而喻的。所以每一位同学都拼命往自己档案里塞些“好货”——而我，却将被塞进去个“爱整人”，并且是整党团员，这就太不妙了！

我竭力为自己辩解。现在想起来，这些辩解多么无聊！早知道大家都一无例外地投放到农村，早知道我要像今天这样死狗般活着，哪怕档案里写着我就是希特勒呢——可当时，我是那样认真地辩解着，辩解得声嘶力竭。而那位姓吴的女同学似乎比我更有谋略，早已布置好天罗地网，只待我钻。我的辩解才进行一半，就又有三个人站出来声援她。这一来，我的防线彻底崩溃。而最最糟糕的是，我竟然委屈地哭了！

那时候我十六岁！

而现在，我二十岁了，是个标准的小伙子。只要一回想起那场所谓的“辩论”，一想起我曾经当着那么多女同学的面，一把鼻涕一把泪，我就恨不得有个地洞钻进去。随着年龄的增长，我内心里越来越强烈地刻印着那一回的羞辱，越来越强烈地想挽回那一次丧失掉的自尊！

偏偏庄莲莲和我分到一个生产队了！

于是在很长一段时间内，我见到庄莲莲根本不理睬，脸一仰就过去。

也许她意识到了这一点，她在我面前始终很谨慎。不多说一句话，非说不可，也总是顺着我，并且开口前先胆怯地看看，似乎我是只猛虎，会随时跳起来吃了她。平素在路上碰见，也是远远躲开。这样一来，无形中消了我的气，让我隐隐产生了一种不安，觉得自己太盛气凌人了。

而更重要的是，庄莲莲很勤快，每天天还不明，就起来为我们做饭，无一例外地给每个人的脸盆里盛好热水，放上毛巾。谁的衣服脏了，她只要看见就拿去洗。洗完之后，又一一补好补丁……久而久之，大伙儿都变得离不了她了。

她获得了大家的信任！

她真鬼！

只是，我仍然不喜欢她！为什么？因为她虽然温和善良，会体贴人，但在本质上是个不拘小节的人。男人不拘小节似乎是优点，而女人，尤其是姑娘家就不同了！有一次天大热时，二队的一位男知青告诉我，庄莲莲没穿内衣，只穿了件外衣。外衣偏偏又肥大，于是她偶尔弯身做动作时，胸前那一对乳房便清清楚楚地暴露出来。当然，这只是她的疏忽。但一个姑娘家这种细小的疏忽表现出她在这些问题上的粗枝大叶。而这正是我所挑剔甚至反感的。还有一回，生产队开会，庄莲莲正和几个社员聊天。对嘻嘻哈哈的女知青我本来就看不惯，何况她坐的姿势很不雅观。没有凳子，就坐在地上。两条腿不是很含蓄地并拢着或弯曲一下，而是叉开着……再有，她看人的时候，总爱乜斜着眼睛。再有，别人无论怎么和她开玩笑她也不恼，总是笑得咯咯的。尤其是大队有个革委会副主任叫王蛮科，没事就和她逗闹。有一回在路上碰见，王蛮科大张着双手拦她，说不叫哥就不让过。她红了脸咯咯地笑，咯咯地躲，而王蛮科越发放肆，竟用手扯住她的衣服，扯住她的辫子。

而她还是笑，还是不恼……

衣服早已湿透了。岳平抱来一捆桐木柴，三下五除二劈好，支架起来烤火。我便温热锅里的包谷丝，又把饼用筷子戳挂在火上煨。

门突然敲响。

“谁？”

没有声音，却伸进来一个可怜巴巴的头。

是生产队长张仁义，嘴里斜叼着烟锅。

“该吾儿！还敲门进门，文明很么！”岳平骂了他一句。这是亲昵的表示。在我们这里，“吾儿”是最常用的口头语，相当于城里人的“这混蛋！”“这狗日的！”而骂时又分“该吾儿”与“崴吾儿”。前者表示“这吾儿”；后者表示“那吾儿”。

张仁义今年四十出头。他曾连任好几届队长了。社教、“四清”、“文化大革命”……他是被撤职又复职，刚复职又被撤职。据说年轻时候他脾气大得很，谁不听话，上去就是两巴掌。他的口头禅是：“干部干部，只干一部分活儿！”至于剩下的活儿该谁干，那是不言而喻的。

只是现在，他早已没有年轻时候的火气了。他一天穿得破破烂烂，脸上的皱纹很深，表情是潦倒不堪。天只要稍微有那么一点儿寒意，他的手就总插在袖管里，弯弓着腰。在路上碰到，他老远就站住脚，脸上的肌肉不怎么动，嘴里却“嗨嗨”地朝你笑，笑得很殷勤。你夸奖他，给他扔根烟，他是这副笑；你诅咒他，指着鼻子尖骂他，他还是这副笑。据有经验的人说，这是道行深的表示。

这话很对。道行不深，怎么会让他当队长呢？

每天天刚刚亮，村里便照例响起他的喊声：“上——活咧！上——活咧！”简直比闹钟还准时。

刚下乡时，我们爱睡懒觉，早上常常不上工。可是正逢农忙，极需劳力。于是他每天喊完之后，又照例要跑到我们窗根儿前，压低了嗓门叫：“学生——起得咧！学生——起得咧！”那种可怜巴巴的腔调完全是哀求。

只是我们被沉重的劳动折磨得骨软筋弛，任凭他哀求，就是不起床。张仁义急了，恰巧两天后他去山外开了个“三干会”，得知我们不是什么“土改工作队”或“社教工作队”，而是来接受他们再教育的，态度立即大变。那天早上，我们还没醒，就听张仁义在窗外厉声吼：“起来！都给我起来！不许乱说乱动——放规矩！”我们不知道是怎么回事，一个个爬起来。就见他在窗外黑虎着脸，威风凛凛地指挥着一群小孩子。他说声“念!”那群小孩便一哇声地开口念：

“知识青年到农村去，很有必要！很有必要！很有必要——”

一连十几个“很有必要”，他才喝令停止，又重新发命令：“第二个——念!”

那群小孩便又参差不齐地念：

“不管风吹浪打，胜似闲庭信步。不管风吹浪打，胜似闲庭信步——”

“第三个——念!”

“你们上蹿下跳，扇阴风、点鬼火。扇阴风、点鬼火——”

最初一刹那，我们都闹不清是怎么回事，傻怔怔地趴在窗台上看。等到终于明白过来，顿时捧腹弯腰，倒把张仁义笑愣了。

我们和张仁义的关系是先好，后坏，然后又好。他完全是根据“敌进我退，敌退我进，敌强我弱，敌弱我强”的原则来打游击战。打到最后，看我们根本不吃那一套，终于友好相处。

张仁义闲下时，最爱到我们屋子来串门。首先，我们知青大方。我们有块磨石，非常好用。在其他磨石上需要磨半个钟头的钝镰钝斧，在这块磨石上最多十分钟就可以磨出闪亮的锋刃，所以村里大人小孩都爱跑来磨。山里村民虽然有很多美德，但在现实生活中却也斤斤计较，常常莫名其妙地为一点儿小利益便大打出手。相形之下，我们豪气多了！张仁义来的次数比其他人多，也就更有体会。

除此之外，张仁义爱拉胡胡。在我们没来之前，每当村里排戏演戏，他照例是拉胡胡的主角。他拉胡胡只会翻来覆去地重复一个调门，并且毫无抑扬顿挫之感。既不揉弦又不换把，完全是小学生的水平。并且一边拉一边摇头晃脑地得意。那五个长满了老茧的、又短又粗又硬的指头肚按在弦子上，简直就像五块木头。但我们来了之后，情况马上大变。首先，广播上唱什么我们就能拉什么，这就使他目瞪口呆。其次，他那千篇一律的调门还没拉两遍，我们就把谱子记下来了，拉得与他一丝不差，音质却悦耳得多。这一来，他算彻底服气了。每到阴天下雨，地里没活儿，他就跑到我们屋子来拉胡胡。他家里也有把二胡，是一块钱一把的劣质品，弓毛只剩稀稀拉拉的几根。而我们的二胡全是下乡时趁着学校大乱，浑水摸鱼从校乐器库偷来的，质量没得说。

虽说下乡三年了，但我和岳平自律很严，从不沾一口烟。不过我们抽屉里却又总是有烟——这是应酬的需要。此刻，岳平照例掏出一根烟，扔过去："驾！"

张仁义慌忙双手接，却没接住。弯下身拾起来，掸掸上面沾的灰，又习惯地用鼻子闻闻，往耳根上一夹，这才开口：

"啥时到的？"

"刚到。"

他蹲下身，用手指头在炭末里拨弄一下，捡出一块红炭，往烟锅上一架，吧嗒吧嗒紧抽几口，眉不抬眼不睁的。

这是他的性格。仿佛一年到头总是惺忪无力，睡不够。

"队长，"还是岳平先开口，"叫我两个回来做啥？"

“不做啥。”

“嗨，你才是个瞎怂！不做啥叫我两个回来！”岳平骂起来。在农村，我们学会了骂人。骂人是一种亲昵。好好商量办不到或者办不好的事情。往往一骂就骂成了。

“啊我看莲莲一个人孤单很。”他这才开口，“天一黑，她就不敢回屋。我琢磨和你俩商量一下，让莲莲搬到小学校住。吾搭儿干净，又不背。反正马先生也走咧！我打早说过，办啥学校！识几个字顶啥用！毬！”

原来是这样。不过这又有什么商量的呢？只要庄莲莲点头。

“莲莲同意咯！”张仁义又说，“不过她一个人搬不了。我就把你两个叫回来——”

这不是理由。我们不在，队上派几个劳力帮着搬搬不就行了！

张仁义却又吭吭哧哧地：“啊你两个……也是该回来了。咱队有几条野狗哩！啊干部里头，民兵里头，不规矩崴人哪搭儿都有哩。只剩下一个女娃家不合适……啊毛主席早就说：要爱护知识青年，特别是女知识青年——”

毛主席什么时候说过这个话，我们从不知道。要在城市里，张仁义早就可以定个“现行”。可在这儿，谁也不会去追究。

我听出他的话里有些什么，刚要开口问，他却又说：

“你两个不去看玉米，我还是派轻松活路。明儿想做啥？犁地、浸窑、平整河滩——”

“平整河滩！”

“平整河滩！”

我和岳平同时叫起来。平整河滩是用八磅锤在石头上打眼装炸药，一块石头一块石头地清除。这个活儿虽然累，但是很对我们的胃口。

他笑笑，算是表示同意，起身要走。临走以前又把耳根上的纸烟取下来，叼上嘴，燃着。

已经走出门了，他突然又停住：

“哎——还有个事哩！昨儿公社捎下话儿，看你两个谁去当工人哩！说好要知识青年，还要填表哩！”

四

我们全怔住了。

“是当啥工人？”

“不亮清咯。光说要男不要女！”

“是去当民工还是正式工人？”

“说不清！”

“是哪个单位要工人？”

“谁知道！”

一问三不知。

无论如何，这个消息像一枚重磅炸弹，在我们心里炸响了。我们曾多次出外干民工，但凭着经验，首先就感觉到这回与以往不同。以往派民工，公社只是笼统地向各大队分配名额，具体谁去是不管的。而这一回则指定要知青去。其次，出外干民工从来不需要办什么手续，铺盖卷上一背就走。而这一次，居然要填登记表！

假若是招正式工人，那简直是上帝显灵，苍天开眼！

我们首先明白了一个事实，应当看看是什么样的登记表，于是一迭连声地催张仁义去拿，谁知他却随身带着的。伸手在怀里掏摸了半天，摸出来一张已经染脏了的、皱皱巴巴的登记表。

登记表上一行黑白分明的大字：

陕西汽车齿轮厂职工政治审查表

我们同时惊呆了！

张仁义却丝毫没有感觉出我们情绪的变化，还是不慌不忙地抽烟，又淡淡地：

“啊你两个看谁去？”

没有回答，足足有两三分钟没有回答。我和岳平从小学就在一起相处。他年纪比我小，处处服从我、维护我。我也实实在在地关心和照顾他。有多少次，队里给他派了重活儿，我怕他吃不消，都毫不犹豫地替他去干。只是……只是这一回不同。无论如何，招工是我们日思夜想的，是我们个人生活中一个最重大的事情。它很可能会影响到一个人的终生。当工人去了当然好，可留下的人呢？要知道留下的人有可能永远窝在这偏僻而又原始的山沟沟里呀！何况……何况这个问题不单单牵涉到当事者本人，而且牵涉到整个家庭。从我们下乡以来，哪个父母不为我们操心？哪个父母不盼望自己的儿女早日回城？如果是一起走、一起留，大家心里会获得一种平衡。而现在，一个走，一个留，偏偏反差这么大……

张仁义却依旧感觉不出我们的反常情绪。也许，他根本就不理解招工对我们知青的意义。他抽完了烟，淡淡地说：

“我看让老岳去。老岳身子骨嫩，在队里做不动——”

“不。让赵世平走！”岳平说，突然拿定了主意，“他比我大，让他先走！”

我一怔，随后脸“轰”地一下直发烧。

岳平和我是最要好的朋友。

人与人之间的友谊究竟是怎么形成的，这我说不清楚。但我知道，岳平自从和我认识并开始交往后，就一直把我当作亲兄长来对待。尤其是上山下乡运动开始以来，他对我的情分使我无法不感动。

岳平是独子。按照政策他可以不下乡。而我不同，家中有兄弟四人，无论怎么也躲不过去。一个可以留城，一个必须下乡，我们只好分手。

一九六八年十月二十七日，我匆匆忙忙地收拾好了一切，准备着第二天下乡去。晚上，父母不厌其烦地一遍又一遍地叮嘱着我到农村后该注意的事项。就在这时，岳平的父亲来找我了。

岳平的父亲是一位非常敦厚的工人。看见他来，我忙搬椅子请他坐，我父母也忙着沏茶倒水。

“你们不要忙了。”他说，声音中竟含几分恳求，“世平，你明天要走了，今晚到我家里去坐坐好吗？”

我有些奇怪。我们虽然已经初中毕业了，要下乡了，也自认为已经长大了，并且眼光开阔，无所不能；但在真正的成年人眼里，我们只是一群乳臭未干的孩子，平素家中待客吃饭，我是连上桌的资格也没有的。而今天……凭着一种直觉，我觉得一定发生了什么！

果然，走到路上，岳平父亲对我说：

“世平，你下乡走了，岳平心里一下子空了。他想和你一起下乡。这几天他天天和我闹。可是我不能让他走。我只有他一个……”

我有些惊讶，也有些感动。如果不是强迫，不是由于各方面的压力，谁愿意下乡去啊！有多少家长，为子女不得不下乡去而茶饭不思，整夜难寐；又有多少同学为了躲避下乡在千方百计地找关系、托人情。而岳平他……

岳平父亲又说：

“今天一整天，他都像没魂儿了似的。下午回来饭也不吃，光是呜呜哭，谁也劝不住……”

说着话，已经走到岳平家门口。我看见屋子中间摆了一张桌子，桌上放满了糖和水果。显然是招待我的。岳平的眼睛已经肿胀起来了，他很不好意思，于是低垂着头不看我。

岳平父亲说：

“……你看，我把世平请来了。你和他说说话吧！其实，虽说世平是下乡去了，也还是能经常回来。一回来不又见面了吗？世平你说呢？”

我连忙点头。

岳平父亲又说：

“对了，你不是给世平准备了一些小礼物吗？拿出来吧。”

于是岳平起身去五斗橱上拿了礼物。礼物其实很简单，一个笔记本，一支钢笔。那些年，我们家里都很穷，不可能有比这更好的礼物了；并且我们是一群孩子，从来不习惯相互赠送礼品，也想不出该送些什么更好的！

岳平拿了礼物，眼睛还是不看我。他刚要把礼物递给我，却又忍不住一扭身，抽抽嗒嗒地哭起来……

那时候我们十六岁！我们心中蕴藏着许多美丽和高尚的东西。我们尊重友谊，为一切世俗的念头和动机感到羞愧。

第二天，岳平父亲一大早又推着自行车来为我送行。他告诉我，岳平非常想来，可是又担心自己会控制不住地哭，在同学们面前丢人现眼，所以不敢来。他是专门一大早去单位里请了假赶来的！算是代表岳平表示一点儿心意。

我心里很温暖，却又酸酸的，想哭。

再后来，我来到了十二盘。按照预先说好的，我一安顿下，便给他去了封信。

他很快给我回了信。

由于是刚下乡，报纸上一天到晚宣传与贫下中农过一个革命化的元旦，所以我没法回去。只是在元旦前夕给他去了信，向他问好。

没过一个星期，回信来了。

世平兄：

报告你一个好消息。据宝鸡市管知青的一位同志说，城市暂时不会招工。就是将来有招工，也优先安排在农村接受过贫下中农再教育的知青。于是我说服了我父母，同意我下乡去。我现在给你写信，就是通知你我元月十六号坐火车到阳平车站，然后步行到天王公社。你要有时间就到天王公社大门口接我。我把铺盖全带上了。我没有别的要求，只要求跟你分在一个队。

其他见面再谈。原谅我字写得潦草。这几天我特别高兴。再见。

岳平

一九六九年元月十二日

我很清楚，他用道理说服父母是不可能的。无论如何，既然政策允许独生子女留城，招工也就决不会不招他。他父母之所以同意了，显然是他死缠硬磨的结果。更重要的是，几乎所有的人在下乡时都愁眉苦脸，甚至痛哭流涕。而他要下乡了，是下到整个公社条件最差、环境最闭塞的十二盘生产队，却反而欢天喜地，反而“特别高兴”地向我报告“一个好消息”。

哦，这一切该用什么语言去形容呢?

元月十六日，正好下了一场大雪。纷纷扬扬的大雪是几年来罕见的。大雪遮盖了田野，遮盖了山峦。可我毫不犹豫地冒雪出山。当我走在漫天雪花的小路上，看见整个世界一片洁白，一片银光灿灿时，我觉得心里一阵阵热血涌动，觉得生活就和这洁白的大地一样，美丽得耀目，纯洁得透明。

而现在……现在，我怎么能先招工走掉，把他留下呢?

我非常不安地急忙表态：

“该你走的。岳平，年龄小才更该先走。”

“哪有这种事。”他说，“你走，没说的！年龄越小，机会就会越多——再说了，不管是凭劳动还是凭表现，都该你走！”

张仁义看看他，又看看我，不知该怎么办了。

“我要走了，留下你，你想想我心里能安吗?”人在一个崇高的环境，感受着纯净的友情，灵魂会不由自主得到净化，胸襟会不由自主变得崇高。我也下定了决心，要说服他。

“那我先走了，我心里能安吗?”

“你年纪小——”

“这怎么能用年纪大小来说话呢?”

“你现在长身体，有好多活儿还干不动——”

“那才更需要在农村锻炼呢!”

说不通，我只好不吭声了。又想了想：

“你想想，我眼睛近视——”

“这和招工有什么关系?”

“当然有关系，招工要体检呀!”

“那我替你检查视力!”

一句比一句结实。

我没了办法，

整整沉默了十多分钟，我才又开口：

“这样吧，咱俩谁也别争。人的命，天来定。咱俩抓阄儿——”

他困惑地看看我，同意了。

我找来两张纸，分别写上了“走”、“留”。又揉成团儿，朝炕上一撒，快手快脚就抓住一个。打开一看，是“留”。

岳平说：

“一回不算。抓三回。三打二胜。”

我便重新揉成团，又朝炕上撒去，并且又迅速认准了一个纸团儿去抓。但是岳平一把按住：

“这个纸团我要了!”

“我先抓到的呀!”

“你作弊!”他气愤地看着我，脸涨得通红，“你是做了记号的!”

我没话可说了。

停了一会儿：

"行了，别赌气。咱们平心静气地讨论问题。"我说，"咱们不要光想自己。替父母想想吧！我们家弟兄四个，三个在城里。你呢，独子！你自己说的，动身下乡那天，你父母全大病一场——真是别人都走了，留你一个，你父母又该怎么难过？……"

这一回击中要害。他不反驳了，沉重地低下头。沉默了一会儿，他又抬起来，声音有些粗暴：

"别光说我父母，谁的父母都一样！人心都是肉长的。"

……

整整一下午，我俩都不说话，气氛十分沉闷。

后晌该做饭的时候，庄莲莲回来了。她两手沾满了面粉，头发上、衣服上也全是面粉。她背了一个面口袋，李半瓜①跟在她身后，也背着一个面口袋，嘻嘻傻笑，抹着鼻涕。一看见我们，庄莲莲眼睛一亮：

"我去打磨了！"她透着掩饰不住的高兴说，"队长说让你们今天回来，我一想，咱家里没面了。"

她用了"咱家"这个字眼。她把知青点当成自己的家了。她还不知道，这个家正面临着解体的危险。

李半瓜是个十四五岁的半大孩子，虽然痴傻，却能干活儿，很忠厚。放下面粉，庄莲莲从一个吊着的箩筐里拿出核桃给他吃。他却死活不收，一步步退出门外溜了。庄莲莲追了几步没追上，返身回来，动手解面口袋上的绳扣，说："这是二茬面。咱们吃擀面吧！"

---

① 半瓜——陕西关中地区将"傻"称作"瓜"。比如傻子，瓜子。傻得很，瓜得很。半瓜即半傻的意思。

我们全都不响。

她又说了句什么。我们还是不响。

庄莲莲终于奇怪起来，回过身，轮流看看：

“怎么了？出什么事了？”

“要招工了！”岳平回答。

“招工？招什么工？”她却没听懂。

“正式工。转户口吃商品粮的。”岳平说，“刚才队长来了，说齿轮厂要招一批正式工人。咱们队也分到一个名额。”

她一怔，这才清醒过来，呆呆地看着我们，似乎想问些什么，却终于什么也没有问。停顿片刻，转身去和面了。

五

吃过饭，天已经黑了。

假若有月亮，山里的夜满地碎银，满坡竹篁，配上各种虫鸣兽嚎，倒别有一番风光。但如果没有月亮，那黑得简直就可怕了。

往常，这正是我们聊天的时候。可今天，谁也没这份心思。

“嗨！”岳平先耐不住了，说，“干嘛这样？不管谁走，都是好事。来，拿牌算上一命！算上谁谁走！”

“算了，岳平……没心思。”我打断他，“这样吧，咱们明天是不是到公社去一下，打听还有没有多余的名额。如果有，咱们尽量找些理由，让公社再给咱们一张表。”

岳平连连称是。于是我们围绕着这个主题商议起来。我们详细分析了各种条件和因素，对可能遇到的问题进行预测。首先，我们十二盘是全公社最偏僻、最艰苦的地方，应当优先照顾。其次，初次招工，各生产队、甚至公社都未必能充分估计到这对知青们来说是一件多么重要的事儿。而这种估计的不足，便无疑会留下许多可以被我们利用的空子……

越商量劲头越大，直到庄莲莲轻轻提醒我们："洗脸吧，水烧好了！"我们才发现庄莲莲一直就在靠墙的灶角坐着……

"你们明天什么时候走？"她为我们舀水，又问。

"一早就走。"

"那我给你们烙点儿锅盔，带在路上吃。"

从我们队到公社要走四五十里山路，多亏她想到——可是，天已经这么晚了，烙锅盔又是个费时费力的慢功活儿……

"你们睡你们的。"她倒很豁达，"反正我明天又不出山——"

我们突然觉得不安。刚才我们劲头十足地讨论了半天，内容几乎全是我们俩人。试想想，真是我们走空了，剩她一个人又该怎么熬？

"庄莲莲，"我说，虽然下乡几年了，可我们挺封建，对女同学还一律正儿八经地用全称，"要我说，简单烙几个饼就行。明天咱们一起去公社。"

"我明天还要磨玉米呢。"

"磨面往后拖一拖吧，招工是大事。"

"招工出去了，也用不着再磨面了。"岳平想得很天真。

她却只是淡淡一笑，什么也没说。

"要不，我们明天去公社，专门讲讲你的情况。你一个女知青在队上，各方面都有困难，应当优先照顾。"我真心地说。

她正和着面，突然停了手，一动不动，随后慢慢回过头，似乎很无意，又似乎被我的话触动了……

一大早，我们匆匆起床。

案板上一个黄书包里塞满了锅盔。锅盔全切得整整齐齐，摆放得很规律。摸了摸，还散发着余温。显然，是刚烙出来不久。

书包里还有煮熟的鸡蛋，再就是一包炒熟的毛栗子。

庄莲莲正坐在小凳上，瞌睡迷迷地偎着炉灶。大约是天太黑，夜又太深，她干完这一切不敢独自往宿舍走。之所以偎倚着炉灶，则是因为穿得太单。

山里的夜晚特别寒冷。

我突然觉得很感动，很想给她披上件衣服。

可这算什么？

正在这时，岳平的脚踢着了脸盆，“当”的一响，庄莲莲浑身一颤，醒了。她揉着眼睛站起来，眼皮有些浮肿。

“你回去睡觉吧！”我说。

“没关系。天一大亮我就没瞌睡了。”她说。

我们还想说几句感谢的话，或者，表示亲近或热情的话。可我们都还学生气，不习惯那些，也想不出词儿。

赶到公社，还不到十点。公社办公室主任姓齐，胖胖的，很厚道。一听我们讲了来意，他立即很热情地告诉说，放心，放心，都可以出去！现在陕齿厂是第一批招工，第二批紧接着又来了；第一批全公社招四十二人，第二批招一百多人呢！另外，十二盘是山区，应当照顾，应当的。

他又拿出文件给我们看。果然，第二批是省水电厅工程队招工，招一百二十多人。

我们放心了。

岳平再不说二话，很痛快地填写了陕齿招工政审表。

我们又向他诉说庄莲莲的处境。山区大队，只有她一个女知青，多么孤独，多么不便！这一回齐主任很为难，听完后说，情况知道了。可以理解。完全理解。只是——只是这两批招工单位都不要女的。现在公社正向县计委反映，男知青都招走了，光剩下女的怎么行？当然，庄莲莲的处境很值得同情，不过暂时不行。招工的死活不收女工，这没法子！当然，这只是暂时的。马上还会有第三批、第四批招工，不信都不要女的。妇女半边天嘛！这是毛主席说的！还有，我们这儿是中国的中心！是三线！三线建设要抓紧，这也是毛主席说的！谁敢反对？谁能反对？怎么抓紧，当然是招工了！在人世间，人是最可宝贵的嘛。

他连连保证，只要招工的同意招收女工，他头一个就考虑庄莲莲；又嘱咐我和岳平，在农村站好最后一班岗，不要因为马上要出去当工人了，就不好好劳动，越是在这种时候，越要注意表现，注意和贫下中农打成一片。

……

回山的路上，一股巨大的兴奋笼罩着我们。我们唱语录歌、唱秦腔、唱豫剧，又唱信天游和花儿。唱了一首又一首，实在没词儿了，就自己胡编！

正是晴天。高远的天空洁净如洗，显得辽阔而深邃。不时有大雁排队飞过，留下一串响亮而奇特的叫声。远远的渭河对岸是黄土高原。高原像一座屏障，为八百里秦川挡住了风沙和雨雪。平素，我们看不见高原景色。只有登上秦岭，只有在晴天朗日，才能够清楚地鸟瞰那神秘而坦荡的一切。哦，天气也为我们凑趣，天空透明般发蓝。乌拉！群山！乌拉！大地！乌拉！天空！——“我们年轻人，有颗火热的心”……

六

进到村里，已是星光满地。

村头麦场边，围着一群人。显然，又是三娃他爸在给大伙儿摆古。只听一阵阵哄笑，随后是豁牙漏气的歌声：

骂奸贼你不必狂风冷箭，
岂知我王守一稳如泰山。
君不明尽都是奸贼作乱，
朝不正才有这狼狈同奸。
……

这是秦腔《大闹花灯》。从我们下乡以来，已经多次听他唱过。

三娃他爸今年整七十岁，早已瘪牙嘬腮，老得快入土了，却又偏偏不死。他满脑瓜子封建迷信。我曾和他在一起看秋，我生火，他做饭。水开了，我看太多，于是要舀出一勺倒掉，他却慌急忙乱地制止说：“嗨，不敢！咧要烫了山神神哩！”我要解手，从书上撕两页纸，他马上拦住，“崴是圣人留下的东西，咋能胡撕？”最有意思的是我们刚下乡时让他忆苦思甜。他干愣愣地站在台上，不知该怎么说，后来有人启发他："你就说说东家对你咋项①?"他立即满面泛光，来了精神："嗨！说这呀——咱东家是个善心人，一天让咱吃大白馍——"队长张仁义急了："胡说，看撕了你嘴！"又忙向他使眼色。他却十分委屈："咱说的老实话！咱出死力做活哩，东家不管咱大白馍，咱就不好好做喀——"

看见我和岳平，三娃他爸停止摆古，友好地说；

"跟集去了吗，你两个？"

我们回答是的。

"饭吃了吗？"他又问。

我们回答还没有。

"崴就赶紧回屋去。"他不再纠缠。

我们也巴不得早点儿回屋，扭身又走。厨房门却锁着。问拴拴他娘，说庄莲莲还在打磨。于是又去要钥匙。

磨房在村南头。一条人工砌起的水渠将伐鱼河的水引了来，又顺着一条斜面的板槽向下冲去。随着叶轮的转动，石磨发出轰轰隆隆的巨响。

磨房里弥漫着粉尘，这是由于不停地筛面。天很黑，只有一盏小豆油灯忽闪忽闪地发出微弱的光。刚过去时，我们什么也看不见。待适应了一下，才看见庄莲莲头上裹着毛巾，赤着脚，正吃力地筛面。又不时站起，踮高脚尖往磨眼倒玉米。她浑身雪白，连眉毛和眼睫毛都是白的。而她的装束，她的一举一动，则十足是个农妇！

我们喊了她两声，但她根本没有听见。显然，整整一天的轰鸣声

① 咋项——即怎么样。

使她听觉麻木了。

不知为什么，我俩的兴奋突然减弱、消失了。想起这两批招工都不要女的，由不得心里沉甸甸的……

七

省水电工程队果然很快来招工了！

我们生产队分到一个名额。出乎意料的是，竟是女知青名额。弄得我和岳平措手不及。

从公社回来那天晚上，尽管心情沉重，我们还是如实地告诉了庄莲莲去山外探询的结果。当然，她很不好受，强忍着不哭——而现在，她会不会认为我们当初是在欺骗她，是有意不说实话，在招工问题上和她玩心眼儿，要计谋呢……

岳平专门去山外打听了一下：原来县计委将招工的官司一直打到宝鸡市，又打到陕西省。经过激烈交锋，招工单位不得不招收女的，但他们强调是野外施工单位，流动性大，劳动量强，只能照顾性地招收一部分女工。

齐主任没有食言，首先把女知青指标给了十二盘。

这一下庄莲莲好运临头。

我却被坑住了！

庄莲莲倒并没有显得多么高兴。张仁义告诉她要填表去当工人的消息时，她很震惊，似乎这一切她从来就没有想过，随后感激地瞅瞅我和岳平。再下来竟又忙着淘麦子去了。她一边淘着麦子，一边怔怔地想心事，又扭头看着我，说：

“怎么回事，不是你当工人，倒成了我？”

我没应声，她便又怔怔地继续想，想了一会儿，又说：

“你又不会做饭。剩下一个，怎么过呢?”

我朝她笑笑，没有回答，心里有些烦乱。

其实，如果一开始就知道我要留下，我心里就会有准备，就不至于这样失措。而恰恰是一个多星期以来我一直被招工的喜悦激动着，一直憧憬着走出农村后即将开始的新生活……冷不丁，一瓢凉水兜头一泼。

这真他娘的!

但是无论如何，我应当理智。应当克服自己的烦恼。反正招工还有第三批、第四批。说不定，下一回是更好的单位！是国防工厂，保密信箱，比水电工程队强多了！塞翁失马，焉知非福？好吧，耐心等待吧！让我诚心诚意地为岳平和庄莲莲祝福。祝愿他们在新的环境里，一切顺心，一切顺利！

我自己安慰自己，又特意去买来两斤鸡蛋，割了两斤肉，一并交给庄莲莲，让她做顿好饭，算是庆贺。

庄莲莲很不安，接了东西，却不知该怎么办。从她得知分配了女工名额的消息以来，她一直很不安，好像这个名额是从我手里抢去的。还是岳平说：

“事已至今，再多说也没什么用。庄莲莲，动手吧！咱们一起包饺子。三年了，咱们该红红火火吃顿饭了。”

饺子吃得很香。无论如何，我们三个人都觉得好运气既然已经开了头，就不会中止。我的出去不过是迟早的事。我们都还不会喝酒。岳平首先用筷子夹起一只饺子，看着我说：

“我吃这只饺子，希望上帝保佑，将来你分到一个最最理想、最最满意的工作!”

他一口吃了饺子，又望望庄莲莲：

“该你说了。”

庄莲莲似乎没有这个准备，一下慌了神，夹着饺子，半天想不出词儿。最后才嗫嚅说：

“我祝你……嗯，祝你将来……分到我们那儿……”

她又想起什么，急急忙忙补充说：

“不分到我们那儿。反正是分个好工作。最好的，嗯……”

正好第二锅饺子开滚了。她忙起身去点凉水。

第二天一大早，却又传来了惊人的消息：公社急急捎来话儿，说女知青指标作废，还是男知青填表。

这真是，要弄人还是怎么的?

出于一种道义，也出于一种莫名其妙，我准备去公社问问为什么又突然作废女知青指标。庄莲莲却不让，说：

“何必呢!就是真的再换回来，又怎么样?你走我留，我走你留，总得有个人熬煎一段。你和岳平不是抓阄儿吗?咱俩这也算抓阄儿，听天由命，该谁走谁就走!”

我说：

“庄莲莲，请你相信，我绝没有在里面做手脚。虽然我做梦也想当工人，但我决不靠拆别人的台……我们没骗你，那天齐主任确确实实说我走问题不大，你暂时不行。我和岳平还磨了他半天……”

她惊讶地看着我，足足有两三分钟，随后恍然，淡淡一笑：

“看你——”，

转身又去干她的活儿。

第四天，张仁义就从公社把招工登记表领回来。同时给我捎来一封家信：

信是母亲写来的，非常简单：

世平：

听说你们那里开始招工了。你有无可能出来？如有可能，你就努力争取。越快越好，不要拖后。

再告。

母字

我觉得很奇怪：干嘛写这么一封信呢？当然，母亲的心情可以理解，都盼望儿女尽早回城。可是这封信的语气却有些让人觉得不安。究竟哪些方面让人不安，又想不出来……

很快，我便把这封信忘掉了。

我胜利在望！

张仁义一边抽我们的纸烟，一边讲山外的消息，说山外的知青们为了招工，已经闹得乌烟瘴气。吵架的，打架的，告黑状的，无奇不有。甚至有动刀子的！为了慎重，公社革委会专门召开了会议，决定以后知青招工由贫下中农推荐……

我们队不存在这些问题。

我们像十八、十九世纪的英国贵族一样，在命运面前充满了镇定自若的绅士风度。哦，不对，我们不是充满了绅士风度，而是有一种传统的美德，有一种崇高的情操和圣洁的准则！这些情操和准则约束着我们，支配着我们，使我们懂得怎样做人！使我们在利益面前不惊慌失措，不面目狰狞。毕竟，我们是受过教育的……

八

谁也没有想到，情况突然又发生了变化。

徐申民回队了！

徐申民和张立明一直在引渭工程毛泽东思想文艺宣传队里。招工开始以后，我和岳平给他们去了信，告诉他们招工的消息，并且希望他们积极通过工程指挥部争取名额。但不知是工程指挥部没有分配到指标还是其他原因，他们突然回队来争这一个名额。

如果换上张立明回来，我和岳平绝不说二话。我们正是血气方刚，重友谊，讲交情的年纪。张立明又是个忠厚善良的人。对这样的人斗心眼儿和搞阴谋是会在自己心灵上负起一个沉重的十字架的。

但徐申民——

下乡头一年，我们干农活都不在行。尤其是岳平和徐申民。岳平身单力小，情有可原。徐申民在我们四个男知青中却是人高马大。他之所以不行，完全在于太奸懒。他干活儿从不出力，总爱收拾打扮自己。那阵子最时髦穿军装戴军帽，他也搞到一身，天天穿戴齐整。军帽帽沿还用硬纸片垫起棱角。他不学吆牛，不会犁地，割不动草，一天到晚掸裤脚上的灰，往头发上抹头油……

后来，评工分了，张仁义便提出：我和张立明仍然十分。岳平和徐申民降为八分。

“没项①！”我第一个站出来反对。评工分是一件大事。劳动一

---

① 没项——不行。不可能。不同意。

年，年底全凭工分分红呢。“老岳和老徐技术虽说还不熟练，劲力可比咱有些十分工的还大！学它三两个月，拿十分工没亏谁！”

张立明也马上附和。

其他社员虽然觉得岳平和徐申民干活儿差了些，但碍着面子，都不愿开口。尤其是三娃他爸，平素就喜欢岳平，认为他勤快、待人实在，说：

“对咧对咧，给十分！城里娃娃到咱这搭儿来，先就憋屈哩！还能在工分上亏了人家。”

他一张口，其他社员便再不反对。

张仁义的计划落空了，心里很窝火，马上变着法儿刁难岳平和徐申民：

“明儿公社要板哩，咱已经在青峰山伐下现成的，看谁去给咱背回来？”

不等别人开口他又接着：

“啊老岳和老徐都是十分工，叫我说，老岳和老徐给咱去。”

背板要爬山越岭，是一个非常重的活儿。如果背不回来，显然评十分工就不合适。

我站起来：

“明儿岳平去不成——我顶他去！”

张仁义一怔，又无可奈何，只好说：

“啊就你和老徐去。”

“我明天也去不成。”徐申民马上站起来，用手按着腰，皱着眉，做出一副十分痛苦的样子，说：“我这几天有病，腰痛！”

我们都清楚，他根本没病！

张立明自告奋勇，顶他去了。

当然，这是件小事。但这样的小事积多了，就使我们对他的品格产生了看法，尤其是他对熊老汉的态度，使我们从思想感情上和他彻底隔开了。

熊老汉因为砍漆树的事被揪出来以后，我们知青的态度基本上都是同情的。虽说他爱占小便宜，但毕竟，他真心地照料过我们，并且以与我们相处为荣。看着这么一位孤老汉被当成阶级敌人揪，大家都认为太过分了，并且跑到生产队要求为他平反。只有徐申民说：

“揪！该揪！揪得越多越好！他妈的这年头揪出来一个是一个！”

后来，大队革委会把各生产队揪出来的“阶级敌人”汇总在一起，让他们每天定时向毛主席请罪。大约本乡本土的人拉不下脸，就提出由知青去管理。徐申民干活不卖力，一听这差事，立即来了精神，满口答应。

至今我们都记得清楚，那是一个下雪天，一名外队的知青赶来，约徐申民一道去管理“阶级敌人”。这位外队知青在学校里属于“响当当”的“造反派”，整天穿军装束皮带，热衷于闹革命。他一约，徐申民立即把手里的活儿一撂，大踏步地跟着他朝大队部走去。不一会儿，麦场上便传来了哭声，夹杂着凄惨的尖叫声。声音越来越大，竟使得整个山沟里都响彻了呻吟和哀告。我们急忙跑出去看，外队那位知青正领着徐申民抡圆了皮带挨个抽打“阶级敌人”。走近了，可以看清那些人被他俩打得头破血流。军用皮带的铁环扣挨上谁，谁的头上便立刻暴出一道血棱。这还不算，那名外队知青又让所谓的“阶级敌人”一排溜朝他跪下。

老实的山民们早已吓破了胆，争先恐后给他下跪，并且不等任何人下令，就齐齐地磕头求饶，有几位头发花白的老汉头碰在地上，咚咚直响。

那是真正的磕头如捣蒜！

熊老汉自然在其中。

当天晚上，熊老汉就自杀了！

徐申民回来那天，我正好吆着骡子去山外为他们转粮，在公社门口碰见他，他正和齐主任说什么。

转完粮，已经是日头端顶。我牵着骡子找他，却不见人，走过集上的时候，才发现他正在吃羊肉泡馍。

这也是他的特点。自下乡以来，我们实行的一直是共产主义。工分，大家伙在一起；分粮，彼此不分你我。平素吃饭，有我的就有你的。独独徐申民，从家里带瓶辣椒油，就偷偷地锁进自己箱子，乘没人时拿出来往馍片上一抹……

我知道他这个毛病，所以笑了笑，自己买了四两面。羊肉泡馍味道膻，我吃不惯。

吃完饭，他把挎包往骡子身上一搭，和我就伴儿回山。

我们是从曹家沟进山的。这条沟水多，可以随时饮牲口。不知为什么，大黑骡子今天有些反常，我带出来的料豆它一口也不吃，并且在集镇上一见到驴就没命地挣动，以致我不得不把它绑在树身上，用鞭子狠抽了一通。

徐申民一直没说话，显得心事重重。直到拐进一条僻静的小路，才突然开口：

“招工开始了？”

“是。”

“几个名额?”

“一个。不是写信给你们说了么?你们没接到信?”我有些奇怪。

他不作声。

山路很陡，上坡很吃力。我俩都喘气了。又默默地走了一段。

“真累!”他说，“去他娘的，放着现成的福不享!来，让我骑上骡子!”

说着，扒住骡鞍子就要上，谁知骡子与他不熟，不情愿地直往一旁躲。他急了，抓起缰绳就抽了骡子一下，又重新扒住骡鞍子。大概骡子也欺生，伸出后腿就踢，没踢中他，却把他的脸吓白了!

我忙牵住缰绳，说:

“别急急慌慌的，把脚踏稳了上。”

他又凑近来，抬高左脚，蹬住环扣，正要抬右脚，又变了主意:

“算了。走走，说说话吧!”

我知道他要说什么，静静地等着。

说实话，人是最复杂的动物。好与坏、崇高与卑劣有时在同一个人身上简直难以分清楚。拿我自己来说，我有极为渺小、卑下、虚荣、自私自利的一面;但同时，我又时时在和这样的自己作斗争。斗争得很激烈，也很痛苦。

在这次招工中，尽管我非常想当工人，但最终我还是战胜了自己。一旦得知张立明和徐申民在引渭工程指挥部得不到名额，我就表示欢迎他们回队。我觉得，岳平和我在这个问题上处理得很好，很大气。我们没有必要像对待敌人一样相互进行一场战争。如果面前有一盘肥得流油的红烧肉，谁也不要去抢，让我们公平地来分配。

有了这种思想准备，我很坦然地等候着徐申民开口。

他终于没有开口。于是我问：

“就你一个回来？张立明呢？”

“他……嗯……回宝鸡了。”

我觉得奇怪，明明已经开始招工，为什么张立明还要回宝鸡去？难道，他去搬后门了？可是，不！他不是那种人！那么说，他可能根本就不知道招工消息。可是，既然徐申民知道招工的消息就该告诉他呀！他们是天天泡在一起的。

徐申民点了根烟抽，表情很平静，又不时瞟我一眼，上到第一道坡顶后，他才说：

“歇歇吧！”

他又掏出一根烟，扔给我。

我们默默地抽了几口，他看看我，又很快转了眼光，有些躲躲闪闪地说：

“嗯，世平……有个事儿，咱俩先通个气。你和岳平写给我们的信，张立明还不知道呢……”

我吃了一惊，看看他。

“我想过了，现在……招工名额这么少，嗯……肉少狼多！我的意思……我的意思是……”

我突然觉得浑身有些发冷，情不自禁地、诧异地抬头盯住他。

他一下子慌了，眼睛不敢看我。

第二天，张立明突然回队了。原来他根本没有回宝鸡。他是在徐申民走了以后听到招工消息，匆匆赶回来的。

但不知为什么，张立明回队才呆了半天，情绪就有些反常，也不与我多说话，并且只在队上住了一晚上，第二天就真的回宝鸡了。

他前脚走，岳平后脚就找到我：

“你知道张立明为啥走？”

“很快就要开始进行招工推荐，他这是主动避开。”我觉得自己有点明白。

“对！”岳平说，“可是你知道他为什么要避开吗？”

“不知道。”

“他很伤心。他对你感到失望！”

我大吃一惊。

“今天早上临走前，他对我说，他心里很难过。昨天中午他刚回队，徐申民就告诉他，说你找徐申民商量，要对他封锁招工消息。”

我怔住了。

“张立明说，别人这样对待他他不难过。可是你，他一直很尊敬你，认准你是正派人。”

我一句话也说不出。这太卑鄙了！卑鄙得在我二十年的生涯中还从来没有碰到过。

我匆匆出了门，沿着山路追。我想追上张立明，拉他回来，对他说明这一切。可是已经迟了，山路上空荡荡，连个人影儿也没有。

回到屋里，徐申民正在抽烟，表情挺得意。

我瞪了他一眼，他马上敏感地坐直身子，不抽烟了，又讨好地朝我点头。

晚上，庄莲莲准时来为我们做饭。

大约徐申民清楚地知道岳平和我的关系，所以对岳平很冷淡，一句心里话也不说。大约他又知道我和庄莲莲在学校闹的那一出，所以对庄莲莲很亲近。吃晚饭的时候，还专门拿出一包榨菜：

“我知道你爱吃榨菜，专门为你买了一包！”

“哟！”庄莲莲不知道是真是假，大声笑着说，“难为你这么关心人！怎么样，要不要把钱付给你？”

她又说：

“你是为招工回来的吧？放心，就凭这包榨菜，我第一个推荐你当工人！”

又闲扯几句，徐申民吃完饭了，碗一撂，去挨家挨户串门。

“看见没有？”岳平问我。

“什么？”

“他带着一条烟出去的！”

显然，他是和村里人套近乎去了。

“我劝你一句话。”岳平说，“你这个人，有时候过于软心肠。换个别人，你讲风格我不管。和他，决不能犯这个傻！”

九

推荐会很快召开了。

已经是秋末时节，天很冷，又若有若无地飘起了雨滴。从西伯利亚过来的寒流，翻过了乌梢岭，翻越了浩瀚的黄土高原，早早就往关中平原袭来，随后又被秦岭山脉挡住。于是寒流迁怒于敢与它抗争的秦岭，将所有凛冽的寒气都一古脑儿朝这里推扑！

我们十二盘处在秦岭北麓。秦岭的东西走向使它成为阻止暖气团北上和冷气团南侵的天然屏障。也因此使我们这里成了华北、华中和华西植物区系的交汇地带。从渭河谷地到秦岭主峰太白山顶，在三千多米的高程范围内，依次出现了暖温带、温带、寒温带、亚寒带、寒带这五个气候带。而我们生产队属亚寒带。十月中旬，在关中平原上至多穿着毛衣，而在山里我们却已经早早穿上棉袄了。

会议室设在队部。而生产队部也就是两间土房子。靠里的一间摆了两张桌子，算是出纳和会计的。村民们劳动了一天，吃过晚饭，照例要到这里来记工。而记完工之后，又照例要抽着烟袋，蹲在地上与其他人聊天。久而久之，这里便成了天然的会议中心。当天的劳动成果，隔天的劳动安排，公社有什么新指示，山外有什么稀罕事……统统在这里得到交流。

听到张仁义吆喝开会，徐申民披上军大衣早早就去了。

我和岳平便也匆匆赶去。

队部里已经挤满了人，烟气弥漫，让人稍远一些就看不清楚。一些男人边抽烟边咳嗽。尤其是贾辉他爸，咳得翻江倒海，让人觉得他简直要把肚肠从喉咙里咳出来了，让人觉得他马上要大口大口吐鲜血了。可是他还要抽。有几个妇女骂起来，不知骂的是什么。立刻有男人回了一句。那位妇女嘻嘻笑起来。

“笑啥哩笑啥哩？把你几个弄欠合①了嘛？”

“把你娘才弄欠合了哩！”那位妇女毫不客气地回敬。

紧接着那男人便报复地伸手去掐摸，引起一阵哄乱。哄乱之后，

---

① 欠合——舒服，合适的意思。

又是一阵嘻嘻的笑声。

我和岳平找了个空处坐下。屋子里已经拢起了炭火。人群很自然地围着炭火聚拢，正听三娃他爸讲故事：

“……先生教学生认字哩！认‘被儿’两字……”

“不听不听！”谁在叫，“说个新鲜的，‘被儿’听过了。”

“你听过了有人还没听过哩！”秋儿讨好地看看我和岳平，“老赵和老岳就没听过，对啊不？”

“对着哩。”岳平说，鼓励三娃他爸，“你说吧，越馋火越好！”

“啊就换个馋火的。”三娃他爸用袖管抹了抹鼻涕，一下子添了精神，“我给咱说‘踏胡圾①’。”

“算了，就讲被儿吧！”我说。他讲的“踏胡圾”我听过，确实是庸俗之极、下流之极。这种故事在山里俯拾即是。不知为什么，山里文化落后极了，唯独下流故事特别发达，并且构思极为巧妙，能让人笑得岔了气。这些故事不是某一个人创作的，而是一代又一代的人修改，加工，使它最终具有了强大的艺术生命力。也许，这些故事的产生有其极为深厚和坚实的基础。人类正是靠着对这种所谓的“下流”不衰不竭的兴趣才得以繁衍生殖，传宗接代，并最终成为地球上最强盛、最具活力的高级动物。

“啊就还讲‘被儿’。”三娃他爸摩拳擦掌，“先生教学生认字哩！认‘被儿’。先生想开启学生，就叫起一个学生问：‘你屋炕上有啥哩？’”

---

① 踏胡圾——即夯土坯。用杵子将黄土一下一下夯实，形成土坯。土坯盖房时用，亦可垒墙。

“有席！”好几个人同时回答。显然，他们听这故事已经不是一遍两遍了。

“席上有啥哩？”

这一回却没人回答了。只有李半瓜流着涎水，痴迷瞪眼地嘻嘻傻笑着：

“有我娘哩！”

他也听熟了这故事。

众人“哄”地一声笑了。秋儿捅捅我，又兴致勃勃地问李半瓜：“你娘躺在炕上做啥哩？你娘躺在炕上做啥哩？”

三娃他爸却不受干扰，还是笑眯眯地：

“对着哩。炕上有席，席上有他娘。先生接下来可又问：‘你娘身上有啥哩？’”

“有我爸！”

几个人一看是占便宜事儿，同时抢着回答。

墙角几位妇女吃吃笑了，又指指戳戳地说：

“崴吾儿，说说就不像人咧！”

“啊你爸趴你娘身上做啥哩？说呀，咋不说咧！”

这边的男人立刻反击：

“做啥哩你还不知道么？得是没叫男人趴过？”

……

张仁义过来了，咳嗽两声，用目光扫了一圈：

“哎，今儿推荐工人哩！人都来了没有？没有，啊就再候！”

说着袖子一拢，往炭火边一蹲，没天没地和别人神聊起来。

我看了看徐申民，他正一声不响地抽烟。大约他估计到凭劳动表现和贫下中农推荐他不占优势，所以脸色很阴沉。

抽完两根烟，他突然一声不响站起身，出门走了。

这使我感到意外。随之又是一阵不安。也许，在最后这一刹那，他在激烈地进行了一番思想斗争之后，觉得耍手段拉选票不道德，所以起身走开，以便创造一个公平的环境；也许，他是认真地权衡了一下之后，觉得确实应该让我填表而不是他，所以干脆一走了之……不管有多少个“也许”，总之，我有些坐不住了。

我站起身，也走了出去。

外面，雨滴已经更大更密了，落在我发烧的脸颊上，使人很清爽，很舒服。而更为重要的是，我心里很舒服。我不习惯于这样勾心斗角，不习惯于这样怒目相争。让大家凭着各自本分而踏实的努力，凭着各种偶然降临的机缘去走自己的生活道路吧！这样才不会使人变得狭隘而凶残，不会由于自己不道德的行为而内心里背上十字架！

我估计徐申民是回屋了。于是在外面踱了几步，也往屋子走。我甚至产生了一个念头，和他谈谈，推心置腹地谈谈：不要争了！让我们光明正大！实在不行就抓阄儿！

但是屋子里空荡荡。

我坐在炕边，觉得有点儿冷，拉过棉被暖脚。一边顺手拉过日记本写日记。下乡以来，我开始写日记了。我不写那些每天做了些什么，尤其是脑子里想了些什么的日记，那种日记弄不好就被人揭发成反革命日记。我的日记更像是一篇篇小学生作文。只是就事论事地记述生活现象，再就是记述自己的经历。这中间有回忆小时候生活的，有记叙出山时看到和遇到的……

但是怎么也写不下去。

我便又拉过一本杂志来看，随手翻到一页，是谜语：

八个兄弟扛面鼓，
扛到城里见岳母，
岳母说我兄弟多，
后面两个你没数。
（打一动物）

这却奇怪，什么动物？我想来想去想不出，干脆看第二则：

洞庭湖中一根草，
一生走过路不少，
看去虽然长水中，
年年涨水淹不到。
（打一器具）

想来想去，还是想不出。看来，猜这类东西我不拿手，干脆。猜人名、地名、成语典故。

我查找词语谜语，首先触入眼帘的是：

看中
（打一成语）

只看中间。那么——

我立即猜出来了：不相上下。

外面突然响起急匆匆的脚步声，随后岳平一脚踢开门进来：

“你是怎么啦？这时候了还有心看东西？快去，人不在人情就不在！赶快去，已经开始了。”

我把自己为什么回来说给他听。

他吃惊得眼睛都瞪大了，说。

“你看你，你看你！我就知道——和徐申民又不是一天两天了，还不了解他！他要这样想，我们还会这么做么？刚才他是去大队部要鉴定了。”

“什么鉴定”？

“他回来时，让文艺队给他写了一个鉴定，说得天花乱坠，要求队里招工时一定优先考虑他。他一回来就交给大队了。刚才他是去要鉴定，现在正让张仁义给大伙念呢。”

我脑子里“轰”地一响。

岳平二话不说，掀开棉被。其实不用他掀，我已经用最迅速的动作跳下床，穿上鞋，一溜烟地往队部跑去。

跑进队部，张仁义刚念完鉴定，吭吭哧哧地说：

“嗯……刚才念了老徐的表现。引渭上说要他先当工人……嗯，咱队上还有老赵，也算一个……嗯，毛主席说：事不关己，高高挂起。我当队长哩，不能管这些毬事！嗯，贫下中农推荐哩！大家看咋说……”

沉默。

随后有人懒洋洋地说：

“材料上说让老徐走，啊就让他走！”

“老徐走。能行!”

“谁走都一毬样!”

“留下老赵。老赵人和道……”

显然，村里人并没意识到这是桩什么样的事情！在他们的概念中，这和前几次当民工差不多，既然如此，谁走谁不走都无所谓。只有少数几个明白人没有吭气，但碍于面子，碍于整个潮流，一时又不好开口。

这真是万万没有想到！真是措手不及！

徐申民刚才一直很紧张，连烟也不抽了。这会儿又轻松地掏出烟，叼上嘴，还偷偷地瞥我一眼，冷笑笑。

情况紧急！岳平直朝我看。那目光在问：

怎么办?

……

“赵世平走!”

突然响起了一声不高却很坚定的声音。

是庄莲莲!

整个会场都被这意外的一声震得肃静。

她是什么时候来的?不知道！她为什么突然冒出这句话?不知道!

但她这一句话却把整个局面扭转了。

“莲莲说老赵走，啊就老赵走!”

“能行，老赵走!”

“老赵走！老赵走!”

那几位脑子明白些的人也就立即跟上了潮流：

“谁走谁不走凭劳动哩，老赵劳动没得说!”

“人也美气，和贫下中农亲爱很!”

“贫下中农推荐，就得推荐好的。该老赵走!”

……

张仁义一看闹闹哄哄，急了，说：

“一个一个来，说道道！为啥老赵走老徐走，得给上面交待……”

岳平迫不及待地直捅秋儿胳膊：“你发言，赶紧！让赵世平走。”又掏出根烟，催促，“快说！快!”

秋儿平素就话稠，一看岳平递了根烟，那大嘴又立即咧到耳根子上了，喜眉笑脸地把烟往耳根子上一夹，又重重地干咳几声，算是清清嗓子：

“让我说嘛，老赵走！老赵从到咱队来，刻苦读……嗯，刻苦读圣人书，崴劳动不怕脏，不怕累，年年都是五好社员。老赵见天和人说笑，一坐就是一后晌！老赵和咱贫下中农比天高，比海深。老赵关心国家，革命到底。老赵无比集体，崴没有一回不提前参加生产队开会……”

他说得莫名其妙，天花乱坠。却又那么高音大嗓，认真万分。他说生产队开会我没有一次不参加；而实际上，从下乡以来，我最讨厌的就是生产队开会。不说十次会十次不参加，起码九次、八次不参加。这个谎也说得太大了！

而他还仰着脸，喷着唾沫星子说。说得那么大声，说得那么认真。

我拼命忍住笑，忍得我浑身发颤。

接下来是宝宝发言。这是队里有名的“二语录”。他年约四十出头，人精瘦精瘦，最喜欢时髦：

“……让老赵走，一点点路线错误都没有！风浪里试舵手，困难里识英雄，老赵是咱队上的大英雄！挖掉穷根栽富根，党的恩情比海深，老赵宁为大众生，不为一人死！老赵爱劳动，宁在苦中练，不在福中变！社会主义走在先，修正主义他不干……”

云天雾地谁都不明白他说了些啥。而众人越不明白，他就越得意，越没个遮拦……

大局已定！谁也不可能再转过来！

走出队部，我仍然沉浸在刚才那可笑的一幕中。村里众人四散开去，我发现庄莲莲正在前边走着，看样子是急着赶回去做饭。但是徐申民匆匆追了上去，追到跟前，盯牢她。

两人站住脚，互相对望着，默无一语。徐申民十分阴毒又十分狰狞地笑了笑，“呸”地朝地上吐了口唾沫。

晚上，徐申民拿了包烟，去外队混饭了。作为一个失败者，他不愿意和我们呆在一起。只是庄莲莲为我们盛好饭后，也不见了影子。

到她宿舍去找，门锁着。

等了好长时间，还不见来，我和岳平只好先吃。

在吃饭以前，我已经用最快的速度和最工整的字迹填好了招工登记表。填好后，又怀着最愉悦的心情欣赏了一遍，准备明天一大早送往公社……

哈，饭真香！从来没有这么香过！

一只离了群的小鸡娃在门外吱吱喳喳地叫个不停，似乎是为寻找同伴而焦急，又似乎是在向我道喜。我掰了块窝头扔给它，它却不吃。又掰了块扔给它，还是不理睬。只是叫，拼命地叫，似乎在提醒我什么……

我突然有些不安，想起了庄莲莲。想起这些天她一直在默默无闻地为我们做饭。想起今天下午那关键时刻的挺身而出。尤其是想到今后生产队里将只剩下她和徐申民，而徐申民又是那么仇视她，她的日子该怎么过呢？

吃完饭，我们默默地洗碗筷，刷锅。庄莲莲还是没有回来。

天已经完全黑了。雪花不知不觉就消失了踪影。夜空中开始闪烁出稀稀疏疏的星星。四周很静，偶尔有几声猪哼哼。再就是屋后那条小溪在哗哗地响着。不知谁家饭做得晚了，风箱在机械而单调地“吧嗒”……

看样子岳平也心情沉重，默不作声地和我对坐着。毕竟，我们在这里呆了三年多……呆在这里时从没觉得这里有什么好，而一旦离开，却又觉得十分依恋了。

庄莲莲去哪儿了呢？

星星出现得越来越多，随后月亮也羞答答地露出脸来。那机械而单调的风箱声早已停止，现在，是农人们上炕休息的时候了。

门突然被敲响，随后响起吉香他娘的声音：

“老赵，到哩嘛？”

我答应着，忙去开门。

吉香她娘眼圈红红地站在门口。让她进屋，她不进，说：

“老赵，去劝劝吧。莲莲在我屋子哭得不行！”

我和岳平同时怔住了。

我们匆匆跟了吉香她娘往外走。果然，离开老远就听见“呜呜”

的哭声。哭得那么痛。这哭声突然使我明白，庄莲莲那么从容，那么平静，这一切其实都是假象。或者说是为了不影响我们的情绪而努力克制着自己的。作为一个姑娘，她对独自一人留在大山沟里，对今后艰辛的生活怎么可能不去想？只是，这一切并没有影响她积极地支持我们，并没有使她惊慌失措。哦，无论成功与否，她都可以、而且完全应当为自己的事情去奔波，去找公社、大队阐述理由，去想法争得一个女名额。生活中从来就没有绝对的事情，即使可能性极小，那种原始的希望心理也仍然会支持和鼓励着一个人去不屈不挠地争取、奋斗！

只是，她从来没有那样做。她满心里想着的全是我们！

而我们又想了她多少呢？

一看见我们，庄莲莲马上停止了哭，用手绢揉揉眼睛。

“你们……来了。吃过饭了……”她问，声音中仍带着哽咽。

我们没有回答。不知道该说些什么。

停了一会儿。

“别伤心了。庄莲莲，回去吃饭吧。”我说。

“你们先回去吧。我一会儿就好了。”

“回去吧。”岳平也说。“饭都凉了。我们等了你好久。”

她还是不吭气，又静静地坐了一会儿，站起身，说：“好，走吧！”

我们屋子门前是一架旱磨。快到家门口了，庄莲莲突然又不走了，倚靠着旱磨：

“你们先回去吧，让我一个人呆一阵儿。”

“外边太冷了。”岳平说。

“不怕。我穿得暖和。”庄莲莲说，声音倒显得出奇的平静。

“已经到门口了，干嘛还呆在外面？再说，你还没吃饭呢！”

“我不想进去。”她说，迟迟疑疑地，“以后，这屋子里就……只剩我一个——”

她又哭了。

我和岳平呆站着。我们想劝，可不知该怎么劝。又能劝出个什么结果呢？

这天晚上，我和岳平很晚才睡。我们商量好，明天一早出山。我是去送表，岳平则是参加体检。我们要争取时间，尽快办事，然后尽快赶回。我们要和庄莲莲好好聊聊，要安慰她，向她表示感谢……

谁知事情的变化出乎意料。陕齿厂的体检进行完毕，立即就发录取通知书，限定岳平两天之内办完一切粮户手续，之后他就要被送往北京汽车齿轮制造厂去培训学习。陕齿厂说这是备战的需要、三线建设的需要。又说毛主席又发表了最新指示，大意是三线建设不搞好，他老人家睡不着觉。

岳平有好多事情要办——要赶回宝鸡跟父母见个面；要定做一套被褥；要跑户口关系、粮食关系……

一切都打乱了。

其他的事情还都比较好办，独独转户粮关系，手续十分复杂。拿粮食关系来说，按程序首先必须把生产队分配给你个人的全年口粮统统交送到公社粮站，由公社粮站在你的粮食关系转移单上盖章证明——也许，虽然到处莺歌燕舞，形势一片大好，但国家粮食却很紧张，人们只好想尽一切办法让自己多吃一口……

我主动提出，让他赶回宝鸡，和父母道别。粮户关系由我帮忙转。

当晚，我就摸黑赶回十二盘，连夜把粮食装好，又敲窗户叫醒饲养员……

十

一大早，我便吆了一头毛驴，驮着四斗玉米赶往山外。

庄莲莲本来要和我一道出山送岳平的，可岳平留在山上的许多零杂什物还得收拾，只好约定明天上午在公社门口见面。

太阳还没出来，远远近近的山峦全笼罩在一片似雾非雾的氤氲中。这里那里偶尔会响起几声鸟叫，再就是路丛旁突然扑棱棱飞出锦鸡或野鸡。空气鲜润得好像有谁往里边掺了蜜，一吸，竟甜丝丝的。

往常，我常常赶山路。我已经习惯于上山下山了。可今天，我觉得很乏。

偏偏谁在唱《花田错》：

走得我浑身乏口渴舌焦，
气喘喘汗淋淋好似水浇；
两足疼难挣扎无处依靠，
顾不得与姑娘细诉根苗……

这真他妈的！

走到五盘梁上时，路变得极窄，两边的坡像刀切下去似的。深谷中弥漫着一股神秘而飘渺的岚气。一只苍鹰悠悠地在空中打旋，随后展平了翅膀，一动不动地滑翔。如果不是有山体做背景，那么便几乎令人产生错觉：它粘进了空气里，是凝然不动的。

搭眼望去，山峰依次向下降低。一条条山脉曲曲折折，却又十分规律地向渭河平原伸展。山脉虽然都遍体绿衣，但从远处望去，却都呈现着一种不明显的赭黑，像一座座隆起的鱼脊……天很晴，可以望得很远。越往远处，空气就越迷濛、越神秘、越虚无。

风吹动，满山的花草树叶儿便摇动，发出刷刷啦啦的声音，好像在叹息。

我突然想起三年前，我和岳平背着行李进山。那天正下大雪，雪花打得我们睁不开眼。但我们说啊笑啊，兴致极高。后来，爬到五盘梁上时，雪住了，四周静悄悄的，一片银白。我们看着远远近近渺无人迹的山谷，看着水晶宫般的世界，看着我们踏出的一只只脚印，突然觉得大自然太美丽了！美丽得让人心醉！于是我们情不自禁地朝山谷中吆喝：

“哦嗬——”

“哦嗬——”

那时候，我们被初下乡的一种新奇所激动着。

而今天……

看看漫山遍野的树木，看看远远近近的沟谷吧！一切都显得陌生、飘渺、幽远。树木密密麻麻地排列着，你想看清其中任何一棵都是不可能的。沟谷朝远处伸展着，你的眼光顺着它延伸，以为能看清它的终点。但是莫名其妙地，就有一股若烟若雾的氤氲遮挡了它。一切都是那么神秘，那么虚茫，仿佛预示着我们的人生道路！在此之前，我从来没有想到过命运。而现在，我觉得冥冥之中确实有一股神奇的力量在主宰着我们，摆布着我们……今天，他招工走了；明天，轮上我。再下来……茫茫乾坤，相聚又分手。哦，“多少新亭挥泪客”，今夕是何年？今后在何处……

一只什么动物倏然从路边窜出。毛驴一惊，一只蹄子往旁边斜了一下。随后它意识到自己的可怕的愚蠢，本能地弯拢后腿，压低后身，想把踏空的脚步收回来。但是——晚了！

一切都发生在瞬间，我甚至没搞清楚自己是怎么醒悟过来的，一个念头便“轰”地蹿进脑子：毛驴要滚坡！

人在面临着巨大危险时，会迸发出一种平时完全不可能产生的力量和速度。几乎连百分之一秒都不到，我就已飞身扑上，死死扳牢毛驴的脊骨，想帮助它恢复平衡！山路实在太窄，而脚下便是无底的深谷。只是这一切都阻拦不了我拼死挽救毛驴的决心！我的十个指头几乎是铁钳般卡着毛驴的左半身，但毕竟毛驴太重了，并且它毕竟驮负着四斗粮食……我根本扳不顺它，却又不敢松劲儿……

一分钟、两分钟、三分钟……

毛驴的脊骨上已清清楚楚地渗出血迹……

似乎预感到末日的来临，毛驴开始簌簌乱抖，随后悲哀而又莫名其妙地抬起头，粗粗地喘了几口气，大声惨嚎起来。嚎得凄厉而瘆人！嚎完之后，它竟软搭搭地垂下头，似乎向我表示：不必抗争，一切都完了！

只是我不甘心！不！

我的十指开始钻心地痛，这股疼痛越扯越长，竟深入到整条胳膊。随后疼痛消失，代之以一阵麻木，再后来，竟无法控制地颤抖了。颤抖得越来越凶，越来越凶……再这样下去，迟早会有我支持不住的一刻。

天苍苍，山茫茫。我想喊，喊不出声……

毅力！一切靠毅力来支持！我甚至不知道从哪儿冒出这么顽强的毅力。我一动不动，叉开两腿，竟然像两根钉死在山道上的木桩，死死地箍住了毛驴。我甚至没有想到，毛驴只要一倒，就会带着我跌入死亡的深渊！

又是一分钟、两分钟、三分钟……

身后突然有了脚步声，随后有人惊慌地叫了声什么，跑上来，一把紧住毛驴缰绳。“嗨！嗨——”他吆喝着，死力牵缰绳。按照常规，只要驴头仰起来，毛驴也就能够腾高蹄子。

可是不行。毛驴已经完全吓瘫了，软得像面团，身后稀稀拉拉地流下些屎和尿！

“把桩子①掀下去！把桩子掀下去！”来人大叫。

我陡然醒悟，腾出手抓住桩子的一端，一掀，一百多斤的粮食便骨碌碌朝下滚。卸去了包袱，毛驴轻松多了，只是仍然抬不起腿。来人又喊：

“拽尾巴！拽尾巴！”

我又糊里糊涂地去抓驴尾巴。现在，他牵着驴头，我扯着驴尾巴，简直像用一张大网往岸边抬鱼。可是毛驴毕竟不是鱼，我们憋得脸发紫，嘴唇都咬破了，也仍然抬不起！

正在这时，路上又有了人声。和刚才一样，先是惊慌地跑上来，随后大叫：

“老赵，咋么咧？老赵，咋么咧？”

---

① 桩子——一种盛粮食的长口袋，条状，质地结实，每个桩子可装四斗小麦。

是秋儿！

我顾不得回答，也没法回答。他已经一把抓住驴尾巴，帮我拖。我知道这样不济事，乘有人替手，一闪身从毛驴左侧窜过去，将身子趴在陡坡的边沿，伸出手死死托举着那只踏斜了的蹄子！

现在，身后是无底的深谷。身前是庞大的毛驴。我趴在陡坡边沿，完全是出自一种不顾死活的本能！并且靠着这种神奇的本能，我的双脚奇迹般地触摸并最终踏牢在一块凸出的岩石上。这使我有了拼命托举的依靠。毛驴蹄子如果完全悬空的，我就用自己的手、自己的身子做它的踏脚。但糟糕在它并不是悬空，而只是顺着斜坡往下出溜。我托举起来，却立即又被它重新踏下，每踏下一次，我的手便被挤破一层皮，疼得像有无数根钢针朝手心里扎。鲜血渗出来，很快染红了草丛，染红了砂砾……趴着的身下是一丛酸枣树。无数酸枣刺毫不留情地穿透衣服，扎进我的皮肤。我已经感觉不到哪儿在疼，哪儿在扎了。过分的紧张和过分的出力使我头晕脑沉，连鼻子也像被什么阻塞住了。我的眼前开始迸散出一簇一簇的金星，迸散得飘缈神秘、无声无息……

毛驴突然又乱跳乱挣。我的手霎时便肿得像面包，正想抬头叫秋儿牵紧它，不料毛驴一蹄子踢着了我的鼻子——

我不知道毛驴最终是怎么牵上去的。也不知道我是怎么被人拖上去的。依稀觉得谁用绑腿捆住了我，又用力朝地上拖……这一切全像是幻景，又好像是实实在在感觉着的……当我睁开眼的时候，毛驴已经安然地站在路上吃料，而我却仰面躺着，满脸流淌着血。

眼前是湛蓝的天空。天空中飘浮着一朵又一朵白云。白云和那一簇簇金星同时出现，又同时消失。我只觉得渴，一种从来没有体会过的渴。那一刻中，我什么也不想，只想喝水，哪怕是一点一滴。我哭了，却哭不出泪。我翕动着嘴唇，却发不出声。足足有十几分钟，才哀求地迸出一句：

“……求求你们，给我尿……”

我知道山顶上没有一滴水。

没有人应声。随后秋儿蹲下身：

“要胡说！老赵，往前走。再走不远就有人咧！”

“给我……尿！”我微弱地坚持。

他不再说什么，转身叫：

“老苟，你牵着毛驴在头里走，我把老赵架上。”

我这才知道，先头赶来的是苟德全，那位尽职尽责的护林员。他是我们往山外偷卖椽子的死对头，可是在关键时刻却向我伸出了友谊和援助之手。

晚上，我躺在公社中学的一间教室里。下乡几年来，我们已经习惯了混日子。出山没处住，就住在农民家、生产队的饲养室炕上以及随时可以找到的地方。公社学校几张课桌一拼，就是我很好的窝了！

天已经很冷了，四周一片漆黑，空空荡荡的教室里只有我像死尸般僵躺着。我突然冒出一种恐惧，仿佛这是一个巨大的活棺材，而我孤零零地就要死在这里面。

周围的人呢？他们到哪里去了？

前没有站口后没有店，

天黑了哪嗒些站哩？

一没有耕牛二没有田，

穷光些咋么着过哩？

我想起这首古老的歌谣，忍不住想流泪。

不知什么时候，我觉得教室里的电灯被拉亮了，随后有轻轻的脚步声。我没有睁眼，也没有管是谁。我就像街头流宿的乞丐，既没有财产可以保护，又没有什么需要遮掩和顾忌。我浑身的骨头又酸又疼，只想闭着眼睛休息，安安静静地休息。

灯亮了多久，我不知道，却隐隐约约觉得它一直亮着，并且依稀感觉到有人坐在我身边，轻轻地抚摩了几下我的头发，随后是一股温暖的鼻息扑到我脸上，这鼻息夹带着某种我所不熟悉的，好闻的味道。我觉得诧异，想睁开眼，但无论怎么用力，就是睁不开。

再一次恢复感觉的时候，我觉出了有人在为我解衣服扣子，随后用手在我胳膊上轻轻抚摩。抚摩了一阵，停住，用手紧紧挤住某一部位。凭着一种下意识，我明白这是在挑刺。奇怪的是，挑刺本应疼痛难忍，而眼下我却只觉得一种奇妙的舒服。似乎每挑一下。都撩动了你身上某个需要撩动的部位。也许，我身上的刺实在埋得太多！浑身全在疼痛！相形之下，每挑出一根刺，我就感到一种无可名状的轻松。

这种极端的舒服感和轻松感笼罩了我。我昏昏沉沉地再一次睡去。

不知过了多久。

“噗！”

我觉得脸颊上一凉。凉意渐渐扩展开来，脸颊上痒酥酥的。

“噗!”

又是清清楚楚的一滴。这凉凉的水珠淌在脸颊上，真令人惬意。我迷迷糊糊地盼望再来一滴。

但是没有了。倒是有人伸出手，轻轻地，小心翼翼地为我擦抹脸上的水珠。

我伸出手，烦躁地想把搭在我脸上的手抓住，甩开去。我抓住了，但没有甩开。手不是我常常接触到的、十分熟悉的那种类型，而是胖乎乎的，很温暖，很柔和，皮肤质感很细腻……

我睁开眼。

是庄莲莲!

“你……怎么来了……”

“我听秋儿回去说毛驴出事儿了，就赶来了。”

“秋儿是啥时候回去的?”

“半后晌。”

在我们整个生产队，没有一个人有手表，计算时间全是土概念。半后晌也就是下午四、五点钟。也就是说，她不等赶到公社天就已经黑了。她是独自一个人踉踉跄跄地摸黑赶来的。她为什么要这么十万火急地赶来呢?

我嘴动了动，想问，却什么也没有问。只是把头扭到一边。

连我自己也不知是为什么，我眼角边悄悄渗出了泪水。

这泪水并不是感动。实话说，在农村里，我们知青相互之间热诚帮助和关心的事情太多了，我不会为这一点点小事就感动得流泪。我心里涌动着的是另一种感情，就像一个久久地孤零零地躺在医院里的病人，他觉得寂寞，觉得凄凉，觉得迫切地需要温暖，需要亲人，需要谁用手轻轻地抚摩他的额头……而正在这时，他的亲人推开了病房的门，他本想高兴地欢叫一声，张开双臂，却心里一酸，涌上了一股说不出名堂的委屈……

庄莲莲什么也没有说，眼圈红红地往我手心里塞了一块手绢。

十一

第二天一早，岳平就走了。

我和庄莲莲赶到公路边去送他，把办妥了的户粮关系交给他。大约他也知道了毛驴滚坡事件，接过户粮关系，眼睛不看我，半天没出声。随后才慢慢装进衣袋里，装得很仔细，很认真。

陕齿厂招工组的组长是一个瘦高个子，穿一身劳动布的工作服，总是板着脸，给人的感觉是冷冰冰的。此刻，一俟汽车加足了油，他马上挥手吆喝：

“上车！上车！九点整了，准时出发！”

新招收的工人们一个一个爬上汽车。岳平迟迟不动。直到汽车下只剩他一个。终于，他抬起眼睛。

“这些天……”他的声音低低的，有些沙哑，“跑招工……把人跑糊涂了……等真要走了，才突然觉得……干嘛……非要当工人。”

他一跺脚，猛地背过身子。

回山的路上，我和庄莲莲一前一后地走着，谁也没有说一句话。

正是中午。这是整个世界最活跃的时候，可我们走的这条山路却永远是这么沉寂。除了风吹树草的刷刷声，再就只有谷底山泉的流水声。偶尔风停了，泉水声也消失了，就只听见我们自己单调的脚步声。

走累了，我们坐在一块石头上歇息。我心里很茫然，有些悲哀，不知该干些什么？顺手翻开了岳平送我的日记本：

世平兄：

想到离别，心里很不是滋味。其实，在此之前我曾想过，感情不能代替理智，生活在朝前走，我们或迟或早总要走上各自的生活道路的。但同样，理智也无法代替感情。一分手，想到这一别，天南地北，不知是否还能常见面，心里就空落落的。再一想，即使能相见，恐怕也已经“乡音未改鬓毛衰”了，就更增添了一种惆怅。

说来奇怪，从与你结识的第一天起，我就本能地信赖你。而实践证明，你是无愧于我的信赖的。这些年，生活起了很大变化，人的思想、情操、品质也都在变化。我们在学校所接受的那一切，都已经被现实所不齿。我常常为这一切困惑，也常常为这一切苦恼。但是，我毕竟懂得了，生活中还是有许多美好的东西的。而这种美好的东西首先体现在我们的交往中。世平兄，我不会恭维人，也不习惯于那些。但我要说，在所有接触的人当中，你是我最敬重的。在你身上，我学到了很多很多。虽然我是噙着泪与你分别，但我心里却充分体味着人世间最美丽的情谊。这种情谊是任何招工录取书都不能比拟和代替的……

我合上笔记本，默默垂下头。

我做了什么？哦，恰恰相反，公平地说，是我从岳平身上感受到了很多很多。我们在一起整整相处了十年，在我们相处的岁月中，无时无处不体现着崇高的情操和无私的友谊，我们都不是伟人，并不高谈什么远大理想和抱负。我们为现实奔波：打柴、做饭、种菜，干各种各样的脏活、累活……正是这一点一滴，使我们的情操和友谊建立在一个坚实的基础上，使这一切都无私、纯洁得令人惊讶！

第二章

十二

省水电工程队招工组的人很快来了。

每天，公社大院里人流熙熙，全是知识青年们挤在这里，互相打探消息，利用各种关系向招工组的人递条子……并且，越来越多的家长开始往这院子里涌来。他们毕竟比我们有城府，似乎什么也没有多说，什么事也没有做，但莫名其妙地一张又一张的招工登记表就拿出来了。

笑声、哭声、兴高采烈的欢呼声、怨天尤人的咒骂声……萦绕于耳，日日不绝。

招工组手里的登记表已经全部填完。他们很快去宝鸡外调政审了。

我每天在山外混日子，等待招工的回来。

几乎所有填过表的知青们都和我一样在山外混。黑了，我就去李家沟。那儿有我的朋友赵全亭。他是个潇洒而英俊的小伙子，游泳游得极出色，几次在水库里救过农民。他父亲是医生，“文革”一开始就被揪斗，于是一根绳子结束了生命。也许是出于同情，我和他很快成了朋友。

除了赵全亭，还有个叫张宝成的。张宝成和我同级，在学校时踢足球踢得特别好，尤其是跑百米，高年级的同学都败给了他，所以很是神气过一阵。他和赵全亭是截然相反的两种类型。赵全亭举止庄重，说话得体，在生产队劳动卖力，待人和气，很受农民好评。而张宝成则吊儿郎当，一天到晚叼着烟，说不上三句话就嬉皮笑脸地没个正经。只是，我不知道为什么，竟也很喜欢他。

张宝成虽然一天到晚吊儿郎当，却早早就有了对象，是同队的知青杨晨虹。在学校时，我就听别人议论他们相好，又听说老师曾专门批评过他们。但那时我只顾埋头学习，不相信这些是真的。直到他俩双双插队，又形影不离地在集镇、公社出入，这才总算看出端倪。

除此而外，我有时干脆就挤在农民的饲养室过夜。在农村，饲养室一般都是来往过路人天然的“招待所”。由于来往人杂，虱子也就格外多。常常睡到半夜，我突然清清楚楚地觉出肚皮上或大腿根处有什么东西在阴险而狡猾地蠕动，于是也同样狡猾地伸进手，待感觉准确了，迅速用手指一滚，将触碰到的小疙瘩死死按住，不许乱动。接着，指头合拢，将小疙瘩捏出来，用指甲猛挤。如果“咔吧”一响，说明大获全胜……

一连等了三天。

第四天一大早，公社汽车站旁就人山人海。知青们不知从哪儿探来的消息，说招工的今天就要回来。于是，一传十，十传百，四面八方，沟沟岔岔的人流便都涌出来了。填过表的自不待说，没捞着填表的也再无心思干活儿。没半个钟头，公社汽车站四周万头攒动，比赶集还热闹。

太阳还没升出地平线，田野里朦朦胧胧地罩满了雾霭。渭河平原像一块铺展开的、点缀得很美的地毯，浩荡不羁地朝天边伸去。而渭河水也比平日里小了许多，在两岸防护堤的夹峙下，温顺而恬然地流淌着。云蒸霞蔚，喷薄欲出；古渡垂杨，绿野烟锁……这一切都是我们在书本上读到过却从来没有看见过的美景。

只是此刻，没有一个人顾得上这些。

太阳终于跳出了地平线，一轮巨大的火球悬挂在远方天角。它并不刺目灼人，而是显出一种枣红色。像是在学校时我们隔着一块彩色玻璃观察它时那样。这轮巨大的火球打眼一看，似乎是凝然不动的，但定神再看，却发现它几乎是连蹦带跳地往上蹿。于是，天地更加明亮。一群鸟雀在公路两旁的槐树上飞来掠去，愉快地啁啾……

“他妈的！招工的人死了是怎么的？”张宝成对我说。他身旁站着杨晨虹，穿了件棉猴①，眼睛很大，有几分漂亮。

“这话可别让招工的听见！”赵全亭插了一句，这次招工他没有填表。他是来凑热闹的，“小心人家刷了你！”

“刷我不怕，别刷她就行了！”张宝成用嘴呶呶杨晨虹。杨晨虹正站在一棵柳树下朝远处张望，听见这话，扭头向张宝成嫣然一笑，

① 棉猴——二十世纪六七十年代流行的一种女性冬装。衣服和帽子连在一起。属城市女青年比较时髦的棉外套。

这一笑很有几分妩媚，也似乎带点儿讨好。

“怎么？”赵全亭不解，“你们队不是分配的男名额吗？”

张宝成像没有听见，扭头问我：

“哎，你给评个分！”

最初一刹那，我几乎搞不清评什么分，但很快醒悟了：

“她呀——八十分吧！”

他立即不满地瞪着眼珠子：

“八十分？你简直是胡说！九十五分我都嫌少呢。”

正说着，一辆长途班车到站。车门一开，四面八方的眼睛竟“刷”地全投过去了。喧闹的气氛一下子变得肃静。肃静得几乎可以让人听见自己怦怦的心跳。我突然想起了一首歌词：“千万颗红心在激烈地跳动，千万张笑脸迎着红太阳。”只是，笑脸应改为紧张的脸、僵死的脸，满怀希望和满怀恐惧的脸；而“红太阳”应改为“招工的”。

车门上先下来的是一位老太太，慢慢吞吞，半天堵在门口下不来。尤其是最后一个梯阶，她哆哆嗦嗦地一手扶门，一边往下伸脚，好像脚下是寒冬腊月天冰凉的河水，急得我们恨不得能一把拽她下来。

老太太下来之后，紧接着又是一位公社干部模样的人。他下车倒是很利索，只是一跳下车，突然诧异起来，看着车下黑压压的人群发呆。

“快走吧你！”有人骂了一句，“他妈的呆什么！”

“走开走开，别挡视线！”又有人接着吆喝。

“你他妈的挡道儿也不选地方！是猪还是怎么的？!”

他一下子涨红了脸，恼怒地要骂什么，但是大概又看见了无数双愤怒的眼睛，于是一声不响，很快拎着提包走开了。

招工的终于下来了。一位四十出头，瘦瘦的；另一位三十出头，很胖。穿得都很一般，一看也就是工程队里的普通工人，说不定是由于不好好干活儿才被派来招工的呢。不过现在即使他二位是猪，我们也得像供奉菩萨一样对他们顶礼膜拜。

人群“呼啦”涌了上去。又是千万张脸儿，只是这一回笑脸确实大大地增加了数目。最先涌近的几位知青，脸上一律挂着可怜巴巴的、讨好的、谄媚的笑容。

而这谄媚的笑容却并没有收到效果，反而一下子使招工的意识到自己的尊严。他们矜持地挺直身子，不说也不笑，像检阅仪仗队似地环视了一遍大伙儿，昂首阔步地径奔公社。

我们顿时像一群摇尾巴狗，又“哗”地追随而去。

“干什么？干什么？”那位年轻些的招工者瞪圆了眼珠子。“都别跟！该干什么去干什么！”

人群立即后退。但他威风完毕，才一转身，人群便又“哗”地跟上。

招工的便又转了身，停住脚，气愤地瞪圆眼珠子。

我们便又停步，可怜巴巴地朝他笑。

他又转身。

我们又跟上。

他无可奈何，于是气鼓鼓地用脚踢开了路边一块石头子儿，从此再也不回身。

我们不屈不挠，忠贞无比，一直跟到公社大院。

招工的终于进了一间办公室。门“砰”地摔上了。这一回大伙儿可再没人敢往里跟了，只是用眼光死盯着这间“圣殿”。

大约过了七八分钟，门又开了。那位年轻的招工者站在门口吆喝。

“曹家沟有人来没有？”

“哎——有——”

“有，有——”

七八个人同时涌上去，涌得都那么激动，那么迅速。招工者又重新皱起眉头，但很快消了气，指着一位漂亮女知青说：

“你进来一下。”

那位女知青兴奋得满脸泛红，抬脚便进门。其他几位知青不识时务，也要跟进去，却被拦在门口：

“干什么干什么？嗨！谁让你们进来了？出去！都出去！”

门关上了，里面什么响动也没有。有人蹑手蹑脚走近偷听，还没趴到门口，不知谁从背后猛一推，一下子撞开门。摔倒在屋厅当中，把里边的人吓了一跳。惹得招工的又出来“镇压”。

摔进屋子的知青当众出了大丑，爬起来，连灰也不掸，找着推他的人便是一记耳光。两人对打起来，越打越凶，抱在地上滚成一团儿。

“算了算了！什么时候，还打架！”

“自相残杀！”

“他妈的，吃饱了撑的！”

“不是吃饱了撑的，是饿急了！”

这一句说得很妙，大伙儿回过味儿，都笑起来。

而那两位还在打，打得气喘吁吁，脸色发灰，嘴唇发白。

张宝成嘻嘻笑着上前，蹲下，用手轻轻拍着两个人的头：

“喂，抱那么紧，干啥呢？配种？”

大伙儿“哄”地笑了。女知青们都羞红了脸，又忍不住笑，背过身，捂着嘴。

“你走开！”被压在底下的人气吁吁地说。

“没你的事，你走！”骑在上面的人也说。

“那好，打吧！朝死里打！打死一个少一个，空出一个名额。”张宝成说，还是嬉皮笑脸，不慌不忙，又顺手拾了两根木棍，塞给他们，“用这打！一下就见效果——”

他这一招很厉害，那两人虽说还在打，却已经是为了面子而不得不打了。

“松手！”

张宝成看准了时机，及时命令。

两人仍不松，但都停止了劈头盖脸地乱抡乱抽。

“松手！谁不松我就揍谁！”

说着，他捏紧举高了拳头。无论如何，他是个二流子、野小子式的人物，这就不得不让人惧他三分。何况，我们历来有一条不成文的准则：知青是同一阶级、同一阵营的战友。枪口对外，齐步前进，不打自己人。

又涌上来几个人，拉的拉劝的劝，平息了一场风波。

而那位女知青很快出来了，紧跟着叫进去另一大队的人。随后接二连三朝里叫。

轮到十二盘了，我走进去。

两位招工的一左一右对面坐着，那瘦子吸着一根烟，雾腾腾地让你看不清他的眼珠。那胖的照例虎虎生气地挺着胸：

“叫什么?”顺手拿起一张表格。

“赵世平。”

沉默，奇怪的沉默。

足足有两三分钟，这沉默使我敏感地觉得出什么事了。可是，什么事呢?

“哦——”胖子这一声拖得特别长。与此同时，那位瘦子也停止了抽烟，“你就是赵世平呀！你们队还有其他人来没有?”

“没有。”我有些不解，“怎么了?有什么事情吗?”

“没，没什么事——”胖子说，又很快顿住，想了一下，“是这样，你这张表作废，得换个人重填。”

我吃了一惊：“为什么?”

“不为什么，什么也不为——你别激动，别激动。坐，坐。怎么说呢，是这样——你政审不合格。”

我愣住了。

一切简直像做梦，可又分明不是梦。

事后我才知道，天下竟有这么巧的事！就在我信心百倍地打听招工消息，就在我跑前跑后地迎接体检这一段时间，我父亲被揪出来了！一夜之间，他“荣任”了“中统”和“军统”双料的特务！

招工的去宝鸡铁路地区外调，亲眼看见我父亲弯腰低头地接受批斗。

事到如今，还有什么可说。

我恳求招工的，收下我吧！已经走到这一步了，让我回去怎么见生产队全力推荐我的贫下中农呢！我甚至一一列数我在农村的表现，被多少次评为五好社员，出席了几次公社召开的知青积代会。到最后，恳求变成了哀求。我满脸通红，几乎要落泪。我搬出党的政策，有成分论，不唯成分论，重在政治表现。我请他们查查我的年谱，我是一九五一年出生的，是红旗下长大的。我请他们去学校了解我，去所有教过我的老师那里去了解，我是不是一个调皮分子，是不是惹是生非者。我请他们看看我的嘴脸，我是特务相、是阶级敌人相吗？我会不好好干工作，会抱着炸药包去炸毁某项水利或电力工程吗？……

但是不顶用，统统不顶用！

十三

是怎么走出这间屋子的，我自己也不知道。

庄莲莲迎面过来。她才看见我的脸色就惊骇地停住脚：

“怎么了？你怎么了？哎呀——”

她伸手要搀我，但我毫不客气地拨开了她。

又有一人走过来，关心地询问我什么。但他是谁。问的是什么，我统统不知道。天很蓝，蓝得像老鼠；树木是绿的，绿得可以当油菜。白求恩同志毫不利己专门利人……世界上的事情是复杂的。墙壁上贴了张什么标语？计划生育！他妈的计划生育是什么？我好像还没开始生育。现在怎么办？我这个穷知青，倒霉知青！哦，我们年轻人，有颗火热的心……

我脑子里乱七八糟地想着，一步一步朝外走。

眼前什么也看不清楚，只觉得人头攒动。那么多人，那么嘈杂，我突然觉得烦死了！他们笑什么？难道是笑我么？我有什么可笑的！——还有人在哭，是哭我么？我又没死！哭什么——哦，哭的是位女知青，她又不是我老婆……哈哈，真他妈的。

模模糊糊之中，我突然又觉得奇怪：庄莲莲是什么时候来的？昨天和今天早上我都没有见到她呀。她这个人可真有意思，神出鬼没！

走出公社大院，一根电线杆子的大喇叭里正在声嘶力竭地唱：

临行喝妈一碗酒，
浑身是胆雄赳赳——

唱得字正腔圆，好气魄！只是……只是唱得再好，跟我何干？

一阵风迎面吹来，吹起了我的头发，吹进了我的脖领，这股清爽的凉意突然使我清醒了。

这么说，招工的把我淘汰了。这些该死的招工的，他们根本不知道淘汰一个人意味着什么！——全公社的男知青走了一半，而我眼看要走了，却突然中箭落水，这滋味他们理解吗？在城市里的母亲要是得知我被淘汰，会急得发疯，他们知道吗？我在生产队一直表现很好，一直是红色公民，而这一淘汰，就把我打入十八层地狱了，他们知道吗？我们队是一个偏僻闭塞到无法想像的大山沟，在那里待十年八载，会把一个好好的人也待傻，他们知道吗？

我走进一丛柳树林，静静地坐下来。愤怒过后，心里竟慢慢涌上一股悲哀。我感到自己那么渺小，那么无能为力——就像脚下这一粒粒沙子，任人踩，任人扔——而我，没有办法改变这一切！

身后似乎有响动，是什么人跟着我来了。管他谁呢！哪怕是阎王爷正虎视眈眈地盯着我，此刻我也不在乎。

但是响动消失了。静静地，静静地……这寂静突然使我诧异。我回过头——

庄莲莲正在不远扶着一棵柳树，十分不安地看着我。

我勉强朝她笑笑：

“你……怎么来了？”

她立即鼓足勇气跑上来，蹲在我跟前：

“赵世平，你不要难过。”

我呆呆地望了望她，又是笑笑：

“你去帮我买包烟吧？”

她面有难色。

“去吧，一会儿商店要下班了。”

“好吧。”她站起身。

没过十分钟，她跑回来，手里拿盒“海河”烟，还有一盒火柴。

在此之前，我没有吸过一根烟，并且自律一生永不沾烟……

我才吸第一口，喉咙里便像被谁揉进了一把沙子，卡住了，咽不进吐不出，憋得我浑身乱抖。

“别抽了！”

但是我终于制止了颤抖，又狠狠吸了一口，浑身立即又颤抖起来。可我不管这些，我要抽！不屈不挠地抽！不管死活地抽！不顾一切地抽！抽！抽他妈的！

庄莲莲正惊骇地看着我。她碍我的事。她在身边我不能够发泄，不能够歇斯底里。

我竭力克制着自己，对庄莲莲说：

“你走吧，让我一个人待会儿。”

她又是面有难色，想了想，点点头：

“我走可以，你不要抽烟了！”

“行。”

“那让我把烟拿走。”

“我不抽就是了。”

她怀疑地看了我一会儿，算是相信了：

“你不要走远。我一会儿来找你，给你端点儿吃的。”

“不要！”

“你已经一天没吃东西了。”

“我吃不下去。”

“吃不下去也硬吃点儿。”

我突然一阵烦躁。这股烦躁像沾了汽油的柴草，一点燃就再也控制不住。我忍着、忍着……终于扭曲了脸，愤怒而歇斯底里地挥着手：

“你走吧走吧！啰嗦什么！关你什么事？关你什么事了？走！给我走！”

她一怔，脸涨得通红，但是什么也没有说，悄悄走了。

天不知不觉就黑了。喧闹了一天的公社四周又归于寂静。我不知道在柳林丛中坐了多久。我想了很多，却又似乎什么都没想。我很痛苦，又似乎心里一片麻木。这麻木遮掩了一切，既品不出甜，也品不出咸，而是一片茫然，一片迷迷蒙蒙的空白……

天上的星星一颗接一颗地跳出来了。它们全嘲笑般地朝我眨眼。但是好景不长，一团乌云很快遮掩了它们，四周顿时变得漆黑。不久，月亮渐渐重新露脸。它孤零零地悬挂在天空，而天空是那么神秘，那么寒冷，那么寂寞……这突然使我想起了大山之中的十二盘，并且连锁反应般想到了就在昨天，我还为山沟里即将剩下庄莲莲一个人感到担忧呢！

可笑！

我抡起拳头，用尽全力朝树身猛捶——就在身子转动这一刹间，我猛然发现远远地站着一个人。

庄莲莲！

她正一动不动地，怯怯地等待着我。她手里还端着什么——哦，那是一碗面！面早已凉了，结成了一团大大的粘块！

十四

新的招工表很快下来。这一回理所当然是徐申民填表了。

张仁义很吃惊，并不明白这是怎么一回事。我如实将情况告诉他，他更吃惊："啥啥？你家里有问题哩？有啥啥问题？这才是黑夜里灯乱灭，鬼来……来咧……"

他一边说，一边连连后退，真像是鬼来了似的。然后又安慰我：

"毬！这一回走不了下一回走！日他娘哩，招工崴人眼睛怕是瞎着哩。你宽心，你家里有问题没问题和咱队里没关系。毛主席教导说：操心多了老得快。这号事么，你家里是啥特务我不管，我当我的队长，哎——毬——"

徐申民大获全胜。我成了地地道道的战败者。我很沮丧，很丢面子，一声不响地接受着这既成事实。

填表的时候，徐申民很得意，故意高举着登记表，对着窗户上透进的光线左瞧瞧、右照照，说：

“嘿，这真是命里有，怎么也得走！命里不该走，挣死也白受！”

庄莲莲在外间厨房听见了，一声不响。一会儿，一只母鸡看厨房门大开着，悄没声息便踱进来，想去灶头灰堆里扒东西吃。庄莲莲猛地抓起扫帚把一抡，惊得母鸡扇翅乱飞，没命地咯咯叫着逃窜。她一直追到门口，还不罢休，恨恨骂道：

“看把你骚包的！不知姓啥了！也不拿个镜子照照自己！小心我在馒头里面下老鼠药，毒不死也让你背两天气！”

屋里没声音了。过了一会儿，徐申民披着军大衣走出来，嘴里还叼着一根烟，冷冷地笑着，说：

“你骂谁呢？”

“骂鸡。”庄莲莲头也不抬。

“到底是骂鸡还是骂人你说清楚！”徐申民冷冷一笑。

“你说我该骂鸡还是该骂人？”庄莲莲毫不退缩，说：“再没有这么讨厌的东西啦！一天耍奸溜滑，光想吃白食！”

徐申民想发作，却又没法发作，只好转身又回屋子。可是这样回屋未免有些丢面子，于是愣了愣，恶狠狠地扔过来一句：

“别一天舔赵世平的尻子！小心舌头舔破了！”

“没人舔你尻子，你不舒服是不是？”庄莲莲摆出大干一场的架势。

徐申民气得脸煞白，还要说什么，可一时又想不出词儿，于是仇恨地“哼”了一声，进屋了。

中午一吃过饭，庄莲莲就不见影儿了。

我没事可干，就在村子里闲转。

已经是深秋了。天晴得很好，像一匹纯净无比的蓝缎子，又像碧波万顷的大海。在这个季节，早晨和晚上照例很冷很冷，而中午却暖烘烘的，令人很舒服、很畅快。这种生理上的舒适和暖和很快转化成一种心理上的熨帖，我突然觉得：把我淘汰掉了，也好！在这之前，我被卷入到招工的漩流里，晕头转向。我的视野很窄，心胸很小，什么也看不见，什么也不去想，只是机械而本能地奔向一个既定的、僵死的目标。而现在，当我招工彻底无望，当我被漩涡推挤出来时，我突然冷静了。而这一冷静，我竟意外地发现：生活其实是广阔的，大可不必为招工被刷而痛心疾首。

何况，即使是在那种盲目而被动的旋转中，我内心也时时产生着一种自责，觉得自己很自私。而现在，自私的道路被堵死了，这很好。

这些天，我已经越来越对庄莲莲产生了好感。我横了一条心：我要庄莲莲先出去。

我毕竟不是动物。我不仅需要各种实惠的利益，也需要心灵上的平衡。每当进行一次自我道德完善，我心里便很宽慰。

李半瓜正在小木桥边洗手。从前他是从不洗手的，后来我们知青每回收工路经小木桥都要停下洗洗手，他便也跟着学。他一边洗，一边嘻嘻地傻乐。

据村上人说，李半瓜刚生下时满乖巧的。三岁时候，地里庄稼紧，他娘把他关在院子里玩，自己去割麦子。回来时发现院门大开，一片凌乱，满地都是豹子脚印。这一下，她慌了神，大哭大叫；又召集村邻们在沟沟岔岔里放炮仗，点火堆，又亮着火把进沟找。还真神，找到了李半瓜。他满身是血，一动不动。村里人以为他死了，近前一摸，还有气。而他旁边一只小山羊却被豹子开了膛，露出白花花的骨头。

李半瓜的命算是捡回来了。可从此以后也再没有过去的灵气，终日只会嘻嘻傻笑。

只是……只是这也好。没有了正常的思维，也就没有了许多烦恼。

我举了举手，算是和李半瓜打了招呼，继续往前走。

村子里很安静，一只猪懒洋洋地拖着步子，沿着麦场边走，走到一盘树根前，突然歪倒了身子，一下一下用力在树根上蹭，同时发出满意的“哼哼”声。这声音使我联想起在山外混的那一个多星期。我身上沾的虱子只怕绝不少于这只猪身上的。那些天，只要天气好，我便找个背风的墙根坐下来，脱光了上衣，一边晒太阳，一边“咯吧咯吧”捏虱子。那情景，让父母或者其他人看了也许很辛酸，但我实实在在地觉得很美气。

身上不痒。太阳暖烘烘的。

三娃他爸和二喜正在麦场上铡草。二喜手握铡刀，三娃他爸每入一下草，他就用力一按。

在所有的农活中，铡草是最惊心动魄的了。我曾干过几次，弄得晚上连觉都睡不安稳，总是做梦出了事故。

铡草最重要的不是手握铡刀的人——他只要力气大，闭着眼睛往下按就是。关键是入草的人。由于牲口的料草必须细碎，所以每次入进刀门的草不能超过半寸长。这就全靠入草者的功夫。入草者必须双手紧握草捆，一丁点儿一丁点儿地朝刀口递送。手离刀口远了，草捆便会散，没法铡。离得近了，弄不好就“喀嚓”一声，连手指头一起被切掉。何况，从早铡到黑，谁没有个稍微走神儿的时候。而只要一走神儿，马上就大难临头！

正因为如此，村子里有一条不成文的规矩：入草者从来没年轻人，全是老汉。一来老汉火气小，有耐心。二来反正活不了几年，即使铡掉了几根手指头，也不怎么可惜。

农民们也懂优选法。

走到仓库前时，秋儿正好背着晒好的核桃过来。他抓了一把给我：

“驾，老赵，全是薄皮核桃，嘴一咬就开。”

我蹲下剥吃核桃。核桃是新鲜的，很香，很好吃。今年我忙于跑招工，没顾上满山里打核桃。早知道要淘汰我，还不如去打核桃吃。能打几麻袋呢。

该死的招工的，×你们姥姥！

秋儿吃了两个核桃，问：

“老赵，咋么你可又不当工人咧？”

他问话的口气似乎没有同情，倒觉得当不当工人没有什么区别，这倒使我很得着一点儿安慰。

“我被人家招工的日弄咧！”

“日弄你？”秋儿大嘴一咧，笑起来，“你一天说笑哩，照你这念书人，不日弄别人就算好，谁能日弄你？”

他又想起什么，说：

“照我看不走也好。咱十二盘虽说山沟卡卡，是个宝地方哩！你没听人说，苏修美帝反革命全都相中咱这地方，要进来掠咱哩！咱这搭儿有山有水，有吃有喝，烧柴也不愁。照我看，你和庄莲莲搂着一睡，就这搭儿住下算了。”

我吃了一惊。

秋儿已经站起来，咧着大嘴一笑，忙他的活儿了！

转到大队部的时候，里面传出来说话声。

“你给想想办法嘛！”是庄莲莲的声音，明显地发着哆。

“我能有啥办法？我还不是泥水里拱出来的硬壳壳——土鳖一个！”这回是王蛮科。

“你是民兵连长，大队革委会副主任——十二盘的人尖子哩！”庄莲莲正恭维他。

我突然觉得很不是味，很恶心。庄莲莲好容易在我心里矗起来的完美形象又立即被这几句话破坏殆尽。她又回到原先那个很现实的、充满了庸俗味儿的位置中去。

只是，毕竟不是完全复原，毕竟她在我心里留下了许多东西。否则，我不会这样恼怒，这样觉得格外羞耻。

而她丝毫不觉，仍在恬不知耻。

“嘻嘻。”王蛮科在笑，“咋么，你一天三回来给赵世平说话，你俩是啥关系？”

“你说啥关系？”

“睡一搭了？脱了个精巴溜？”

“耍胡说！让赵世平听着了，扇你嘴巴子！”

“他扇我？”王蛮科的声音里透着几分得意，“他现在还凶啥哩！他家里有大问题——”

“根本就不大!”庄莲莲分辩。

“不大?不大招工就不要他!”

“招工的瞎了眼睛!”

“哟,哟,招工的瞎了眼睛!”王蛮科酸溜溜地叫起来,“你没瞎眼睛,你瞅准赵世平咧!你怕是要寻他当女婿。”

“叫你嫑胡说嫑胡说。”

“对,对。咱不胡说。你说吧,想叫我做啥?”

“给赵世平帮帮忙。”

“我咋帮忙,我能帮上啥忙?”

“你开上介绍信,去找招工的,代表咱大队给他说话。”

“说啥话?”

“就说他表现好。家里有问题也还有个重在表现哩。咋,人家表现得哪搭些不好?”

王蛮科没回答,好一会儿,突然色迷迷地:

“我去说,能行……你拿啥谢我?”

“你要啥?”

“我啥也不要,光要和你亲爱一回。”

我愤怒得浑身颤抖,恨不能一脚踹开门,进去朝王蛮科脸上来一下子。但我克制住了自己。

“你看你——”庄莲莲在说,声音并不生气,“我和你正经说哩。”

“我也和你正经说哩。你不爱‘亲爱’,我就不用洋词儿,咱两个团结互助,来一回关系。”

我再也无法忍受了,“嗵”地踢开门,径自朝王蛮科奔去。

——屋子里除了庄莲莲和王蛮科，还有好几位生产队干部。

我怔住了。在这种公众场合中说下流话，和两个人单独在一起说，有一种无法诉诸于文字的质的区别。

我没有权利动手。

十五

晚上，天空布满了星星。

徐申民已经出山了。他填了表便急急忙忙去找招工的，在这一点上，我和他没有区别。

家家户户都在冒炊烟，风箱声噼哩啪啦响成一片，宛如一支雄壮的乐队。农村吃饭照例很晚。不知是远古时代留下了节俭的习惯还是困难时期不得不勒紧裤带，这儿的人都养成了晚上不吃干粮光喝稀汤的习惯。刚下乡时，我们不习惯一见面就问候“吃咧么”，仿佛除了吃便再没有任何可以表示热情、同情和关心的事情。等习惯了，又发现晚上见面不能问“吃咧么”，要问“喝咧么”。如果你偶尔问错，对方也立即会纠正——“喝咧!”“还没喝哩!”而决不会顺着你说“吃咧。”“没吃哩!”

我刚放下碗，吉香她娘就双手端着一碗东西，在门口叫：

“老赵，麻利来，帮我接着。”

我忙上前帮她，原来是一碗刚做好的肉臊子①。

吉香她娘烫得直甩手。显然，这碗肉臊子是刚刚做好的。

---

① 肉臊子——西北地区农民喜爱的一种肉食，将猪肉切成肉丁，加醋等调料后用小火久煮，直至将水煮干，味鲜美，可长久贮放。

“往哪搭儿端呀?” 我接了手，随口问。

“脚都进门了，还问往哪搭儿端哩。”她慈眉善目地笑，“给你两个的!”

吉香她娘有四十出头了，人非常忠厚。刚下乡时，女知青们都不会做农村饭，不会漏面鱼，打搅团，调野菜。这就使我们的伙食糟糕之极。她看不过去，就主动来帮忙。我们是大户，一顿饭得用三四斤面，她常常累得满头大汗却从不吃我们一口饭，不喝我们一口水，甚至不等我们说一句感谢话，就默默地干完又默默地走开。她和熊老汉不同。她不是想沾着知识青年赶时髦，图虚荣，而是真心实意地同情和帮助我们。知青们在广阔天地里一筹莫展，可怜兮兮，这是她凭着一颗善良的心体会出来的!

实际上，吉香她娘的遭遇比我们凄惨得多! 困难时期，她拖着浮肿的身子从家乡甘肃逃荒流落到十二盘，又在这里结婚定居。十年过去，她在这里添了两男一女。而在甘肃老家，还有她另一个丈夫和另外三个儿女。她是卖了自己去养活那三个儿女的! 幸运的是，她卖给了我们队的雪海。雪海个子极矬，是个侏儒，但也是个善良人。他对她不苛求。

每年麦收一过，吉香她娘照例急急收拾旧衣旧袄，裹成大包袱，然后灰一身汗一身地赶几十里山路，去转火车，倒汽车，看望甘肃的丈夫和儿女。年景好的时候，还给他们背去一口袋麦子，捎去一些钱和粮票。甘肃地方穷，她就用这种办法接济他们。虽然很有限，很微薄，但毕竟是接济! 而在饥饿线上挣扎的人，也从来不奢望更多。他们只需要一口馍、一块饼，哪怕是发霉的。

按法律上来说，她这是犯有重婚罪；从感情上来说，她无论对哪个丈夫都是不贞。但官方对她睁一只眼闭一只眼，而丈夫们也从来不认为她有什么不对。在贫穷面前，一切美好的感情、道德和神圣的观念都应当赋予另一种解释。

我们曾对她的经历十分感兴趣，却从来没有人去询问。无论如何，那里面包含着巨大的悲惨，隐埋着许多骇人听闻的血泪……

此刻，她望望我：

“莲莲哩？”

“计工去了。”

她便不言语，又停了一会儿：

“老赵，覅酸心！”

“什么？”我一时没懂。

“啊你这号人，今儿不走明儿走。国家迟早要用哩！”又说：“做下臊子，想给你俩多端些来呀。可割的肉少。老赵，等收罢秋，打下核桃毛栗——”

我连忙表示，这已经很过意不去了，怎么还能再要呢。

吉香她娘前脚才走，张仁义后脚就进来了，也不说话，蔫搭搭地自己去找个小板凳，靠墙角一坐，习惯地掏出烟锅。

“驾！”我扔给他一根烟。“人穷志短”，在贫困的山区格外能体会到这一点。农民们能抽纸烟，是一种荣誉的标志和价值的显示。所以，只要给一支烟，他们便很谦卑、很友好、很感激。拿张仁义来说，晚上来叫我们开会，我们不去，他气得脸发灰。可只要递上根烟，他便马上板不起脸了，和我们哼呀嗨呀地扯上半天，临走时说一句：

“啊你们一会儿过来看看。”

虽然他明明知道我们决不会去看看的。

此刻，他狠狠地吸了两口烟，却仍然不言语。

“咋么咧?”我觉出异样。

他还是不吭气。过了一会儿，他才长长地吐了口烟，恨恨骂：

“崴婆娘啊，捶死都不解气!”

我立刻明白了。

在我们这里，婆娘就是妻子。

张仁义的婆娘叫乖艳。今年二十二。比他整整小二十岁。

乖艳是困难时期从甘肃到陕西来的。谁也说不清她是城市人还是农村人。反正，那一年到处没粮吃，饿得发狂的老百姓成群结伙地去抢劫公家粮食，再就是携儿带女，像水银一样漫地铺开，四处乞讨。乖艳跟着一伙难民扒火车到了陕西。先是在宝鸡街头要饭，后来又沿陇海铁路东进，过咸阳，跨西安，破潼关。八百里秦川走到头了，发现前面不富庶，于是折身西下，到了窑底，结果张仁义给领进山里来了。

刚进十二盘时，乖艳蓬头垢面，浑身脏不可言。虽说十二岁的人了，可发育不全，根本谈不上成婚。在十二盘头两年，生活仍然处在困难时期，她只能半饥半饱地活条命。以后生活逐渐好转，她也就一点儿一点儿缓过来。起初小荷初露，一派清新；再下来肌丰颜润，出落成一个像模像样的大姑娘了。她性格活泼，爱唱爱笑，于是便有人催促张仁主早点儿和她成婚，说：“崴女子太活泛，老实人怕笼不住喀!”

果然，一如众人所料，乖艳越来越爱收拾打扮，越来越爱和年轻人在一起胡调。而当张仁义提出要成亲时，她竟缄口不言。在众人的怂恿下，张仁义曾大着胆子去她炕上摸黑，结果被她又喊又打又抓，闹了个老大没趣。就这样两人名义上是夫妻，实际上像父女，不明不白地同屋吃饭，分开歇宿。

后来，张仁义当了队长。有一回县上开“三干”会，整整一个月。等他回来，发现乖艳改变了许多。脸色似乎更光润了，笑容也常常挂在嘴角……又过了两个月，乖艳便常常恶心，想吐。请赤脚医生治来治去，总不见好。倒是乖艳痛快，说不用再治，她是怀了孕。

对张仁义来说，这简直是当头一棒，当时便气得抱着头呜呜大哭。问乖艳野汉是谁？她死活不说。打了几巴掌，还是不说，张仁义便又抱住头哭。

乖艳根本不动声色，等他哭嚎完毕，说：

“你看咋办吧！反正丑事情我做下了。敢做我就敢担！你要是嫌我身子坏了，我明儿就走。或回甘肃，或挑个人家落住，与你没干系！你要是不嫌我，咱俩立马就结婚——不过我可有话在先，我不是个规矩人，我比你小一茬人哩。指望我一心一意和你过日子，不得成！”

她说得轻松自若，好像生活对她来说，本来就是这么简单。张仁义目瞪口呆了好半天，噙着泪，应承：“留下吧。把娃生下来。我是比你大一茬人哩，你不嫌我就是好，我还能嫌你个啥！”

他们很快成了婚。张仁义指望成婚以后，现实生活和一个接一个生下的孩子会牵住她，改变她，谁知一点儿不改——她倒比当姑娘时更放得开了！她没事儿便敞着怀，那对白生生的乳房遮一半露一半地在男人们面前晃来荡去，眼里色迷迷地四处斜睨。只要张仁义有事外出，他家的炕上便照例有人去睡。一来二去，村里人便叫乖艳“代销店”、“公共汽车”。张仁义明明知道，却无可奈何，实在看不过眼，便跑到我们这儿来，抽根烟，骂几声，然后拉拉二胡，算是自己给自己解气。

张仁义和我们感情越来越近，其中一条重要原因就是我们从不欺负他。别看他是队长，生产队里的青壮汉子几乎没有不在他家炕上睡过的。只有我们知青绝对清白。有时候，乖艳特别喜欢找个借口和我们男知青搭话，说不了三两句，话的味道就变邪了。我们不是装糊涂就是扭身离去，弄得她挺没趣儿。这一点，张仁义心里很清楚。

闷抽了一根烟，他便消了气，四处望望说：

“胡胡哩？”

“洋胡胡吗土胡胡？”

“土胡胡。”

土胡胡是指二胡，徐申民的。他今天出山已经带出去了。

我如实告诉了张仁义。

他嗟叹不已，遗憾了半天，说：

“咋么倒忘了胡胡是老徐的。毬！不推荐老徐当工人对着哩。要不是当工人，胡胡也不得带走！”

他又问：

“洋胡胡还在哩嘛？”

“在哩。”我拿出提琴。

他小心翼翼地按过提琴，学着我们的姿势往肩上放。还没放稳，他又觉得似乎要掉下来了，赶忙用手扶。这样，一刻也不松手，就显出了不自然。他脸都憋得青紫，嘴里一边念咒般："可不敢跌咧！可不敢跌咧！"一边腾出右手抓弓子。弓子还没上紧，他就央求我：

"老赵，帮忙把弓子上上！"

我上紧了交给他。他拉了几下，却没声音。原来松香没有了。半个多月，我们只顾招工，没有人动一下提琴，弓弦上都已落满了灰尘。

他无可奈何地放下提琴，问我：

"老赵，明儿你上活不上活儿？"

"不上。"

"不上就不上。"他说，"咱这活儿一天做不停，到了值不下，三毛七！咱还算是个啥生产队长！毬——不是毛主席教导，咱也当二流子去。"

"毛主席教导你啥了？"

"毛主席教导：兔子腿不长，跑路还像样。"

庄莲莲已经回来了，正在洗碗，"哧"地笑起来。

他却不解了，望望庄莲莲："笑啥哩？你笑啥哩？"

又转回身，一本正经对我说："老赵，你是文化人。读毛主席书肯定有几摞摞！'最毒婆娘心！'肯定是毛主席说的吧！说得确实伟大，确实正确……"

显然，他把乖艳恨得牙痒痒的。

又扯了几分钟，他起身走了。

庄莲莲手脚不歇地洗了碗，又擦案板，然后往锅里舀了几瓢水，往灶膛里填了几根柴，这是晚上洗脸洗脚用的。之后坐下拉风箱。

桶里水光了，她手脚又都占着，只得看看我。

我不理她。

她有些为难，但还是紧着拉了几下风箱，看看火已燃旺，便抓紧时间，提着桶出门。

我又不忍心了，一把夺过桶，往水井走去。水井边放着一根带钩的树枝，已经磨得溜光溜光，呈现出一种赭红色。这是我们打水用的。

我打了水，提回到屋子，把水桶“哐”地一放。

庄莲莲吃了一惊，看看我：

“你怎么了？”

我不回答。

“你不舒服？”

我还是不回答。

我觉得难以启齿。她和王蛮科说说笑笑，太越格了！可这关我什么事？我有什么可气愤、可不满、可羞恼的呢？如果我表现这种情绪，她会怎么理解我呢？吃醋了？！

我是她什么人？凭什么吃醋？

这太丢人！

我拼命克制自己，可是总觉得不吐出来不舒服。

她很敏感，沉默了一下，问：

“你是不是为了白天的事？”

“什么事？”我气鼓鼓地问。

“王蛮科……”

既然提他，我也就不客气了：

“你又不是三岁孩子，连什么玩笑该开什么不该开都分不清。那么下流的话，听着都让人恶心！”

她脸一下子通红，可怜巴巴地望着我，犹豫了一会儿：

“那，他要开那种玩笑，我怎么办？”

“他怎么不敢对别人开这种玩笑？关键是你自己！”

她更尴尬了，愣愣地想了半天，才说：

“行。我以后一定注意。不过，我是想让他给你帮忙。”

“我不需要这种帮忙！”我几乎要喊叫了。

这种帮忙对我简直是一种无法忍受的耻辱。她懂不懂这些！

她吃惊地瞪大了眼睛，直直地看着我，再不敢吭一声。

十六

徐申民很快当工人走了。他运气好，一帆风顺。

岳平走时，除了必需带走的，其余一律给我们留下：斧头、镢锄，包括瓶瓶罐罐以及用不着了的工作服，甚至工分、余粮……而徐申民却把所有的东西搜掠一空。那股神态，仿佛不把我们穷死饿死不甘心！

我并不是个善良之辈。我心底深处那股十足的小人味儿也翻上来了。我和他摽上了劲儿，偏要看看他能怎样神气！

他终于犯了一个错误：将一把不属于他的电工刀也塞进了他的背囊。我装着没看见，存心等他费足力气打好背包，存心让他气喘吁吁。

当他一切完毕，撇着凉腔，神神气气要出门的时候，我挡住了他：

“把电工刀拿出来!”

“什么电工刀?”

“你背包里那把!”

“那是我的!”他说得理直气壮。

“你的?”我冷笑一声，“你太健忘了！今年春天你要削一个二胡旋钮，向岳平借的。知道岳平又是从谁手里借的?”

他哑口无言，沉默了一会儿，突然解开背囊，掏出电工刀，朝地上狠狠一扔。

“捡起来!”

他傲慢地抬起眼睛，看着我，眼光满不在乎，似乎在说：你看着办吧!

“捡起来!”我又说了一句，声音很低，但我自己也感到很有力。

他仍然毫不在乎地斜睨着我，双手抱肩：

“要是我不捡呢?”

“那你就别想出这个门!”

“我倒要看看——”他把背包往身上一背，朝外就走。

我挡在门口。

他用胳膊一推。这一下我猛地冲上去，照他胸前就是一拳。他踉跄了一步，随后把背包一扔，冲过来照我脸上还了一下。我躲了，但没躲开。他的个头又高又大，虽说干活儿从不出力，但力气是有的。这一拳打在我左颊上，顿时火辣辣生疼。眼前金星乱冒，什么也看不清，但这更激怒了我。我本来是个懦弱的人，从小就不会打架。如果不是他那种过分的神气激怒了我；如果不是这些天我心里有一股发泄不出来的怒气在鼓荡；如果我不是一直处于一种歇斯底里的悲哀与失望中；我是决不会伸出双臂，用那种可笑而无聊的姿势在门口拦他的。那种姿势表现了一种无可奈何，一种失败情绪，一种狭隘的嫉妒。但现在，我什么也顾不得了，我心里只有一种想发泄的欲望。这股欲望使我精神振奋，使我躯体灵活，使我从气魄和意志上都产生出一种不屈不挠的顽强和不顾死活的胆大妄为。我捂住了受了伤的左颊，又一下冲上去，照着他脸上还了一拳，紧接着是第二拳、第三拳……出拳的速度又快又狠，他似乎没有预料到我会这样打人，于是只有踉踉跄跄地后退。当我最后一拳打在他脸上时，他竟“咕咚”坐在地上。

他坐在了风箱旁边。身边有一把劈柴的斧子，磨得雪亮。他连想也没想，一把抓起斧子，跳起来朝我砍，我飞快地一躲，斧子落在案板上，竟深深地嵌进核桃木的案板里。

这一下我吓呆了。我突然清醒过来，这是干什么？为了什么？难道我们的生命都这样不值钱？为了一把电工刀！

但是关键时刻，没有选择的余地。我趁他拔斧子的时候，也飞快地掂起了另一把斧子！

当徐申民气势汹汹地要继续朝我扑的时候，发现我正高举着雪亮的斧子迎战，他怔住了。

我俩都高举着斧子，似乎随时要砍下去，但又都不砍，仿佛泥塑木雕。

一秒钟、两秒钟、三秒钟……

他先扔下了斧子。

我没扔，警惕着他要什么花招。

但是没有。

他犹豫了一下，突然转身从地上拾起了电工刀，又用自己的衣服下摆擦了擦上面的泥土——擦得很仔细，很认真——随后规规矩矩地将电工刀放在案板上。又从口袋里掏出烟，点着火吸。

我发现他点火的手是颤抖的。

我也扔下斧子，同时觉得诧异。

又静静地僵持了几秒钟，他突然把烟掐灭，说：

“赵世平，我把刀拾起来了。你要以为我是害怕了。不是我想拾，我心里……挺不是味的……”

他说不下去，停了一会儿，颤抖着吸了一口气：

“这些天我……一直想，我们不说处得多么好，可毕竟在一个锅里吃了三年饭。我们……能说没一点儿感情？……为什么……一招工……”

又是一阵停顿。

我突然一阵惶惑，随后隐隐约约有些不安。这些天来，为什么我们都突然降低了自己做人的标准？我居心叵测地监视着他的一举一动，甚至连把电工刀也不放过。我甚至几次想施个阴谋诡计，用造谣中伤让他当不成工人！我变得多么阴暗，多么卑劣——

哦，公平地说，首先是他降低了做人的标准。他没有意识到，他降低了自己，便迫使和他相处的人也必须对等！不过……无论如何，我也变得多丑恶，多狰狞！这一切都不是我的本来面目，都是不该发生的——

我原本连想也没有想过送他出山。但最终仍然送了。当我为他背着行李，爬上十二盘高高的坡顶，一眼望见逶迤伸展的山脉，望见深谷中冥冥茫茫的氤氲，望见极远处那浩渺不羁的黄土高原和碧蓝如洗的无垠天空时，我突然又重新产生了惶惑：也许，我的自我谴责是完全多余的。我根本用不着送他，也根本用不着对他同情。我只是在充当一个可怜的东郭先生的角色。想想当初他是如何欺骗张立明；想想他是如何开了证明，而我还以为他在充分显示着高尚而尊贵的风度。哦。也许他现在心里真的难过。但这种难过很快会消失；并且这种难过并不是心里真的被启迪了什么，萌发了什么……生活多么强大、复杂！在现实生活的各种利益中，他以前会，今后仍然是会情不自禁地流露出那不美好的一面的！

分手的时候，我对他说：

“徐申民，我俩从今以后就算分手了。我知道，你不会给我来信；我呢，也不会给你去信。我们俩命中注定成不了朋友。不过，这一段不愉快的事，让我们都忘掉吧。”

我们握了握手，算是友好地道别。

第三章

十七

转眼一年过去了。

这一年，我们整天都眼巴巴地等待着再来招工的，而招工消息却像是被冰雪封冻严实了，再也透不出一丝儿信息。

过了冬季，春天紧跟着就来了。还没感受一下春天的温馨，又开始了紧张的夏收。在农村，一茬又一茬季节像有人用皮鞭催赶着，光阴完全是在不知不觉中溜走的。

张立明回队来了两次。两次我都不在队上，没见到他。据我所知，引渭工程上大部分知青都回生产队了。只有他，仍然在那儿坚持干。他为什么不回队？难道，他还被徐申民蒙蔽着，还在生我的气，不肯原谅我？

夏播的时候，天下起雨来。一下就是一个星期。

整天闷在屋子里，简直像坐牢。实在无奈，我便大开着门，怔怔地望天；又站在屋檐下，望泥泞的小路，望远处的山和树……

“哟，看啥哩？”

一个清清亮亮的声音飘过来，带着几分轻佻。

是乖艳！她左脸颊上还带着一条泛血的印痕。我知道，那是宝宝媳妇抓的！

宝宝媳妇是村子里有名的泼妇兼醋坛。不知哪一天晚上，宝宝没回家。后来传出话，说那天晚上他是在乖艳炕上过的夜。这一下宝宝媳妇恼得气冲斗牛，二话不说，撒泼般便找到乖艳。两人当下就在麦场上打起来。我亲眼目睹了那场打架。宝宝媳妇不抽耳光，不抡胳膊，而只是抓和掐。并且全抓掐下部。看得我莫名其妙，这算是什么打法？

别看宝宝媳妇人高马大，打架却远不是乖艳的对手。乖艳比她灵活，无论她怎么拼命，却总也近不了乖艳的身。有两次她用力过猛，竟一下子栽倒在地，弄得狼狈不堪。大约她自己也发怵了，可又不能这样败退，于是鼓着劲儿继续打，直到在乖艳脸上狠狠抓了一把，留下印痕，这才见好就收。

又过了几天，宝宝从山外背盐回来，一听这事，气得抡圆胳膊连连捶媳妇，又瞪着眼珠子指天画星星地发誓，说那天晚上他压根儿就没见乖艳。他是在饲养室帮着刘老汉值夜。

而刘老汉也果然为宝宝作了证，说那天晚上他心口疼，是宝宝整夜替他给牲口添料喂草。

既然如此，风声是从哪儿传出来的呢？

再下来轮到乖艳讨伐宝宝媳妇了。她远比宝宝媳妇聪明，是出其不意地讨伐。宝宝媳妇正在地里干活儿，她用瓦罐端了盆屎尿，朝宝宝媳妇头顶一扣。没等对方灵醒过来，她早已跑开。一边跑，一边笑，嘴里还唱着：

她好比粪坑中明珠一颗，
灵芝草屈长在牧羊山坡；
你看她娇滴滴如花一朵。
没想到如今被臭屎尿生生埋没……

虽然我们下乡这么长时间了，与乖艳接触也决非十回八回，可说实在的，并没有完全摸透她。她没事儿就乜斜着秀眼与男人们胡调。对她来说，和男人们睡觉是件轻而易举的事，可是另一方面，她心目中的男人又是有选择的，并且选择的标准往往很“怪”——有一回，公社革委会一位年轻干部下乡来住在她家。论地位、相貌，这位干部无疑比山里农民强得多，大约这位干部早就听说过乖艳，住了没三天，就开始不规矩。乖艳不羞也不恼，只是嘻嘻地笑，骂：“该吾儿。”这位干部愈发欲火如炽，竟趁着张仁义去老林里凿棍，一把抱起她，强往炕上按。乖艳急得直摆手，说：“不行不行！男人立马回来哩！黑了吧，等天黑了到岔河沟口——”。这位干部喜出望外，当天晚上准时去了。果然，乖艳没有失信，领着他往林深处去。越走越深，黑咕隆咚。走啊走，乖艳不见了，急得这位干部乱叫，开始是小声叫，后来大声叫，竟至于歇斯底里。却终不见人。他屏住气息仔细听，古木萧萧，水流咚咚，更有那怪鸟惨号，兽嚎声声，原来置身在密密匝匝的大树林子里。直把他吓得三魂出窍，没头苍蝇一般乱转乱闯，直到快天明时，才终于寻着了来路……

诸如此类的事情，大小总发生了七八起。这却与她平素的性格不符。她的来历不明，也许，她原本是西北某个荒僻、原始而又蛮野的地方长大的，她沐浴着自然的风和雨，血液里有一种不安分的天性；再也许，她是在一个有殷实家底的人家落生的，她的智商远远高于山沟里其他人。这一切使她蜗居在这里，感到精神上有一种强烈的不适和不满，却又无力挣脱，于是自暴自弃……

天知道！

此刻，她穿得慵懒俊俏，身上的香粉味儿老远就能闻着，正笑眯眯地斜睨着我：

“庄莲莲哩？”

“去县上开会了。”

“女人家还去开会？”

我没有回答。这类事和她说不清。而她也不需要我回答，笑嘻嘻地又开了口：

“啊，你孤单很，不寻个人陪陪？”

“谁来陪？”我没好气地说，“你？”

“我怕不得行。洋学生找洋学生，崴女学生福气大，都挨洋戳哩！”

越说越不像活，我干脆装听不见。

“咋？咋？”她又叫起来，“还脸红！你才嫩得冒水水哩！么大个小伙光会看下雨，不嫌可怜！”

“大小伙儿就不能看下雨嘛？”

“能。咋还不能。”她又是嘻嘻一笑，“不过光看顶啥？这么难熬的，你不会自己寻地方下雨？”

“啥？”我莫名其妙。

“没啥，哈哈……傻学生。”她又笑起来，毫不知耻地，“男人家，连下雨都不知道。一天书上学来些啥本事？”

说着，她嘻嘻哈哈地掉头走了。

实在闷不住，干脆，去吴岭找张宝成。

我用黄书包背了几块锅盔，卷高裤脚，又披块塑料布遮雨。

才过了通往槐树坪的小桥，就碰见王蛮科。

对王蛮科，我一直没什么好印象。他这个人是个典型的两面派。公社干部下来，他像一条摇尾巴狗，可怜巴巴的。而在其余的场合中，他却像只吃人的豹子，神气十足。他好胜心强，特别爱耍威风。那些威风拙劣至极，也恶劣至极。比如，他参加劳动，往仓库里扛麦子，他扛二百斤。别人就不能超过二百斤，否则就显不出他劳动最好，力气最大。不过你扛一百斤也不行，他会觉得吃亏。再比如，不管什么头衔，“四好社员”，“五好家庭”，“学习毛选积极分子”，“模范民兵”……他全要有分。他没分谁也别想当。最精彩的是有一回，他按照公社要求布置民主选举队干部。选举的办法是先提出候选人，然后由大伙儿一人手里捏一粒黄豆，同意谁就朝谁的碗里撂。这时候候选人是要回避的。其他几个候选人也确实回避了，只有他不，直直地站在旁边。大伙儿碍着情面，不得不朝他碗里投。这还不算，有几个老汉老婆婆耳聋眼花，根本搞不明白选举是怎么回事儿，糊里糊涂就把黄豆投到别的碗里了。他就把这些黄豆全捏过来往自己碗里放，一边骂：“日你先人！连碗都认不准了么？我的碗在这边哩！”

结果，他全票当选。

当然，这都是我们没来之前发生的事儿。随着年龄增长和阅历增多，他现在收敛了许多，尤其是对我们知识青年，他既有想大耍威风、欺你一头的一面，又有讨好交结、尽量不惹的一面。

此刻，他打量着我，显出有些阴阳怪气：

“老赵，你这是弄啥去呀？”

“耍去。”

“到哪搭儿耍去？”

“咋么？还得给你汇报一下么？”我也没好气地反问。自从我招工被淘汰以后，他知道了我家里有问题，就总是用一种居高临下的姿态对待我。不过他失算了。我心里很清楚，他毕竟是一个山里人，对外面那个世界所发生的风风雨雨只知皮毛。他用蛮力对付他属下的山民们可以，想对付知青就不那么容易了。何况，他那种威风只是一种显摆，尤其是当着庄莲莲的面，他显摆得就愈发强烈。而这一点，恰恰是我最憎恨的！也许，我和他之间心照不宣地产生出来的敌对情绪，归根结底就源于此！

他气鼓鼓地瞪着我，好像还想说些什么，可一时又找不出词儿，于是突然转换成一副笑脸：

“啊天下雨哩，反正也做不成活路……毬，耍去！”

刚走几步，他突然又喊：

“哎，老赵……”

“做啥？”我没好气地转身。

这一回他竟是满脸讨好：

“没啥没啥，我是打听事情哩——前几天我去公社，碰见个知青，吴岭大队的姓张叫……”

“得是张宝成？”

“对着哩，吾儿就叫个张宝成。人亲爱很，和我说话，一气给我三颗纸烟哩——他说，有个啥地方鸡蛋卖一块钱一颗……”

我莫名其妙，什么地方鸡蛋能卖到一块钱一个！

“崴地方日怪很，叫个啥……叫个……美……美利坚……合同国……”

我马上明白了，自下乡后，张宝成已经干了不少这种事。显然，他听我说起过王蛮科，故意捉弄他。

“对着哩。”我说，“我也听说过崴地方。你得是想去卖鸡蛋？”

“啊么咳。”他有些忸怩。

“现在去不成咧。”我告诉他，“去卖鸡蛋的人太多，资本主义一下复辟咧。国家派了民兵，三步一岗五步一哨，抓到卖鸡蛋的统统枪毙！”

他愣了，半响，才怏怏地吐了口唾沫，说：

“日他娘哩，好事情再轮不上咱！”

想想，他又殷勤地掏出根皱巴巴的经济烟：

“驾，吃烟！”

“我不会。”

他把烟重新放回，“嗨嗨”笑着：

“老赵，下回你知道了卖鸡蛋大价钱的地方，给咱打个招呼，能行啊不？”

“没麻达。”我十分痛快。

他却言犹未尽，忸忸怩怩地：

“打招呼……嗯，悄悄打。覅再让人知道。都知道了都去卖，国家可又派民兵哩！”

我一本正经地答应。

迎面走来两个背着背篓的社员。他马上不殷勤了，将烟叼在嘴里，烟头还翘翘地朝天撅着。

“聚财，”他威风十足地叫，“背的啥？”

“山桃。”

“哪搭儿摘的？”

“北坡。”

“日你娘哩。好地方你就先占着。给集体做活怕没这么大干劲咯！”

聚财伸手掏出几个桃，陪着笑：

“节气过了，桃不好……驾，尝几个。”

“不尝。”

“尝几个嘛。”

“让你娘躺炕上我尝去！”

聚财还是笑。看样子，他对这一套早就适应了。

“笑你娘个×！把桃给老赵拿几个！”

我慌忙声明不要。

“要！”王蛮科倒像是当着我的家，伸手把我肩上挎着的黄书包摘下来，抓起桃就往里放，“不要白不要！这号帝国主义坏分子，一半晌就摘么些桃！日他先人，专抠革命墙角！”

他一顿乱骂，把我的书包塞得满满的。

十八

山里真是奇妙。在山脚下，雨淅淅沥沥地下着，而转过道山弯，却没有了雨，只剩下一团潮乎乎的水蒸汽。水蒸汽不声不响地在沟谷中飘冉，又悄悄地围裹了你。很快，我脸上便布满了细密的水珠。头发一络一络地搭拉下来，显得十分狼狈。

上到二岭山顶，水蒸汽已经被风儿撕扯开了。这儿地势很高，远远近近的山峰尽收眼底。山峰被乌云包围着，凝然僵死，显得很孤单，很委屈，而乌云则像是无比灵活的精灵，不停地变幻着姿形。忽而层层翻涌，像千军万马狂奔疾进；忽而款款舒行，像在随时窥测着继续肆虐的时机。而极远处的山峦，则一层层地、极有规律地由低向高排列，云层便也一层层地依次递进……下乡四年多来，我是头一次看到这种壮景，不由得兴致极高。反正衣服已经湿透了，我干脆不披塑料布了，让清凉的风尽情地吹拂……

一路顺风，到吴岭大队，已是后半晌。

离知青点近百米，就听见传来吵闹声。先是个女人，像是杨晨虹。随后是男人的声音，像是张宝成。

我加快了脚步。

果然，知青点前站着张宝成、杨晨虹，还有黄梅菊和李秀玲——三女一男，这是吴岭三队的全部知青。

“说呀，到底去哪儿了?”张宝成在问杨晨虹，怒冲冲地。

“我回……宝鸡了。”杨晨虹回答，声音有些发怯。

“我才从宝鸡回来，怎么没见你?”

“我没回自己家。”杨晨虹说，镇静了一些，“我到一个朋友家去住的。”

“哪个朋友？男朋友女朋友？”

杨晨虹嘴动动，回答不出。

“回了宝鸡不回自己家，你问问谁相信？”

黄梅菊和李秀玲就在一边劝：“算了算了，张宝成……”又转头去劝杨晨虹：“你去哪儿就是去哪儿了，干啥不实说？说了实话，他还能吃你不成？”

杨晨虹犹豫一下，有几分怯怯地：

“我……是去西安我姨家了……”

“什么时候西安又出来个你姨？”张宝成毫不放松。

“不是亲姨，是我妈原来在一起工作的同事。”杨晨虹说，胆气突然足了些，“她最近得癌症了，我就去看了看她。咋啦？我不能去看？”

张宝成还要顶真地追问，一转头，看见我，停住了口。

晚饭是黄梅菊和李秀玲做的。由于来了客，她们特意去买了点儿鸡蛋，又削了几个土豆。在农村吃到这样的菜，应当说是很满意了。只是我发现张宝成毫无食欲，勉勉强强喝了一碗包谷糁子，就停筷不吃了。

“再吃点儿吧？”黄梅菊劝他。

“吵架归吵架，吃饭归吃饭。”李秀玲也说，“咱队就你一个男生，重活儿全靠你支撑呢，不吃饱怎么行？”

听她们的口气，似乎很同情张宝成。

撂下碗，天已经黑了。雨虽说停住了，空气却还是湿漉漉的。好在这儿山路全是沙石，没有泥泞，我们在屋子里呆了一会儿，觉得闷，便朝门外走去。

按地理位置来说，吴岭比我们十二盘靠山外。但实际上，由于山势奇特，这里比十二盘更显得僻背。除了半坡上有一汪泉眼，再就没有水了。也许正因为如此，生产队将知青宿舍盖在傍泉的半坡。不过这里树木倒是很茂密，并且路边不时有一丛丛的翠竹……

雨后的空气很清爽，可以嗅到淡淡的花香和甜甜的泥土香，一只野狐躲藏在对面的山沟里，正起劲地喊叫，叫得很凄凉，很恐怖。偶尔天空云层稀薄了些，可以感觉到月亮在努力挣脱乌云的羁束，但这不过短短的一刹那，浓厚的乌云又一层层地涌上去，严严实实地围裹了它。

我突然想起一年前，我和岳平曾到这里来玩，也是晚饭后没事儿，也是有这么一轮半遮半掩的月亮，我们摸着黑散步，谈理想，谈人生，谈下乡后的感触……张宝成兴致大发，为我们唱了一段他刚学来的《信天游》：

人人都说咱二人有，
担了个虚名没揣过手……

当时，我们品嚼着这两句唱词，都觉得非常精妙。翻译成正规文字，这两句唱词是“大伙儿都说咱俩关系暧昧，其实徒有虚名，咱俩可什么过分的事都没有做呀”。——而民歌则多么精到又多么含蓄，一个“有”字，再加上一个“没揣过手”，把全部内容都概括了，概括得那么丰富，那么含蓄，又那么形象具体！

触景生情，我突然有些伤感。生活的变化多快呀！去年，还没有开始招工，人人心里都很安宁，而现在，平衡被打破了，有些知青已经幸运地踏上了另一条生活之路，而另一些则依然在贫困和闭塞的山沟密林中默默地接受所谓的“再教育”。如果没有对比，后者也就无所谓。但偏偏有对比，并且对比很强烈。于是我们这些剩下的人便备感悲凉和凄恻。

风住尘香花已尽，
日晚倦梳头。
物是人非事事休，
欲语泪先流……

我想起了李清照的《武陵春》。小时候，父亲教我读这首词时，我只觉得抑扬顿挫，回荡不尽，有一股难以用语言描述的惆怅。那惆怅很无奈，却也很美。如今，我心头真的泛起一股又一股的惆怅了。这惆怅却远不是我想象中那样充满着诗意。哦，“只恐双溪舴艋舟，载不动，许多愁。”……

张宝成也好像心事重重，只顾低着头走，又掏出烟抽。

“这么好的空气，全让你熏坏了。”我竭力调解气氛。

他笑笑，不回答。笑得很苦涩。

足足有一个多钟头，我们都在漫步。夜色越来越浓，细雨不知什么时候又悄悄地飘洒下来，这使我很丧气。于是建议：

“回！”

张宝成从沉思中惊醒，怔了一下，折转身，开始朝回走。

走过那丛翠竹。又绕过一座小木桥，前边就是女知青的宿舍。一缕煤油灯光从窗户上的塑料薄膜透过来。靠窗户摆放的是一张桌子，隐隐约约可以感觉出一个人正趴在桌子上写什么。

不知是我太敏感还是其他什么原因，我发现张宝成变得紧张而不安。他停住脚，死死盯着窗户上那缕灯光。

没等我开口问，他已经把烟头一扔：

“你在这儿等一下，别出声。”

说罢，他蹑手蹑脚地朝窗户走去。那副神态，好像是在抓特务。随后将脸贴近塑料薄膜，认真地看。看了半天，刚要折身回来，又改变了主意，继续观察。

趴着写东西的人站起来，活动了一下身子，又咳嗽了一声，我马上听出来了，是杨晨虹。

足足有七八分钟，张宝成才悄悄回来。

“到底出了什么事？”我问他。

“没啥。”他回答，但口气很勉强。

又是默默地走。走回屋子，大约张宝成也觉得冷淡了我，想缓和缓和气氛。

“这烟真够味儿。”他说，“你不来一根？”

我望望他。

“来吧，饭后一根烟，赛过活神仙。来一根。”他硬是给我递过来。

“我给你讲个笑话。”不等我开口，他就说，“上个星期我回宝鸡，看见一张《参考消息》，上面登着美国宇航员登上了月球，还取回来一块石头做标本。那天在地里干活儿，我就把这事给几个社员说了，你猜怎么样？他们全不信，说‘张宝成你吾儿骗人哩！啊美国人从月亮上偷走了一块石头，咋么不见月亮少一个角角！’”

我笑了。张宝成也笑了，笑得特别响。他从来没有这样笑过。这种笑似乎是一种发泄；似乎是一个神经病人在毫无目的、毫无内容地哈哈乱笑，这倒使我笑不下去了。

“怎么啦？”他陡然停住。惊异地望着我。

我也正默默看着他。

于是他沉默了。

晚上，我一再逼问，但张宝成始终不告诉我他和杨晨虹之间究竟发生了些什么，倒是很痛快地给我讲了他和杨晨虹的一段往事——

“我和杨晨虹好，这不是什么秘密。咱学校差不多人人都知道。

“七年前，就是一九六五年，我十六岁。在学校功课不好，只知道玩，还留了一级。不过也有一好：体育。学校春季运动会，我百米、二百米和四百米短跑全都破了宝鸡市纪录。特别是踢足球，我当左前锋，每回总是第一个破门。那年学校组织的体育比赛特别多，结果我大出风头。

“也就是那一年我们班新调来一个女生。是从北京调来的。就是杨晨虹。咱学校的风气挺封建，男女生根本不说话。赵世平你还记不记得，有一回你和你们班的王苹站在操场边说话。我还起过你的哄？”

我想起来，确实有那么一回，我和王苹为了什么事在操场边说话，张宝成正好走过，已经过去了，又折回身，贴在我耳朵边，说：“赵世平，小心点儿，这个老母看上你啦！”

那时候，我们把女生统称“母”的。

“我们班一共五十一个人。”张宝成又说，“老师排座位的时候，都是一男一女岔开坐。独独让我一个人坐一张桌子，原因很简单，怕我捣乱。

“杨晨虹一来，没别的座位，只有分到我旁边。

“头一天，我就画了道‘三八线’。她的胳膊一伸过来，我拿把尺子，‘啪’地砸一下。

“巧就巧在我刚要完威风，就出了点儿小岔子。我写字用的是蘸笔①，不知怎么袖子一拂，墨水瓶倒了。正手忙脚乱，她递给我一块抹布。这倒弄得我不自在。不管咋说，这是人家的一种表示，有了这样一种表示，我就没法给她再来邪的……

“这样的事发生了几回，慢慢地，她的胳膊伸过来，我不好意思砸了。

“她调来没几个星期，就赶上学校开运动会。当时，班级要评团体总分，我是我们班主要得分手。每次赛跑结束，我回到座位上，总发现放着一杯凉开水。不过我没在意，以为是老师安排的。

“有一回赛足球，我踢得特别顺。一得意，就忘了自己脱下的衣服还扔在操场边。等想起来，衣服早已不见了。结果回家挨一顿好骂——谁知晚上上自习，发现衣服洗过了，叠得整整齐齐地放在抽屉里。这一下我隐隐有些明白。

“虽说我年纪还小，但毕竟和女生接触已经有一点儿战战兢兢的

---

① 蘸笔——一种蘸着墨水写字的笔。20世纪六七十年代生活困难时期，物资极端匮乏，许多学生没有钢笔，就用这种简易钢笔。

激动和新奇。和她同桌没半年，老师就表扬我好几次，说我变规矩了。

“有些同学就起哄，说：‘张宝成，老母把你管住啦！’

“我就骂：‘去你妈的！’

“虽说同学的起哄顶回去了，但有时候我也想，不行，不能让她把我给治了，得像从前一样欺负欺负她。

“可想是想，却已经做不到了。

“杨晨虹也听见了别人的起哄，不过她丝毫不在意，反倒和我更亲近。她学习比我好，有一次，一道数学题我怎么也做不出来，她说：‘你把跑百米的劲头拿出来，准行！’

“我最自豪的就是体育，也最乐意有人提体育。一提到跑百米，由不得就想吹吹。我问她：‘我跑得咋样？’

“‘快么。’她笑着说，‘那么多人，只有你最快。其他人都被你甩下一截子……我拼命给你加油，喊得我嗓子都……’她突然截住，脸有点儿红。

“她一脸红，我眼睛也没处放了。光想说句话儿，把这种气氛岔开。憋了半天，我冒出一句：‘你吃洋柿子不吃？’

“我抽屉里有几个西红柿，是下午从农民地里偷来的。

“她一怔，笑了。

“第二天上晚自习，我练毛笔字，那时候贯彻毛主席‘七三’指示，自习时学生可以自由活动和看课外书。杨晨虹做完代数题，抱了本《苦菜花》看。我发现她心不在焉，把书翻过来掉过去的。

“没过十分钟，我的衣角被扯了一下。低头一看，她往我抽屉里放了一个纸团，站起就走。我心里怦怦直跳，可又不能失态，故意装

得很从容，一边打开课本看，一边偷偷摸出纸团，上面写的是：‘我在操场等你。’

“我又兴奋又害怕，给自己说：‘沉住气，别让大家发现。等五分钟以后再出教室。’可是又总沉不住气。五分钟是多久，我算不准，干脆数数，心想必须数够五百。可是没数到五十，我就耐不住了。他妈的，是死是活这一回，豁出去。

“天早就黑了，我慌慌张张赶到操场，什么也看不清。过了一会儿，眼睛渐渐适应，可以看见几对模糊的身影。那时候学校男生和女生之间大兴谈话风。有的是介绍入团。有的是班干部找学习不好的同学进行帮助，或者反之，主动要求帮助……反正要我说，全是借口。凡是这样偷偷摸摸接触的，都有点儿鬼心思。包括我自己。

“看了半天，没有她。正发急，她不知从哪儿冒出来了，用胳膊一撞我，扭头又走。

“走到足球场左侧看台，那儿有几棵大树，树荫很浓，黑漆漆的什么也看不清。她停住脚，我也停住。在此之前，我还从来没有和一个女生面对面站过，而且离得那么近，几乎可以嗅到她身上和脸上的气息，我心里很慌，眼睛不知该往哪儿看……

“她突然笑起来。

“我有些奇怪：‘你笑什么？’

“她说：‘没啥……你爸爸是干什么的？’

“‘我爸爸姓张。叫张根全。’

“大概她看出了我的紧张，不再问了。开始讲起她在北京的生活。在北海划船，在香山秋游……那些生活对我来说，简直是做梦也不敢想的。讲了一阵，又问我的生活。

“我可没有她那么好的运气。我从小就在宝鸡长大。六零年的时候，宝鸡有几栋楼房都数得出来。再说，我家又在郊区，除了光屁股在河湾里摸鱼，上树掏鸟蛋，再就是去农民地里偷黄瓜和西红柿。想了想，实在讲不出口。只好支支吾吾……

“她不勉强我，又继续讲她的生活。

“那天晚上，一直讲了很久。

“就从这以后。我俩谈上了瘾。逮着空子就去谈，而且心理上发生了一个微妙的变化。一天不见着对方就觉得少了点儿什么。课间和下午的课外活动，男女生不在一起。我就总是用眼睛有意无意地四处寻找她。碰上体育比赛，只要她在旁边观战，我立即精神大振，特别英勇。

“我俩接触得自以为很谨慎，谁知同学们还是慢慢议论起来，终于传到老师耳里。有一天，老师把我俩叫到办公室，开门见山就问是不是谈恋爱了。

“我俩都脸红了，矢口否认，否认得支支吾吾，含含糊糊……

“老师不相信我们的否认，第二天就找个借口把我俩的座位调开。

“这一来，等于向大家公布此事，各种议论越发沸腾。加上期末考试来临。我和她只好收敛，把什么事都埋在心里……

“半个月以后，考试结束，紧跟着放假。她回北京姥姥家度暑假。走之前，我没见上她。

“有一天，我刚从河湾摸鱼回家。就听我妈说：‘宝成，送信的说有你一封信。’我突然有一种预感，忙问信在哪里。

“果然。是她来的。

“一口气读完信。什么内容也没有。只是问我暑假过得怎么样。宝鸡热不热，又说她走时匆忙，没来得及和我招呼一声，很对不起。说她不想在北京长待，可姥姥不让她走。信中头一句是‘张宝成同学，你好’，结尾和落款是‘祝你健康’，‘同学：杨晨虹’。

“当晚，我就迫不及待地写了回信，却怎么也写不好。一会儿是语气不对。好像太亲热；改了改。又觉得过于冷淡。结果一页一页地写，一张接一张地撕。最后，我灵机一动。干脆来个照猫画虎。不仅信的内容一致，并且称呼也是‘杨晨虹同学，你好’，结尾和落款是‘祝你健康’，‘同学：张宝成’。

“没过一个星期，又来信了。这一回开头是‘宝成你好’，结尾处是‘紧紧握手’，‘同学：晨虹’。

“我就来了个‘晨虹你好！’‘紧紧握手’‘同学：宝成。’

“这样你来我往地写，那个暑假，平均每七天我就收到一封来信。我爸我妈全奇怪了。好在他们不识字，好蒙混。有时看见我一本正经地写信看信，还挺得意，觉得自己儿子很用功，出息了。

“终于有一天，她来信说，她已经买好返回宝鸡的火车票，是八月二十六日的。希望我二十七号到火车站去接她。

“二十七号一大早，我就醒了，一边穿衣服，一边唱歌，还对着镜子梳头。我妈莫名其妙，在一旁傻怔怔地看。这之前，我从来没梳过头，更别说唱歌。

“火车进站的时候，我怎么也找不到她。原来她是在第一节车厢，下了车也正在找我。双方猛一见到，都觉得有点儿不好意思，一时竟不知该怎样开口。还是她反应快，她说：‘呆着干嘛？还不快过来帮我拿东西！’

“语气是命令的。

“我急忙上前帮她。天太热，她掏出手绢擦汗，又递给我让我擦。我还从来没有用过手绢，平常擦汗是用袖子抹。她这么文雅，让我觉得特别新鲜，特别激动……”

张宝成讲到这里，点了一根烟，又借着火柴的光亮，看看桌子上的闹钟。

“我不详细说了，反正这以后，我俩就更亲密。一直到六七年底，那时候‘文革’已经搞了一年多，学校早就不上课了，杨晨虹闲着没事，常常到我家来玩。

“有天晚上，我俩聊了两个多钟头，杨晨虹说她要回家了。

“那是十二月上旬，气候已经很冷。虽说才六点钟，天却已经全黑了。再说，正是武斗最激烈的阶段，社会秩序很乱。我妈不放心，说：‘宝成，你去送送小虹，别让她一个人走。’

“这正中我意。

“出门的时候，已经下雪了，并且下得很大，稍微隔几步就什么都看不清。路上行人很少，偶尔有一两个，也都是匆匆忙忙的，只有我俩，故意把步子放得很慢。一路走，一路说话……

“快到她家了，我停住脚。

“她也停住脚，亮亮的眼睛一动不动盯着我。好一会儿，才说：‘到我家去坐一会儿吧。’

“虽说和她好了这么长时间，可都是秘密接触，一次也没去过她家。原因很简单，怕她父母不喜欢我。

“谁知她笑了，说：‘你别瞎操心，我爸爸出差了。妈妈回北京，要住一个多月呢。只有小妹在家……’

“我顿时有了精神，二话不说就跟她走。

“果然，家里只有小妹，而且已经睡下了。

“细细打量一番，她家摆设得很整齐，也很干净。一共有两间屋子，一大一小。进门是大间，左侧是一个小套间。我俩先是在大间坐着。说了一会儿话，怕吵醒小妹，又进到套间。套间收拾得比外间更干净。屋里点着火。她脱了棉大衣，只穿件毛衣。我俩坐在小床边，东一搭西一搭不知说了些什么。一直到十点半。我觉得该走了，可又不想走，犹犹豫豫。她看出来了，说话的兴趣顿时弱了几分，低垂着头。

“人很奇怪，她要是一直盯着我看，我反而不敢看她。她不看我，这倒使我有了看她的勇气。我像做贼一般，抬眼扫了她一眼，又慌忙躲开。但这已经足够了，我看清了她整个轮廓。她皮肤很白，怎么说呢，很丰满。我完全是无意中看到她胸前的，鼓鼓耸耸，这让我激动得有点儿透不过气来……

“她还是不说话，低着头，又顺手牵过床头的电灯线，不停地摆弄，往手指头上缠。刚缠好又松开……忽然，她把灯线拉了一下，电灯‘啪’的一声灭了，小小的套间里顿时一片黑暗，我一下紧张起来，心跳‘扑扑’的……

“这不过几秒钟。灯又被拉亮。

“灯一亮，一切就恢复了正常。我刚缓过劲儿，还没说话，她突然又把灯拉灭。我以为她是下意识的，会像上一次那样很快重新拉明——但是没有。灯一直灭着，四周黑乎乎的。我俩就在这黑暗中一动不动地坐着。足足过了三四分钟。她突然身子一歪，把头埋进我的怀里了……”

十九

由于睡得晚，我一直躺到日上三竿。睁开眼，张宝成早已不见了。

正是吃早饭的时候，农民们已经扛着各种农具，三三两两地从坡上、沟里回来。很快，他们又都端起大老碗，蹲聚在麦场边、屋檐下，边吃饭边聊天。内容很丰富，从远古的历史到现代的奇闻，从广播上播出的美军入侵越南，到谁家的媳妇偷人养汉……

黄梅菊做好了早饭，却怎么也找不见张宝成，我便自告奋勇去找。找了半天，才在崖畔一棵浓荫如伞的大核桃树下看见了他，正闷着头在一口接一口地抽烟。

“宝成。”

他喉头一动，慢慢转过头。我突然吃了一惊，短短一夜工夫，他像老了许多，脸色很黄，眼圈发黑。

“你怎么了？病了？”

“谁说？没……”他回答，嘴一动，似乎想朝我笑笑。谁知笑得很勉强，很苦涩。

吃饭的时候，他的话突然又多起来，还不时发出笑声。他情绪一好，杨晨虹也就不那么紧张了。几个人在一起说说笑笑，气氛很热烈。

“宝成。”我猛然想起，“你是不是碰见我们队的王蛮科了？”

张宝成怔了怔，随后恍然大悟，笑起来：

“是不是他想去美国卖鸡蛋？”

三位女知青不明白是怎么回事，于是我把前因后果给她们讲了一遍。这一下笑得她们连饭也吃不下去。尤其是杨晨虹，笑得直捶自己胸脯。

说实话，在这三位女知青中，论漂亮也就属杨晨虹了。当初在学校里。我和她不熟，只依稀觉得她发育很早。我们还都是三根筋挑着一个瘦脖子的时候，她已经肌肤丰润、油光水气的了。她眼睛很大，皮肤很白，嘴巴长得很生动。一笑起来嘴角翘翘的，多少显出几分迷人……

吃完饭，三位女知青收拾碗筷，杨晨虹还时不时和张宝成搭话，明显地向他传递热情。张宝成也高高兴兴应答，又领着我到她们屋里聊天。只是我敏感地发现，在他高高兴兴的外表下，隐藏着一种紧张和不安……

果然，一进到屋里，他的眼光就有意无意地四下搜索，又借口找火柴点烟，拉开杨晨虹的抽屉。

抽屉里只有记工本，再就是梳子和圆镜之类。

他又翻动杨晨虹的枕头，随后是褥子……又发怔，突然朝厨房外面叫：

“晨虹，有信封没有？给我一个。”

杨晨虹擦了擦手，进来，走到一个小皮箱前，从衣袋里掏出钥匙，打开锁。我发现张宝成的目光立即死死地盯牢。皮箱里是一些衣服，最上面放着一个红皮日记本，里面夹着厚厚一封信。不知怎么搞的，杨晨虹一看见这封信，竟也十分紧张，她似乎极无意地就手将日记本塞入箱底。

张宝成接了信封，脸色很僵板，沉默了一下，突然说：

“一个不够，再给一个。”

杨晨虹便又打开皮箱。

皮箱才开，张宝成突然跳起，箭一般扑上去。我还没弄明白是怎么回事，他手已伸往箱底。但是杨晨虹动作更快，抢先抓起日记本，返身朝门外跑。

张宝成的脸色猛然变了，连一秒钟也没停顿，拔脚就追。只三五步，他就抓住了杨晨虹的肩膀。杨晨虹又慌又急，把日记本塞进裤兜。但是张宝成闪电般地伸手进去，只听“哧啦”一声，裤兜整个被撕开。

黄梅菊看见了，急得大叫。

“赵世平，快来……”

我慌忙赶过去，张宝成已经扔掉了日记本，只留下那封厚厚的信。他浑身发抖，想用手撕开信口，却颤颤的不能，于是用牙咬住。他的脚发软，呼吸很紧，站不住，不得不倚着墙根，才抽出信纸，展开……

才看了几行，他便摇晃了一下，一声不响栽倒了，头正好栽在一把铁锹上。好险哪，只差那么几公分，锋利的锹刃就能在他顶额上划开一条大口！

二十

黄梅菊告诉了我一切——

原来，去年招工本来给吴岭队上分的是男名额。但张宝成不愿扔下杨晨虹先走，就去找公社，死磨硬缠，找了各种理由，硬是换成了女名额。

（我猛然想起来，上一回明明是庄莲莲填招工表的，后来又突然变成男指标，没想到原因竟出在这儿。）

谁知杨晨虹体检没过关。一是心脏有杂音，二是视力不行。

杨晨虹从一下乡就不适应农村艰苦的劳动和生活，她把全部的希望都寄托在招工上，却不想落了个空。她哭了三天，躺了三天，之后拿定主意，跑到县上去活动。也不知怎么一来，她竟和县计委主任的儿子挂上勾了。县计委主任的儿子是高六八级的，参了三年军后被分配在宝鸡市三十八号信箱工厂。他答应帮杨晨虹的忙，并保证下次招工让她走。杨晨虹认准了这是个有力的靠山，就经常和他泡在一起。一来二去，两人好上了，逮个空子就约会。

这件事人人知道，独独瞒了张宝成。有时候黄梅菊和李秀玲看不过眼，想提醒一下他，让他有个思想准备，但张宝成在别的事情上虽然玩世不恭，对待爱情却认真而又认真，所以始终不敢和他说。

不过感情这东西骗不了人。尽管杨晨虹巧妙掩饰，张宝成还是从一点一滴的接触中感觉出来了。

半个月前。张宝成接到一封家信。他母亲患盲肠炎，已经穿孔，很危险，叫他立即回去。回到宝鸡，他母亲已经动过手术，很平安，只是需要照顾。他就给杨晨虹写了一封信，信上说根据母亲的病状，他估计要一个多月才能回队……

谁知他母亲恢复得特别快，不到半个月，就可以自理了。于是他提前回生产队。临回队前，他专门去了一趟杨晨虹家，问给她捎不捎东西。杨晨虹的父母说不捎，只带个口信儿，说她已经两个多月没回家了，家里很牵挂。希望她得空回家看看。

张宝成急急忙忙上路，连夜进山。谁知回到队里，杨晨虹不在。一问，说是已经走了一个多星期了。这令张宝成疑惑不已。恰巧当天晚上，杨晨虹也从山外回队了。张宝成立即盘问她去哪儿了？要是杨晨虹聪明一些，找个其他借口，也许张宝成还不至于那样怀疑。可她认定张宝成不会这么快就回队，所以思想上没有准备，慌乱之中竟说是回宝鸡了……

再下来的事情，我自己都亲眼看见了。

张宝成没有猜错，那封信是杨晨虹写给县计委主任的儿子的。信的内容我没看到。张宝成一昏倒，杨晨虹马上想把信毁掉。但没想到平素很老实、很厚道的黄梅菊已经抢先把信拿到手，说：

“晨虹，这封信要是张宝成没看见，你可以随便拿走。现在不行……咱们平常相处的不错，不过在这件事上，我看不起你。李秀玲也看不起你！张宝成对你的情意别人不清楚，我俩清楚。为了一个招工，你就把感情当儿戏，你自己想想，晚上能睡安稳不能?!”

杨晨虹脸上红一阵白一阵，半天说不出话，突然“哇”的一声哭了。

张宝成醒过来，天已经黑了。他什么话也不说，只是呆呆地望着屋顶。看见我，他嘴唇动了动，突然流下来两串泪水。

不知为什么，我眼里也潮潮的，我还没有谈过恋爱，对中学生谈恋爱也一直很鄙视。但我真没有想到，爱情竟会有如此之大的神力！这里面充满了极度的欢乐，极度的幸福，因而也就孕育着极度的烦恼和极度的苦涩。这一切在平素嬉皮笑脸，对什么都不在乎的张宝成身上表现出来，使我内心充满了一种感动。

可是，我该怎么劝他？又能劝些什么呢？

直到第三天，张宝成身体已经基本恢复了，我才告辞回队。

二十一

一连几天都是大晴天。

在秦岭山区，只要雨一停，环境便加倍奇妙，加倍美丽。那些经过雨水冲刷的树木和山体，全都以一种崭新的面貌呈现出来。绿色更绿，红色更红……雨水冲净了空气中的尘埃，能见度非常好。各种色彩分外醒目和浓郁。

太阳很好，明灿灿的。

我腰里别了把斧子，准备进沟。

庄莲莲已经从县里开完会回来。是知青联代会。我们十二盘三队被评上了知青先进集体。为什么会评上？不知道。反正，这总算是件好事情。不过细想想也算不了什么，又不给多记工分。我们照样得汗流浃背地背粪打磨犁地，照样得一分一厘地抠出钱来买盐买醋买辣子。

按山里人的习惯，这样炎热的天气是从不进山砍柴的。砍柴的固定季节是冬天。一则那阵子农闲，可以腾出手；二来山里各种蛇虫都已经冬眠，安全些；三是冬季树枯叶净，比其他季节要方便利索。

他们很精明。

可是我不行。我们没砍下柴，只好烧一捆砍一捆。我从吴岭回来的当天，看见庄莲莲正拖回来一根枯树枝，用手一节一节地掰断烧火。虽然她一句责备的话也没有，但我心里实在充满了惭愧。

正是中午，“蒜黄蒜割”叫得很起劲。山里土话，把“一边”称做“蒜”。这个“一边”不是旁边、边角的意思，而是“一边唱歌；一边跳舞”的“一边”。依此类推，“一边唱歌一边跳舞”叫“蒜唱蒜跳”，“一边吃饭一边继续做”叫“蒜吃蒜做”——“蒜黄蒜割”是一种鸟儿。它在麦子成熟的季节鸣叫得特别起劲。农民们根据它鸣叫的声音称呼它。它从早到晚都在提醒着农家人，“一边黄一边割”。

走出村子，我突然想起半个月前在河边自留地里种的那些茄子不知怎样了，便从小木桥上绕过去。

茄子已经长高了，绿油油的很讨人欢喜。地边一群孩子正在做游戏。一个大些的男孩唆使李半瓜手执竹棍，弯着腰，算是犁地。李半瓜倒很乖顺，嘻嘻傻笑着执行。另一个女孩则头上盖块手帕，左手挽起，表示挎着篮子。

其余的孩子们便扯齐嗓子唱：

秃秃犁，秃秃铧。
秃秃老汉，种芝麻。
秃秃老婆送饭呀！
左手提的篮，
右手提的罐。
篮子里搁的油旋儿馍，
罐子里装的酸汤子面。
吃一口馍，
吃一口面，
秃秃老汉脸色变。
醋不酸，盐不咸，

没拿辣子没拿蒜。

……

一点儿不错，我们这里吃饭向来简单。农民们一年到头可以不吃蔬菜，但不吃蒜、辣子却不行。“离了辣子蒜，啥都不是饭。”这是他们对吃饭的总结。

我朝他们喊：

“喂，娃娃伙，覅踩了我的地！”

“不踩！”一个孩子回答。

“踩了赔哩！’另一个孩子又喊。

我朝他们友善地笑笑。没想到他们竟上了脸，转身冲着我一起唱起来：

好女子覅嫁读书郎，
见天见天守空房。
白天盼，晚上盼，
盼来一堆脏衣裳。
好女子嫁个庄稼汉，
一天能见三回面。
安么①一晌没见面，
提个篮篮去送饭……

---

① 安么——陕西关中土语：要是，如果，假若，偶尔。

我拾块石头，装模作样地要砸他们。他们“哄”地笑着，跑散开。

……

钻进沟里，光线顿时暗澹了，密密麻麻的藤蔓交织在树杈上，使阳光很难透进来。空气变得凉嗖嗖的，深吸一口，竟夹带着一股难闻的腥气。这是由于脚下的泥土中埋葬着很多生命：各种各样的昆虫、鸟雀，甚至珍稀的猛兽。也许，这里缺少阳光，一切都是腐朽和霉变的！

一棵又一棵的树木密如蛛网，遮挡着视线。这些树木都不大。真正的大树要在进沟十里以后。那儿，一棵棵树木像精心培植起来的，高低一样，粗细一样，连一棵与一棵的距离也几乎一样。那是真正的森林的象征。

我细心地分辨着树木。碰见漆树，赶快绕开；碰见牛背木，也赶快绕开。这两种树木我惹不起。具体地说，我惹不起的是漆树，而牛背木是我的斧头惹不起。那种树像钢铁一样坚硬，我曾冒冒失失砍过一棵。结果斧头全豁了口，害得我垂头丧气地回去重换斧头。

一只老鼠没头没脑蹿过来，竟蹿到我鞋上。它是那样慌张，吱呀乱叫，竟没命地往我裤腿里钻，倒把我吓了一跳。我用双手捋住裤管，迅速朝下挤，它这才十万火急地钻出来跑走。

我继续四下张望。我很清楚，树木都是挤堆堆的。发现一棵漆树，你就很快会发现一片。而现在我需要的是青㭎青！一种天然的优质柴。

有什么声音在轻微地响。屏住声息，又什么也听不见了。

管它呢，砍柴要紧。

我又迈开脚步，陡然之间，一个念头蹿上了我的脑际。老鼠是一种最机灵的动物，它从不会这样不长眼睛地瞎钻乱撞。显然，它是被什么吓住了。

我拔出斧子，仔细朝脚下看。

没有。什么都没有！

我不死心，又稍稍抬高眼睛，到处是繁茂的绿草，绿草中夹杂着灰色和白色，这是枯枝败叶。一棵五味藤蔓，紧挨着又是一棵……突然，我的眼光定住，随后惊出一头冷汗。

一条足有碗口粗的蛇，纹丝不动地悬垂在五味藤蔓上。两只阴冷的眼睛正一眨不眨地盯着我。这条蛇的颜色与周围环境是那样和谐，以至于不仔细辨认，会把它当成一棵碗口粗的树木！

我退后一步，紧张地注视着它。

显然，它早已经发现我了，并且对我怀有恶意。它的身躯在慢慢蠕动，是朝我蠕动。怎么办？

跑么？不，在枝杈纵横的树林里，我注定是跑不过它的。只有一个办法，利用手中的利斧，瞅准它的头部，不，不一定要头部，任何一个部位，只要手不颤心不抖，一斧子下去，它就会断成两截——

可是，万一没砍中呢？只要迟疑一秒钟，它就会扬起身子，挟带着一股呼啸的狂风将我卷住。那时候，我会像被人用绳索绑牢了！头脑会眩晕，血管会崩裂，胸腔会窒息！

我紧张地注视着它。我的手在抖，心也在抖，两条腿竟有些发软。妈的，会不会是尿了裤子。哦，怎么办？抓它的七寸！七寸是哪里？

右边不远处发出一阵响声。蟒蛇几乎不动声色地扬了扬头。但这已经足够了，我发现它的蠕动停止了，随后几乎觉察不出地朝响声发出的方向滑去。

是一只林麝！看样子，它要成为蟒蛇腹中的食物了。

林麝是一种温和而善良的动物。它身上常携有珍贵的麝香。我庆幸它吸引了蟒蛇的注意。悄悄扭过身，随后拔腿就逃。

我扭身就逃。

钻出密林，我这才松了口气。无论如何，今天不敢再往深沟走了，就近砍罢。虽说柴的质量低些，但命更要紧。

砍柴虽累，可又是件很愉快的事情。你的目光在一棵又一棵树木上停留，反复进行比较和权衡：这棵树和那棵树相比是不是更粗壮一些，是不是更笔直一些，是不是枝杈更少一些……这里面不仅有经验，而且有科学。你时而欣喜，时而惊奇，时而懊恼，时而遗憾。你的精力完全是在不知不觉中就全部贯注进去。这时，劳动已经变成了一种享受。它使你忘却尘世的喧嚣和烦恼，使你心灵进入到超凡脱俗的境地……

当我最终停住手，直起腰时，才发现天色已经晚了。我砍下的柴远不止一捆。

歇了一会儿，我就近找了汪泉眼，趴下身子猛喝一气。眼看着暮色一点儿一点儿变浓，便背起一捆柴，动身回村。

快到村子的时候，天已经完全黑了，前边栗子林中有响动，是两个人在说话。

“你饿了么？”声音像是乖艳。

“不。”这回是个陌生男人的声音。虽然说的是本地话，却明显地有外地人口音。

“真不饿?”

“饿了又怎么样?你还带了馍馍不成?”

“对着哩,我带着馍馍哩。”乖艳说,嘻嘻直笑。

“在哪儿?”对方却老实。

“这馍馍金贵着哩,不能随便人见。你就说吃不吃吧?”

“吃。”

“那就来解怀——”

接下来是一阵嘻嘻的逗闹,又说了句什么,刚巧沟底流水的声音大起来,听不清。

如果放在几年前,尤其是放在我当学生那会儿,我遇见这种事会不知所措,会脸红心跳。而现在我已经被“再教育”得差不多了,这能算什么?调戏?哈,在山区,调戏的概念和城市里距离太大了!在这里,几个男人抓住一个女的,竟能公然解开她裤带,把手伸进去乱掏乱摸。而那女的并不认为这是一种侮辱,依然嘻嘻地笑,笑得很开心。仿佛这是天经地义!相比之下,乖艳这几句玩笑话算得了什么。

只是,那个男的是谁呢?

二十二

庄莲莲早已经做好了饭,正焦急地等着我。

“怎么这么晚才回来?”她问。

我把进沟遇蛇的事告诉她。她惊得目瞪口呆,半天才说:

“明天不去砍柴了！咱借着烧！”

这怎么可能！

饭是苞谷糁子和锅盔①，这是我们一贯的主食，本来，面粉最能做出花样，可以包饺子、包馄饨，可以做春卷……可那一切都要有油、有菜、有肉，而我们什么也没有。

只不过在饥肠辘辘的情况下，这仍然是极为诱人的美肴！其滋味不亚于在第一流的宴会上啃烧鸡。

我大口地吃起来，嘴里叭叭直响。过去不论在家中还是在学校，人们都公认我是一个有教养的孩子。教养包括很多方面，吃相当然是其中的一项。但现在，我养成了另一种素养，一种狼吞虎咽，大吃大嚼的素养。

我深深体会到，只有饭来张口，衣来伸手的人才发明了什么吃饭嘴里不发响。试试把这些人都赶到乡下来，干最重的活儿，吃最没有油水的饭食，再饿上他三天——你看吧，他看见一个馒头准会眼里喷火，连滚带爬地扑上去抱住猛啃！

一口气喝完两碗苞谷糁子，又吞进去两块烙饼，觉得心里踏实多了，这才有精力想起生活中的一些其他杂事。

我把刚才听见乖艳和一个陌生男人说话的事讲给庄莲莲听。

“肯定是那个割漆的小伙子！”庄莲莲说，“长得挺文气的，有点儿像你。”

我有些诧异，山沟就巴掌大点儿，来任何人全村都会立即知道，

---

① 锅盔——陕西农村里的一种面食。类似饼，比普通的烧饼要大和厚。一般烙好后切成块食用。

怎么我毫无察觉。

“是你去吴岭那两天来的。”庄莲莲说，“一直住在乖艳家。这几天大伙儿正议论——”

门突然敲响了。

“谁?”

“我。”

原来是王蛮科。他手里提着一个空煤油壶，看样子是准备打灯油。与往日不同的是，他这次一点神气劲儿也没有，没进门，就笑容满面，友好而殷勤：

“喝咧么?”

我举了举手里的碗，意思是：你看嘛。

他“嘿嘿”一笑，往门槛一坐，竟破天荒地从兜里掏出一盒烟，是一角四一包的羊群牌，揉得皱巴巴的：

“驾！吃烟!”

“我不会。”

“不会学么!”他又转念，“咳，还是不学了好！看你脸面子白，牙也白，不像我，抽了个五黄六黑，狗毬稀松!”

说着，他划火柴为自己点烟，却怎么也点不着。再看看，原来烟被揉得满是裂口，四处漏气。

我把抽屉里的招待烟取出来，扔给他一根。这一回是“海河牌”，两角八一盒，恰比他的贵一倍。

王蛮科笑逐颜开，双手接了烟，点着吸，又殷勤地说：“啊老赵，从你知识青年下乡，咱队上一直关心热爱不够。啊社员都说你们是来抢口粮哩。崴些吾儿，都眼光浅短得很，不懂革命道理!”

我还没回过神儿，他又表白：

“现时没人说咧，让我骂了回去！咱知识青年不是受毛主席委托，谁到这穷沟沟里来遭罪。今秋队里分玉米，我给保管说了，挑最好的给你。谁要有不满，毬，开他吾儿批判会。”

他今天是怎么啦？

足足扯了一刻钟，他才收住口，站起身，不无忸怩地看看我：

“啊有个事情，老赵你得帮个忙哩。”

“啥事情？”

“这半年多……啊我一直缓不过气。这几日更不行咧。”他举举手里的空油壶，“嘿嘿，连买灯油的钱都没处寻。”

原来如此！

二十三

太阳刚刚从山顶上露头，我和庄莲莲便扛着大锄去玉米地里出工。

对我们知青来说，最头痛的活儿有两种。一是收割麦子，二是锄二茬玉米。割麦子时天气并不最热，可紧张得要命。只要一开镰，就再也别想缓口气。用不了一个星期，就能折磨得你头晕眼花，连走路都摇摇晃晃的。至于锄二茬玉米，则是在气候最热的八月。早玉米刚好埋住人，一钻进玉米地，马上像进了蒸笼。所有烤热了的地气都淤积在浓密的玉米丛中，死死缠裹住你。更可怕的是玉米叶沿有一层密密麻麻的小刺，它们像锯条一样，把你身上划出一道又一道血口。为了躲避这些“锯条”，你只好尽一切可能穿戴齐整，结果捂得浑身一片一片地起痱子。问题还在于，无论你怎样穿戴齐整，也不可能把脸和脖子包严。于是玉米叶便向这些裸露的部位毫不留情地“拉锯”。弄得我们每次钻进玉米地，都紧张得像要进入阴曹地府。

不过现在我们锄的不是二茬玉米，而是头茬。玉米苗才刚刚埋住脚脖，天气也不热。

按理说，阳历七月，玉米应当长得很高了。但山里气候凉，光照时间短，所以粮食作物生长期长。往往山外已经开镰割麦，我们这儿麦子才吐穗。据说再往西走，过天水、兰州，到武威、张掖，那边的麦子阳历七月还不开镰呢。

根据公社指示，现在每天上工之前又多了一项内容：开批判大会。听说今天批判的是山外兽医站的王医生。

果然，离开老远就看见地头立了一块牌子，上面写着“刘少奇”三个大字。“上挂黑主子，下带黑靶子。”黑靶子就是王医生，约四十出头，正若无其事地坐在人堆里抽纸烟。据说他书写过反动标语，具体写的是什么，却无人知道，也不需要知道。反正揪出他来，他就是坏人。本来，可以随便在本村拉个人来批判的，可自从那一年熊老汉以自杀抗争以来，队干部们就多少有些害怕。于是每次开批判会都从山外租赁批斗对象。尤其欢迎那些整日遭批判、已经扎一锥子没感觉的老油条。

也难为了张仁义，为了找着这么个批斗对象，他天天不辞劳苦地去山外联系。王医生身体不好，走不惯山路，他除了答应白送他五斤菜籽油和一口袋核桃算是补贴，还让秋儿牵着骡子专程去接，千叮咛万嘱咐：

“你牵牲口，让他坐上。一路上好生照护。万一有个闪失，扣你二十分工！”

我和庄莲莲赶到地头的时候，连一半人也没聚齐。三娃他爸又在给大伙儿神吹，嘬牙瘪腮，不歇气地念着什么。听了半天才听清：

……
惹下会计遭暗“算”，
惹下队长派重活干，
惹下书记是“政治犯”……

大伙儿都哄笑，秋儿咧着大嘴，急不可耐地鼓励着：

“再说！再说！”

一边的宝宝却憋不住了。在整个十二盘，他自认为口才第一，三娃他爸受到欢迎，这使他极不服气：

“毬！我给咱来！”

说着，他清清嗓子，有几分傲慢又有几分得意地瞥一眼三娃他爸：

光敢看，不敢说，
谁先出头谁挨锉。
人家咋做咱咋做，
人家咋偷咱咋摸。
晌晌活，慢慢磨，
干的多了划不着。

大伙儿便又笑，还直拍手。三娃他爸生气了，连烟锅也不抽，站起来，冲着宝宝：

“你个娃子敢和我比试。我一顿吃五个大白馍的时候，还没有你哩!”他说着，狠狠地一抹鼻涕，提起嗓门仰着脸，一时想不出说什么。憋了好一阵儿，才猛然高叫：

食堂万岁，
吃饭排队。
排了半晌，
只给二两。
把人饿得眼泪直淌。
提个意见，
管理员骂我混蛋。
转身碰见队长，
队长要我检讨思想……

张仁义急慌慌赶来了，一把将三娃他爸头上的毛巾抓下来，朝地上一扔，气呼呼地说：

“你个臭嘴！活够了？活够了？叫公社来人听着，是你受活还是我受活?”

大伙儿都憋着不笑，一个一个散开。

人到得差不多了，张仁义站起来，咳嗽一声，算是宣布开会。

“今儿，咱批判兽医站王先生。照我看王先生没啥缺点，就是识字太多。不识字不好，识字太多也不行。毬，下面就开始！有屁麻利放，覅耽搁锄玉米。”

转脸看见王医生站起来了，又说：

“坐，坐下！王先生你只管坐。秋儿！”

“哎，到哩！”秋儿慌慌张张应声。

“把烟给王医生管上。”

秋儿忙给王医生递烟，又点火。王先生也不推辞，悠哉游哉吐起烟圈儿来。他也能写什么反标？我感到怀疑。

没有一个人发言。

我看了看，李半瓜他娘正在纳鞋底。一针下去，用牙拔出。接着是“嗞嗞”的拉线声，倒是扯得有板有眼儿。那副神态，好像在从事一项伟大之极的工作。紧挨她坐的是三娃他爸。自从张仁义抢白他之后，他就一直很不高兴，倔乎乎地直喘气。他的眼睛红肿很厉害，显然是患有严重的沙眼。沙眼奇痒，他就不停地揉。那双手是又脏又黑的。

我挨近他，朝他笑笑。他马上觉得受到了鼓舞。委屈而又愤愤不平地：

“有嘴不让说话！日他先人，牲口还让叫一叫哩——”

一分钟、两分钟……

眼看着时间一点儿一点儿过去，还是没人说话。

张仁义急了：

“咋？都不说话，嘴叫驴踢了？……不说不行。一人一句。说过就算。不说了今黑不给记工！”

这一招很灵，一位四十出头的妇女说话了，说话前叹了口气：

“唉，王先生不当①很！”

---

① 不当——关中西部土语。很可怜的意思。

张仁义立即予以肯定：

“能行！你说过了，下面谁再说?”

“多说了给多记工不记?”谁在底下冒了一句。是二喜。

大伙儿哄地笑了。张仁义立即瞪起眼珠子：

“笑啥笑啥？二喜，你说！批判会全让你一个人说。说够了我给你记工，记二十分！说呀！咋不见你说哩？你个驴日的有胆气就站上来说！”

二喜看他发邪火了，急忙一闪身，躲得不见影儿。

张仁义又装上一锅烟，点燃，抽了两口，眉一抬眼不睁地命令：“宝宝你说！”

宝宝正喉咙发痒，憋得难受。听张仁义点他，正中下怀，又觉得自己身份不一般，故意推辞：“咱不行。口才不好。让别人先说！”

身子却不由自主站起来，叼了根纸烟，抽了两口，又神气活现地掐灭，夹在耳朵根，干咳一声：

“啊我就不客气了。今儿批判王先生哩，批判得好。不与寒霜斗，哪来满园春。钢铁怕火炼，困难怕志坚！啊王先生要学泰山顶上一青松，风吹雨打根不动。啊咱十二盘革命人民欢迎王先生来扎根串联。还有知识青年，工农兵学商，同举千钧棒……”

我直想笑。可看看周围，除了庄莲莲捂着嘴吃吃地抬不起头，再就没一个笑的。大伙儿目呆口张，像是在听神话。

宝宝依然脸望着天，唾沫星子乱飞。

足足批判了十多分钟。

张仁义便宣布：

“韩宝宝说得好！大家就照他样子学！时间差不多咧，没放屁的下回放！下回不放不记工——散会！”

王蛮科也来锄玉米了。

从前，王蛮科下地锄玉米是再平常不过的事情。他不下地吃什么？穿什么？可自从当了干部，他下地就成了件稀罕事儿！

王蛮科下地不外两个原因。第一，公社规定大队干部一年必须参加半年劳动。虽说是装样子，他也得装一下。第二，不管他权势多大，山里农民最尊重的依然是劳动。如果他一天活儿也不干，他的威信还是会日渐削弱。

此刻，未到地边，他先把雷声炸得响响的。

“批判会完了么？”他问张仁义，声音大得满地人全能听见。

“完了！”

“完了就好！”

他转过脸，按照规律，我知道他又在找挨骂对象了。虽说张仁义官不如他大，但辈分比他高，何况，好歹是个生产队长。他不惹他。他只找那些挨了骂还赔笑的。

果然，这一回是李半瓜的娘倒霉。

“上地做活儿哩，你带鞋底做啥？”他问。

李半瓜的娘赶紧收了鞋底，笑着：

“我叼空儿呀，想把半瓜的鞋做了！”

“做私活你会叼空子，给集体锄玉米你就不知道叼空子？”

李半瓜的娘慌了神，说：

“啊集体的活咱也做着哩。”

“做和做不一样！给自家做活，你挣死出力，给集体做活，你软毬不稀！得是？”

李半瓜的娘脸都吓白了。

但王蛮科并没有和她深究。他是笑着骂的。也许，他心情很好。或者，和一个妇道人家歪缠没有多大意思。果然，转身看见王秋善站在一边，衣衫破破烂烂，他脸黑下来：

“看你崴毬式子！歪头奆脸的！”

王秋善赶紧笑笑，“嘿嘿——”

“笑你娘个×！”

王秋善不笑了，扯扯衣角，立正。

点种玉米的时候，为了保证成活率，一个窝里都是下四五粒种子。待长到一拃高时，便除去多余的苗，每窝只留剩一棵主苗。主苗辅苗都挨得很紧，有些几乎就连在一起。因此落锄必须准确。下乡几年来，其他农活儿我全拿得起，独独这活儿不在行。

庄莲莲和几位妇女在西边地角锄，我搭眼看了看，她干这活儿更不行，还没动几下锄，就已经满脸淌汗了。

由于技术水平差，我便加倍认真。

一垄地锄到头，我折回身，锄第二垄。

身后突然有人在大声说：

“嗨！这是做的啥活儿？锄地哩么，要锄净！”

王蛮科。他不知从什么时候开始，一直紧跟在我身后。

我笑了笑，是一种友好的、宽容的笑。无论如何，我昨天才借给他一块钱，哦，不是借给他，是白送！在我们这儿，一块钱不是小数目。就凭这一块钱，他也不会跟我过不去。

谁知大错特错！他似乎早已不记得昨天是如何向我大献殷勤的了。没过三分钟，我一锄下去，竟把主苗辅苗一锅端掉了。他不失时机跑过来。

“看啦！”他拾起断苗，高举着向众人展示，“啊锄玉米就这么锄么？草没锄掉，把苗倒锄咧！照这样子，今秋咱谁也嫑吃粮，都用线绳把脖子扎起！”

他的声音那么得意！神态那么傲慢！这真可气！我想毫不客气地回敬他两句，可一时又想不出合适的词儿。毕竟，玉米苗是被我锄掉了。虽然在一天的紧张劳作中，任何一个农民都不可避免地会出现这种差错。但不管怎样说，一棵玉米苗就是一个苞谷棒！就是珍贵无比的粮食！

“还是知识青年哩！连咱老农民都不抵。咱得立个规矩，锄掉一棵苗扣一分工。”

他还在得意地叫。

我不作一声，心里那股气越来越无法抑制地升腾。这真是小人！真是一种恶劣的品性！我后悔我昨天的行为，为什么要当东郭先生。

我心里暗自打好了主意，任他狂嚣，始终不作一声。

终于，他唠叨够了，又继续锄地。这一回我有意识地放慢速度，直到他跟上来，超过我。超过我时，他又是得意地说：

“咋么？不行了么？知识青年来农村是锻炼哩！照这样子怕不行！”

他说着，哈哈大笑。

“日你先人！”我心里暗暗骂，脸上却装着什么也没有发生。只气。何况，它周围的环境很优美，很雅静。垂柳依依，绿茵铺地，有点儿像七仙女洗澡的仙境。

而现在，这块仙境属于我。

山里人没有洗澡的习惯。何止如此，连洗脚的习惯都没有。每天，不管干了多么脏累的活儿，回去端上碗一吃，然后鞋一蹬，上炕就睡。刚下乡时，我们早晨起来刷牙。七八个知青，齐刷刷地站成一排，嘴边满是白沫子，引起全村轰动。后来，有几位大胆的青年男女也托人去山外买了牙刷牙膏，跟着我们讲卫生。不过却引起了全村人的愤怒，说他们"戴着笆斗进庙门，硬充大头鬼哩"；说他们"牛犊子跟马跑，强装驴日下的!"。

我脱了衣服，用毛巾在温泉里摆了摆，开始搓洗。平素在澡堂洗澡，得先浸泡它十分钟，为的是搓出泥泥。眼下没有这个条件，便也只好降低卫生标准——好在我有力气，并且身上的存货不少。搓不几下，一根根"黑面条"便直滚落。

搓完上身，该脱裤子了。我警惕地朝四处看看，又屏住声息，听听有无动静。农村妇女很怪，一方面封建得要死，一方面又开化得出奇，和她们接触可得小心。有一回，一个小伙子说了句骚话，结果几个妇女一齐上，把他的裤子脱了，用树枝逗他的小鸡。我自己就有过体会，解手时，千万要离她们远远的；否则她们不但不掩目走开，反而一边嘻嘻哈哈地凑上来，一边肆无忌惮地评议，好像我们知青腿裆里的"产品"也是洋机器制造出来的。

回村子时，家家都开始吃晌午饭了。

我浑身舒畅，每一根毛细血管都喜孜孜地扩张着。抬头看，远处的山峦树木都很苍翠，很有生机。而近处有几只鸟儿正从头顶飞过，落在河边的树上，婉啼不停。一切都很愉快。这愉快的大自然感染了我，由不得想扯开嗓门唱两句。

村子里突然一阵嘈杂，像是有人骂仗。

我精神一振，加快了脚步。

在这孤寂的山区，我是吵架骂仗的忠实观众。那实在是一种精神消遣和文化娱乐。每回我都夹挤在人群中，细细地咀嚼和品味。时而微笑，时而大笑，时而遗憾地摇头，时而丧气地咂嘴。我发现，吵架太能表现人物性格了。比如村西头的五升媳妇，一吵起架来便精神大振，一连串文学家都想像不出来的词儿从她嘴里出来，简直比喝凉水还容易。不仅如此，她把对方骂倒了，自己还不生气，吵着吵着竟能联想出什么奇特而滑稽的事情，以致咯咯笑出声。成天和她在一个炕上打滚的五升却没有得到熏陶。他从不和人吵架，偶尔和秋儿吵了一回，半天没话，脸憋得发紫，最后竟一弓腰，一头把秋儿拱了个满嘴泥。

秋儿呢，大惊失色，爬起来拍拍屁股上的灰，二话不说就溜之大吉。

此刻——

“野汉日下的你——”像是张仁义的声音。

果然，张仁义站在家门口，脸色铁青：

“连一天也空不下么！你把你先人——叫儿女咋跟你学哩？”

张仁义嘴笨，这是他千篇一律的骂词。而每适逢这时，乖艳也照例不屑地撇撇嘴，说：

“野雀吃豹子，你口张得还大得很。扯开裤子试火下，看你有崴本事——你把毬眼睛睁大。三个儿女，哪一个是你的?"

再下来，张仁义照例蔫了。灰溜溜地闷上一阵，突然没头没脑地抓起烟锅乱抡。抡累了，一场吵架也告尾声。

我等着乖艳回骂。可是没有。她坐在院子里低头专心纳鞋底。

"纳！纳！纳你娘个×！"张仁义又骂。乖艳不回敬，这使他头一回气焰万丈，以至于不停地跳脚，"我鞋上露大窟窿。你看不着吗？一天光给野汉做！你个不要脸的!"

院子外，已经围了一大圈人。

秋儿也在观战，一边咧着大嘴笑。论热心，他比我更甚。他扯扯我的衣袖，神秘地说：

"知道是啥事，老赵?"

"不知道。"

他不相信地看着我：

"割漆的小伙儿，你不知道?"

"听说了。没见过。"

"崴小伙儿精干很。"他夸赞。

"得是?"

"啊么咳!"他来了精神，"这乖艳不是个软茬！和小伙儿好不说，还白贴他吃鸡蛋，喝蜂蜜水。张仁义想趴她身上骚情哩，她可又咬又踢。"

他又伸头朝院子里看了看：

"咦，日怪了！今儿乖艳成了温顺人。"

秋儿说得不错，乖艳今天确实很温顺，既不还嘴又不动怒。只是平静地纳鞋底。偶尔针涩了，便在头发上溜几下。凭她这副模样，不了解内情的人准会说她是个贤淑媳妇。不仅如此，面对暴跳如雷的张仁义。她嘴角竟挂起一股几乎难以察觉的微笑，眼睛里闪动着梦幻般的光泽！

显然，她内心正涌动着一股巨大的喜悦。

二十五

以后几天里，我终于见到割漆的小伙子了。他叫李长生，是江苏苏州人。“上有天堂，下有苏杭。”这是我从小便知道的。只是天堂般的苏州，为什么也有人来辽远而荒僻的西北山区流窜呢？

我没想过。

我们是在磨沟口见到的。他正在砍竹子，果然，很精干。容貌很清秀，也有几分腼腆。不论如何，他的形象和乖艳好像联系不到一起。

他先开口说：

“你是不是赵世平？”

我还没回答，他又笑着解释，“我早就听说，队里女知青叫庄莲莲，男知青叫赵世平，所以一看就认出来了。”

他说的是当地话，可是很夹生。

我问他：

“你是哪里人？”

“苏州。”

“那我们是老乡！”

“侬是哪里人？”他眼里透出一丝儿喜悦，马上改用纯熟的家乡话。

“无锡。不过从我记事起，就一次也没回去过。”

恰好秋儿背着背篓从磨沟里出来，我顺手从背篓里抓出一把蒜苗，留给自己吃。李长生见我和秋儿毫不生分，便问了一句：

“喀位都阿哥叫啥?”

他把“这位”叫“喀位”；“大阿哥”叫“都阿哥”。

我回答了他，又声明自己不会说家乡话，他才又改回半生半熟的秦腔。

以后我才知道，李长生的父亲是苏州一家丝绸厂的工程师，“文化大革命”一开始就被揪斗。一九六七年，他父亲不服，给毛主席上书。谁知书信根本到不了毛主席手里，结果是被整得更惨。万般无奈，忍无可忍，他干脆用一条绳子结束了自己的生命。

父亲死后，还有母亲。母亲是名门闺秀，据说祖上曾是苏州名噪一时的翰林。这样的“资产阶级少奶奶”本身便饶不得，何况丈夫又是反革命。

那时候李长生十六岁。如果在农村，十六岁起码可以算个半劳。可是在城市里，如果没有工资可挣，十六岁不顶个人。

人总是要活，而活就离不开吃饭穿衣。“衣食足，知荣辱”，而在衣食俱无来源的情况下，人的尊严就只好退后些。他母亲长得好看，这就引得不少人垂涎三尺。结果，他母亲也终于和一位工宣队长睡了觉，是呜呜咽咽地哭着被糟害的。

工宣队长没有食言，去找了居委会，这才把他母亲从挖防空洞的劳役中解脱出来，又安排了一个糊纸盒的工作。这是个有报酬的工作。无论如何，两口人有了饭吃。

只是这位工宣队长每隔一半月就必来登门造访。他母亲多次力拒，最终还是噙着泪水就范。

随着岁月的流逝，李长生渐渐长大，并且终于明白了母亲和工宣队长之间的事情。这对他不啻是个晴天霹雳。终于有一天，他瞅准时机，破门而入。

他教训了工宣队长几个耳光，但不曾想，这种鲁莽的举动同时羞辱了自己的母亲。

当天晚上。母亲便上吊自杀了。

母亲死后，在收拾遗物的时候，李长生发现母亲的衣箱里放着敌敌畏，甚至老鼠药。显然，她是早就准备死的，已经设计了各种死法。

为什么选择上吊？

他想起来，母亲曾多次向别人打听，“阴曹地府不晓得还分不分红白？药死鬼和吊死鬼不晓得能不能相会？”显然，母亲虽有文化，却很迷信。很可能，她是被逼到走投无路时才在恐惧中皈依了上帝！

她是去寻丈夫了。

另一份遗物是遗嘱：“不要怪妈妈。妈妈是为了养活你！”

他哭了。

哭完，他掂了根棍子，守在工宣队长上下班的路口。还真被他等着了。他一咬牙，拼着全身力气劈去。他瞄准的是脑壳，他要这脑壳开花！

但是偏了！一棍下去，把工宣队长打得坐倒在地上，肩胛骨“咯吧”一声断了。工宣队长恐怖地大叫起来，于是他又急急忙忙朝他的脑袋补了一棍子，眼看着工宣队长像一袋面粉般沉闷地扑倒在地，他一扔棍子，撒腿就跑。

他明白，苏州是没法再待了，干脆往远处跑。好在他只身一人，无牵无挂。

他选择了朝西。西北地广人稀，没有人能认识他，抓到他。

过徐州、商丘；越洛阳、潼关。一直到了关中平原，他觉得差不多了，便顺着岔路弯进了山沟。

在山沟里一晃两年，他心灵上的伤口渐渐平复了。他适应了西北地区的生活。他学木匠，学烧窑，学嫁接果木，又学会了割漆。每年热天，当漆树枝繁叶茂、汁水充盈的时候，他就背着铺盖卷儿往深山去。

进深山，先要找地方落脚。偏偏找到了乖艳家。

一见出来的是个年轻媳妇。并且长得那么俊俏，李长生不说借宿了，改口说想喝水。

“进来喝吧！”

“不了。就在门口——喝一口就行。”

“哟，是怕我屋里有狗咬吗？么大个汉子，连这点儿胆气都没有！”

李长生脸一红。他这人最怕激，一迈腿进了门。

找了个小木凳，在院子里坐着。看看墙上挂着的红辣椒，看看正在啄食的鸡群，再看看女主人。女主人唇红齿白，满面春风，既有姑娘的身段，又有少妇的丰韵。当然，也有火辣辣的话语和眼神。

“你是哪搭儿人？”

李长生回答了，反问：

“你哩。就是这里的人么？”

“不是。我是甘肃的。”

“甘肃的怎么跑这儿来了？”

“你江苏的咋也跑这儿来了？”

接下来说了些什么，不知道。反正一个小时以后，李长生又回心转意，很高兴在这儿落宿了。

第二天，李长生准时出发，进了老林。

入山越深，漆林越盛。历年来割漆的人都是在我们村子里歇一下脚，之后背着粮食和铺盖卷儿进山，在漆林里吃、住，一直到割够了，才又一趟趟往外运。

如果有幸看见过割漆，我相信每一个人都会和我得出同样的结论，那既是一种艰苦卓绝的劳动，又是一种充满了艺术氛围的场面。割漆者手持利刃上了树，左一刀右一刀地砍削，树身上便极规律地呈现出“八”字。这“八”字一直往下延续，延续到几乎挨近地面。随后，“八”字中慢慢渗出乳白色的漆汁。当几十棵树都依照着同样的规律流淌漆汁，当所有的“八”字都整齐排列成一体，那真是深山奇观，密林胜景。连松鼠和狐狸都停了脚步，探头伸脑地惊诧不已。

李长生忙忙碌碌，看样子，劳动使他愉快。在这荒无人迹的大深山里，比在繁华的苏州更体味到一种生活的充实！阳光、清风、溪流、小草、蝶群……这一切都为他而存在。常常是休息中，他就禁不住唱起歌儿。可惜他是用吴侬软语唱的，咿咿呀呀。我们十二盘没有人能听懂。

一直到漆割够了，他才闲下来。

紧接着一趟趟往外运。由于路途太远，所以都是先运到十二盘。

运齐了，再一趟趟往山外背。

这一来，他又天天在十二盘歇宿了。

不消说，他住在乖艳家。

那段时间，张仁义在家。阳历八月，正好是麦收以后秋忙之前的一段农闲，每天吃了晚饭，他没事就掂把破二胡在院子里锯，一边摇头晃脑地唱。

乖艳便端盆水出来，闭着眼满院子乱泼，指桑骂槐地嚷：

“日他先人！一天忙个不死！还闲得蛋疼了！”

张仁义也不生气，涎着脸笑笑，挪开板凳继续拉。

只是很快乖艳便不骂了，并且晚上没事儿竟也端个小凳在院里听。原因很简单，李长生喜欢。

李长生到陕西已经有五个年头了。为了生存，他除了学各种手艺，还努力学习当地人的一切：生活方式、待人方式、说话口音，当然也包括唱戏。就是抛开上述目的，他是个年轻人，除了劳动，还需要些文化生活。而在山里，唯一的文化生活也就是唱几段戏。

先是唱《八盘山》，再下来是《群英会》，等唱到《玉𦉪瓶》的时候，乖艳也加进来了。

这天晚上，月高风爽，早早喝罢汤，张仁义就摆好凳子。他确实是戏迷。只要有人陪他哼叽，不吃不睡都行。倒是李长生唱不几句，就得停顿下来等提词。不过他毕竟年轻，心性灵，过不几遍，竟一口气地顺下来了。

第四场是《私会》。先是鲤鱼精上场。张仁义扮鲤鱼精。一段过门，他捏着嗓门细声细气地唱：

吃清痰借元气登时出现，
化一个金牡丹容颜一般。
眼观看日西坠天色已晚，
书房去会相公同赴巫山。

接下来是张真的唱段。李长生扮张真。他嗓子比张仁义好，唱得也认真：

今夜晚坐书房银灯明亮。
为功名昼夜里苦读文章。
天保佑占鳌头名登皇榜，
那时节身荣耀好回故乡。

鲤鱼精便又接唱：

张公子他本是金童投凡，
因此上惹得奴来把他缠——

唱到这里，乖艳一怔，随后红了脸，借口烧开水，折身进屋子。

接下来是鲤鱼精敲门，纠缠张真。而张真正人君子之极，除了气得“战兢兢”，嘴里还直叫“呀，好恼！”

乖艳再次到院子里来的时候，“鲤鱼精”捏腔拿调地正说服“张真”。她听了不几句，便“呸”了一口，抢白张仁义说：

“唱的是啥么，没腔没调的，驴吼似的！”

张仁义脸一红，说：

“啊你来!”

“我来就我来!”乖艳倒是毫不谦虚，也怪，她从不唱戏，一旦唱起来倒有板有眼，字正腔圆，像个行家。

先是道白：“相公你知其一，不知其二。”

接着仰了头唱。这一回是真的莺鸣燕啼：

昔日里张君瑞长安赴选，
过普救遇见了莺莺姣莲。
他见了女佳人意马难拴，
半夜里跳粉墙到她花园。
前朝内却也有男女缱绻，
何况奴到书房把你来缠。

再下来唱词就越发露骨了！除了情意绵绵地共“入罗帐”，还“喜笑颜开”地乱“揉牡丹”，以至于“揉得奴两腿麻魂赴阳台”。

张仁义不知厉害，摇头晃脑地锯得更加起劲。

不知是早有此意，还是这些靡乱之音撩拨了心扉，乖艳渐渐进入了角色，先还强自撑持，眼望空壁唱，而后转了头，和李长生四目相对地唱，最后竟脸儿红红，像喝了酒，又像扑了粉，一边唱，一边俏媚媚地和李长生打飞眼。

有好多人说，李长生和乖艳真正做丑事就在那天晚上。又说张仁义第二天就把二胡在自己门额上一磕，折断，恨恨地赌咒：“这辈子再不唱戏！这辈子再不唱戏!”

是真是假我不知道，反正本该运完的漆，不知怎么搞的竟迟迟运不完。有天晌午，我收工回来，在伐鱼河里洗脚，看见李长生从小木桥上走过，顺口问了一句：

“漆还没运完？”

“没有。”他回答，显得不自然。

已经走过去了，又回身加了一句：

“我给张仁义家扯板哩。”

正好我也有段核桃木头，是准备扯开后做成案板往家带的，便趁机说了。

李长生很痛快：

“你拿来，我给你扯！”

“工钱呢？”

“再说。”

吃过饭，我就扛上木头去找他。他正在扯板，满头是汗。

如果是在城市里，圆木用平车往电锯前一送，嗞啦啦一阵响，板就扯成了。可是在我们这儿，扯板仍然沿用着原始的方法：先是将圆木一头搭高绑牢，然后用一根大扯锯来回手拉。和木匠锯木板是一样的。只不过扯板的木头一般都很大，锯也就比普通木匠所用的大得多。

扯板有双人扯，也有单人扯。李长生是单人扯。

别看李长生清清秀秀的，可干起活儿来，一点儿不含糊。他倒不是有蛮力，而是灵巧。一般人扯锯都是直上直下扯，他却不，把锯放得很平，先扯一个侧面，这样比较省力。侧面扯到一定程度，他才竖直了锯扯。只扯几下，马上就大见效果。不仅如此，他的每一个动作都不多余，送一下，回一下，像是用分秒计算好的，并且丝毫没有那些擤鼻涕抹汗水紧裤腰挽袖子之类的附加动作。

看见我。他停住手中的活儿。

“是杨木板？”我问他。

“是。”

杨木板是最不成材料的木头。尤其是扯成板，又脆又易断，

“扯杨木板做啥？”我不解。

“说是苫房。”

正好张仁义从门外进来，连眼也不抬，闷冲冲地：

“苫锤子！苫野汉！”

李长生脸一红，很尴尬。

张仁义麻搭着脸，冲我点点头，继续朝屋里走。一头小猪娃晒着太阳，正哼哼呀呀地往墙根上蹭痒。小猪娃根本没挡张仁义的路，他却上去就是一脚：

“哼你娘个屁！一个碎猪娃，连毬毛也没长齐，还在我跟前骚情！”

乖艳一掀门帘，出来了：

“你骂谁？”

“骂……猪。”张仁义吭哧起来。

“到底是骂猪，还是骂人？”乖艳却不松劲儿，“骂猪也得有个缘由，猪咋了？”

张仁义不吭声。

不吭声就证明是骂人。于是乖艳劈头盖脑：

“你骂你娘个×哩！不苫房，你睡牲口槽去！亏你当队长哩，家

里的事管不管？你要不管，咱立马散伙！”

张仁义拎起一把镢头慌忙出去。

在乖艳面前，他永远是个失败者。

我看了看乖艳。真想不到，几天不见，乖艳浑身大变。在我以往的印象中，她总是衣衫不整，鬓发散乱，一副浪里浪荡的样子，而现在，一件浆洗得干干净净的白布衣服包住了她的上身，一条九成新的蓝布裤子。再看头上，头发水光溜齐，脸色也比往常丰润得多。尤其是眼神，过去，眼神总是乜斜的，毫不在乎地挑衅或挑逗。而现在，眼神里竟充满了欢乐，充满了幸福。这欢乐和幸福使她整个人都变得安详和端正，甚至变得清纯了许多！

这真让我惊讶！

乖艳给李长生端来一碗凉皮。这是关中特产。

“吃了再做。慢慢来，不急。”

“不。”李长生推辞。

但是乖艳坚持要他吃。无奈，他只好松了锯，下来吃，端起碗，先递给我。

“还有哩！”乖艳说，又端出来一碗。

我没有客气，端过来就吃，一筷子下去，才发现这碗凉皮是动过的。显然，一共只有两碗。一碗给李长生，另一碗是乖艳自己吃的。

她是怕我夺了李长生的碗。

以后的几天，生产队在十二盘坡底的砖瓦窑烧窑，我负责浸窑。浸到一大半的时候，我把握不住，便去请李长生来看看。他很内行地围着窑顶转了一圈，又下到窑门看看。

“还要担水。”他说。

我又去担水，他一把拦住：

“我来担!”

我死活不让，但他拗得出奇，最后只好由了他。

他一气担了七担。窑顶灌得差不多了，他才歇下来，坐在我早就铺好的一摊麦草上。

天已经黑了。远远近近的山都乌苍苍的，只显出一个轮廓，倒是流水声比白天响了几倍。在这种深幽孤寂的环境中，人很容易产生一种感触。

“星星真多!”他说。

可不，星星真多。正好是个大晴天，满天的星斗像比赛似的，一颗接一颗地跳出来，忽闪忽闪地朝你眨眼，仿佛在嘲笑你。星星都很任性，随意在天幕上乱缀。

“抽烟吗?”

“不。”

“抽一根吧?”

我还是拒绝了，问他：

“你什么时候学会抽烟的?”

“有几年了。”

“干嘛学这个?”

他没有回答，只深深地叹了一口气。

“乖艳这个人怎么样?”他突然问。

我一怔，从他和我认识以来，我们一直处得不错。原因可能是我们同是城市青年，是老乡，又有近似的遭遇。只是，面对着眼前的问题，我怎么回答呢?

想了想，我如实回答：

“不怎么样！”

他有些丧气，低垂着头，半天不吭声。好一会儿，才抬起来，声音有些暗哑：

“……我知道。好些人都这么说。”

沉默片刻，又继续开口，“可我觉得她对我是真心。有时候我也琢磨，呆在这儿干啥，一走不就啥都了了。可一想起她是真心，我就又迈不开腿。你不知道，我没爹没娘，一个人在外闯荡，连个户口也没有。走到哪儿，都是挣死巴活，全为了一张嘴。现在，有个人对我好，我心里一下子变得好暖和。唉——”

他重重而酸楚地叹了口气，眼里竟噙着泪珠。

二十六

入秋了。

在江浙一带，阳历五月是“黄梅雨季”。而我们这里的雨季是在八九月份。天空乌蒙蒙的，大团的云块由西北向东南翻滚。云块张牙舞爪、面目狰狞，仿佛不把地球吞没便不甘心。

一下雨，地里便进不去人。按理说，这是休养生息的好时候，可偏偏这也正是野果子成熟的季节。核桃、五味子、草莓、八月炸——尤其是毛栗子，专门伴着雨水成熟。几场雨一浇，它那层长满了尖刺的外壳就自动炸开。雨下得越猛，它炸得越欢。

不知是先人们造福，还是自然生就。十二盘是个毛栗子王国。方圆十多里，几乎坡坡有毛栗子林。按国家收购价，一斤毛栗子二角五。一等品可以卖到两角八。也就是说。我们在地里辛辛苦苦干一整天，其价值还不如卖一斤毛栗子。而任何一个孩子，只要在沟口溪边守上半天，就可以稳稳当当地从山坡上流下来的溪水中捡到三四斤毛栗子。

可想而知，山里人是怎样迎接着这个收获的季节。

我和庄莲莲每天都早早起床，冒着雨去坡上采打。我们头上都戴着草帽，为的是防止毛栗子壳掉落到头上。它的刺实在太可怕，又长又硬又密，像一支支钢针。

至于雨水，我们不在乎。反正从上到下全是湿透了的。

打毛栗子最重要的是选择地势。如果是在陡峭的山坡，那么空费半天劲儿抡打，毛栗子会统统滚落到密藤缠结的沟底，使你无法捡捡。而在平坦些的山坡上，一竹竿打下去，哗啦啦一阵响，顿时硕果纷落，满地铺金。

只是大伙儿都不是傻子，所以都拼命抢占好地形。尽管我们知青也能吃苦，但毕竟比不上农民们，他们全年的花销全要指望毛栗子，所以男女老少齐出动，使出吃奶的力气满坡疯窜。

不到半个月，漫山遍野的毛栗子便基本打采完毕。

接下来的工作是剥壳。方法是双手各执一镰，将裂了口的毛栗子壳左右一掰，掏出里面的颗粒。这是个无法省力的活儿。我和庄莲莲除了吃饭，整天就坐在小板凳上机械地操作，累得腰酸背痛。

但是随着毛栗子壳一点儿一点儿地堆积成“山”。我们筐子里、背篓里、书包里的毛栗子也一点儿一点儿涨满了。毛栗子个个颗粒饱满，鲜润结实，使我们每看到它，都禁不住要伸手去细心地捏弄着、欣赏着。

现在，我们已经明白了农民为什么对土地有那么深的感情，也明白了农民们为什么那样俭省和吝啬。这滋味，只有你当了农民，才能够一点儿一点儿地品咂出来。

天放晴了。

秋天的晴空是最明丽诱人的。碧蓝的天空像一望无垠的大海，又像一匹质地纯净的蓝缎子。偶尔有白云在上面浮动，缓缓地，轻轻地，几乎使你感觉不出它在挪移。远远近近的山体、树木甚至农民的屋舍都由于雨水的多日冲洗而焕然一新。伐鱼河水的流量比夏季大了许多，可以听见它如诉如歌的声音。这条河从不干涸，从不停止歌唱，但只有在秋天，它的身躯最丰盈，宛如一位成熟的少妇。而在这个动人的季节，它那潺潺不息的歌儿也变得格外悦耳和圆润！

秋儿头上包缠着一块绷带，晃晃悠悠地来找我。打毛栗子时他偶一抬头，被坠落的毛栗子扎中了眼睛。有一根尖刺笔直而毫不留情地扎进他的黑眼球，疼得他吱哇乱叫，捂着眼连滚带爬地跑回村。所幸的是这根刺没有断，长长的一截还留在眼球外，手一拔就出来了。是我帮他上了药，又用绷带包扎。这几天，他天天来换药。

庄莲莲是我们的药品保管员。尽管秋儿眼伤成这样，但当庄莲莲用手掰开他眼皮，要为他上药时，他却依然连连摆手，要我给他上。问他为什么，他支支吾吾不答。待庄莲莲转身去拿纱布时，才大嘴一咧，不好意思地傻笑说：

"让一个女人家摸咱脸，不好——"

"你妈的——"我骂了一句。

上药时，他紧张得不得了，药棉根本还没沾上眼皮，就煞有介事地乱叫痛。待真的上药水时，他才发现并不痛，很快安静下来。

一边上药，他问：

“老赵，打下多少了？”

“百十斤。”

“咋不再打？”

我告诉他，平缓地上的都打光了，剩下些陡坡，我不想花那份工夫。

他想起什么，说：

“磨沟有几棵毛栗子树哩！结得繁很！就是上面有人头蜂哩！”

人头蜂又叫葫芦蜂，是山里的一种野蜂。由于它们在树上搭筑的窝巢，形状像人头，所以农民便形象地将之称为人头蜂。这种蜂身大体长，毒性极强，据说曾活活蜇死过山外一个农民——只是……只是在没有亲身体尝之前，我始终难以想象，一个小小的马蜂究竟有多可怕！

这些天来，已经不止一个人说起过磨沟那几棵毛栗子树，显然，大家全眼巴巴地盯着那儿，却又没有人敢去触碰。我曾经动过心，也想了些对付马蜂的办法，不过从来没有付诸实践。秋儿这一说，倒勾起了我的兴趣。

“那棵树能打下多少栗子？”我问他。

“少说也能打五背篓！”他回答，“平坡地。好拾很！就是不敢打，崴野蜂歪很！”

我用最快的速度准备就绪。

之所以用最快的速度，是担心庄莲莲知道。一旦她知道，肯定要千方百计阻拦我。为了防止被马蜂蜇，我穿上了厚厚的棉袄棉裤，脚上则是长筒胶鞋。手上套着电工用的绝缘手套。一切部位全严密无缝。只有头和脖子——想来想去，我用几条厚毛巾缠紧脖子。又在头上扣了一顶大草帽，草帽阔大的边沿用日本尿素袋里那透明的塑料薄膜一罩，直罩到脖根，再用绳子扎住。

磨沟离我们村子不远，沟口是一丛绿竹。绕过绿竹，一眼就看见那几棵毛栗子树。上面垂满了颜色已经变黄了的毛栗子。再仔细看看，这几棵树上的栗子大得惊人，似乎是专门引诱我来打它的！

那个人头蜂窝就筑在正中间一棵大树的树杈上，远远望去，什么也看不清，什么也听不见，四周一片安谧。这宁静的气氛给我增添了一丝安全感。

按照计划，我将一根长竹竿绑上一捆麦草爬上树，用火攻蜂窝。马蜂再厉害，翅膀只要稍微被火一燎，就全没戏了！草帽上罩着的一段塑料薄膜虽说是透明的，但透明度毕竟有限，看什么东西全模模糊糊。如果它贴紧着脸，就会好得多。可惜，为了防蜂蜇，它与我的脸部是隔开着一段距离的。这使视线更加模糊。在树下站着时，这感觉还并不强烈。但当我爬树爬到一半时，情况就严重了！汗水从脸上直冒，鼻孔里呼出的热气全变成了一层细细密密的水珠。这一来，连模模糊糊的轮廓也全看不见了！

没办法，只有硬着头皮朝上爬。

也许是我爬树惊动了蜂群，再也许，是我离它们近了，总之，我听见了一阵嗡嗡嘤嘤的声音。这声音在我气喘吁吁地爬树时根本就没有感觉到，但当我稳住身子，能够安静地休息一下时，却全部钻入了我的耳膜。说来奇怪，这些声音单个分开，也许只是微弱到极点的一丝儿响动，但这些声音汇聚在一起，却让你感觉到了它的密集和汹涌。

我被这十分细密却又排山倒海般的声响吓怔了。那一霎间，我完全不是凭幻觉，而是实实在在地感到了一种力量。

心在怦怦乱跳，足足过了一根烟工夫，我才鼓足勇气，颤抖着手撩开面罩，朝前面窥测。直到确认这些野蜂并没有被我惊动，并不准备向我进攻，这才掏出火柴。

麦草捆燃着了，隔着塑料薄膜，我可以感觉到红色的火焰在跳跃。我用双手端牢，用力朝前举递……麦草捆烧得很旺，一片熊熊。只是两分钟不到就熄了火。我静静地等待着，等待着。

没有任何动静，我只好将脸前的塑料薄膜再一次悄悄撩开——

这一下我目瞪口呆！也许，是我置身在树上，无法准确地估算蜂窝与我之间的距离；再也许，是我太心慌了，根本就没有看清蜂窝在什么地方。总之，蜂窝好好的，没有丝毫损失——而更让我发呆的是：马蜂窝竟和我平素远远看见时完全不同。它根本不止一个人头大，而足足赛过一个背篓！它的上面满是密密麻麻的蜂眼，每一个蜂眼的形态都是那么神秘和陌生，都是那么狰狞和凶恶！无数只马蜂就在这孔眼中飞进和钻出。那种无法形容的、密集的蠕动，使我心里不仅恐怖，而且麻酥酥的！

哦，这里是一个完整的世界，一个人口密集的城池，一座防御坚固的堡垒，一方不容侵犯的领地！

“老虎屁股摸不得！马蜂窝捅不得！”我猛地想起了这两句话！

看来，前人们绝不是毫无根据地总结出这两句话的！

怎么办？

认输？

不——我不能轻易往回溜！我来捅马蜂窝的事，村里好多人都知道。大家全在拭目以待。我这样败退回去，该多么尴尬，多么狼狈，多么狗熊！

干脆，下狠心干！说穿了，我浑身上下全裹得严严实实的，虽说下一回打死我我也不逞这个英雄了，但这一回不能退！也没有必要退！一切都是经过严密准备的！

我下了最大的决心，一遍又一遍地对自己说鼓励的话儿，直到怦怦乱跳的心儿平静下来，这才又一次悄悄掀开塑料薄膜面罩，看准方位，举起长竹竿猛地一捅！

捅中了！

我双手握紧竹竿，用力一搅，“哗啦”一声，老大一块蜂窝掉下树，发出破裂的声响。

一刻也犹豫不得，我放下面罩。几乎是同时，那股密集而强大的嗡响发作了，并且立即变成山呼海啸般的巨涛。数不清的马蜂几乎同时从睡眠状态中被惊醒，意识到它们受到严重侵害，并纠集起队伍，开始寻找目标复仇——

一不做二不休，我双手抡起竹竿，凭着感觉朝残余的蜂窝乱抽乱打，一阵树叶刷啦啦地掉落，随后又是一声蜂窝破裂的响动。

葫芦蜂们被彻底激怒了。它们毫不犹豫地认准了我是侵害它们的罪魁祸首！用不着听和看，只凭感觉，我就清楚地知道它们从四面八方围住了我！围裹得那么严密，几乎连一个核桃大的空间都没有！那可怕的嗡响搅得整个天地都颠倒了位置。脸前的塑料薄膜被一只又一只的马蜂所冲撞，发出噼噼啪啪的声音，比下雨还密集！

这真是惊心动魄！

我吓得手都发凉了！离我脸部只有一寸远的塑料薄膜上，数不清的蜂刺穿透进来，并且在焦躁而愤怒地摆动。这些马蜂也许从体内送出毒刺的同时也就毁掉了自己的生命，但它们却义无反顾地选择了牺牲！它们的献身精神，它们捍卫自己阵营的意志，它们空前一致的团结协作——所有这一切都在表明，轻视和侮慢它们将是一个多大的错误！

我一动也不动，紧抱着树身，任凭它们发泄！

足足有半个钟头，愤怒的蜂群还在进攻，并且进攻的速度和密集的程度丝毫不见减弱。天哪！这个蜂窠里究竟聚集了多少马蜂？——我用一种凝固的姿势抱着树身，渐渐有些支持不住了。看样子，哪怕再过三天三夜，马蜂们也仍然不会放过我！我不能再这样干等——

我开始下树。动作很艰难，很缓慢，眼前什么也看不清楚，一切全凭感觉，这使我格外吃力。很快，我便浑身发热。身上实在是穿得太厚，捂得太严了！塑料面罩上满是水珠，空气闷得令人透不过气儿！我开始大张着嘴呼吸。可这一来，面罩被吸得一松一紧，我担心面罩挨脸太近会被蜂刺刺中，只好闭牢嘴，却不想憋得更难受。我不再动作，静静地想缓口气儿，但不行，氧气不够。胸腔憋得像要爆炸。我实在受不住，只好用手去解面罩的线绳，想稍微松动一下，透进点儿空气。

我解线绳时很小心。但才解到一半，那种缺氧的窒息感又强烈地袭上来。而线绳不知怎么回事，结得很死。我急不可耐，干脆一用力，“嗞”的一声扯断了它。一股新鲜空气立即从缝隙中透进来。这股空气来得实在是太及时了，我浑身的感觉顿时良好，手脚全充满了力气。

我开始继续下树。

只是，线绳扯断了，我得用一只手捏着面罩，以免马蜂从漏隙处钻进来。这一来，动作变得更艰难、更缓慢了。

眼看快下到地面，不知是什么原因，我手套与棉袄袖管的连接处开裂了。也许，至多裸露出黄豆粒大的一块地方，但愤怒无比的马蜂立即瞅准了它，并且毫不犹豫地狠狠一刺——一股难以忍受的疼痛使我手腕直抖，我连自己也不明白是怎么回事，竟尖叫一声，从树上直掉下来！

事后我才明白，使我掉下树的原因并不是疼痛。无论多么疼痛，我——一个二十二岁的小伙子都能够忍受。真正的原因是心理上的恐惧。我并不知道手腕处裸露出来了多大的部位，但那股疯狂的、不顾一切的复仇气势使马蜂们从精神上首先压倒了我，使我直想向它们求饶。我的手本来就在抖，心也在抖。所有那一切英雄气魄全是装出来的，是虚荣和自尊支撑着的！现在，蜂针一刺，全垮了！

掉下树并不可怕。我距地面仅有两三尺的高度。一下子仰倒在地，硌得很痛，但并无损伤。只是我捏面罩的那只手松开了。而松开的结果是几只凶猛的马蜂闪电般窜进来——一股强烈的疼痛使我浑身立即颤抖。葫芦蜂在面罩里窜来窜去，它们的刺像一根根粗大的锥子。一下、一下——到底锥了几下？到底是三只还是五只葫芦蜂？不知道！隐隐约约中像是有人在远处歇斯底里地大喊，喊叫我的名字。可是我顾不得。我只是没命地用手朝面罩乱抽乱打，嘴里“啊、啊”地大叫。那是由于无法忍受的疼痛和透彻心扉的恐惧！

远处还是有人在叫，叫得声音都变了调，似乎是叫我跑。这真是混账！往哪儿跑？怎么跑？哦，疼痛难忍，真难忍啊！

我弯下身，跪在地上，把头深深地低下去。一股灼热的浪潮涌上我的脑际。头脑昏昏，昏沉得什么都不知道！也什么都不想知道……那股喊声呢？它在哪里？为什么消失了？会有人来救我么？……也许……马蜂，不，葫芦蜂……到底为什么？哦，狗日的，饶了我吧……求求你们……

二十七

醒来的时候，我已经躺在屋子里。眼睛肿得挤成一团，想看什么东西，得用手掰开眼皮。

庄莲莲跑前跑后地为我找药。我们的药品箱里有阿司匹林、红汞、止痛片、消炎粉……却没有治蜂蜇的药。于是农民们纷纷来出谋献策。有说用鸡蛋清洗，有说用蒜汁去毒，还有说用狗屎涂抹……

“逞那个英雄干啥？”她说，“打那几个毛栗子值当不值当？国庆节我不回家了，你把毛栗子全拿去，够你背的。”

一边说，一边气得往门槛上一坐，抹起眼泪来。

我没有回答，任凭她生气。她是在心疼我。我不糊涂。

其实，为什么要去捅马蜂窝，是就为那几个毛栗子么？当我静静地躺下来，当我思前想后，努力把一切搞清楚的时候，我才明白了，不是的！去年，前年，大前年，我都没有打到多少毛栗子，但我却很知足。之所以要这么做，是我需要有事情做。不仅仅是劳动，不仅仅是锄地和背粪；而且需要一些能够表现我的性格，能够宣泄我体内积存的精力，能够使我精神上享受到一种刺激的事情。过去，这一需要并不十分突出。而现在，当整个生产队只剩我一个男知青的时候，这种需要突然由于生活的空寂而变得突出了。就是不捅马蜂窝，我也会搞些其他事情做。那些事情多少也会含有冒险性质的。

哦，人的心灵，人的需要……这一切多么微妙、复杂。

脸肿得像洋娃娃，以致只能模模糊糊感觉到窗棂上投进来一缕明晃晃的阳光。院子里有鸡群啄食，一只老母鸡正“咯咯”地招呼她的儿女。再就是一头猪，哼哼呀呀地显得很惬意。疼痛一阵阵袭来，只是我已平静了，那种恐惧感消失了。我安全地躺在自己床上。周围环境安谧而和谐。在这样的气氛中，一切疼痛我都能忍受。

庄莲莲告诉了我：多亏那天我穿得厚实，并且昏倒时塑料面罩恰如其分地回复原位，否则，我就没命了。

而秋儿来告诉我：整整四天，愤怒的蜂群还围绕着那棵毛栗子树不走。宝宝贪财心切，想趁我躺倒之机发笔财，谁知进了沟口，才一露脸，迎面冲来一只蜂，照他眉心就是一下，疼得他哇哇乱叫地跑回来。至今，一只鞋还丢在沟里不敢去拾。

我又问，是谁去救了我？回答是李长生。

原来，李长生那天恰好在坡上。他是想找一棵有弯度的小树砍下来安铁锹把儿。看见我在抽打蜂窝，他吓坏了，一直死死盯着，怕我出事。而我果然从树上掉下来了。他疯了一样朝我喊叫，不顶事。于是他没命地跑回村，纠集四五个人，都穿戴厚实，披张大塑料布，齐齐地举起火把，闯进沟里硬把我背出来。

十天以后，我基本上恢复了，第一件事就是去感谢李长生。

李长生只穿了一件蓝背心，正满头大汗地为张仁义家做箱子。乖艳在他身边忙碌着，一会儿递个刨子，一会儿递个凿子。

“是赵世平呀！”她笑着，“长生一天价念叨你哩。今晌午还说要去看你。可巧，你来咧！”

听口气，好像长生是她的当家。

长生用手背抹了一下脸上的汗，腼腆地笑笑。

“不谢。”他对我说，“咱们是老乡嘛！老乡帮老乡。我在十二盘人地两生，要找你帮忙的事还多着呢。”

“那好，你需要帮忙的事一定给我打个招呼。”

“放心。”

我问他最近忙些啥。他回答：

“给磨房造水轮。才动手，队上又不想造了。”

“为什么？”

“说木料不够。”

我明白，这肯定是张仁义从中作梗。队里的水磨该换木轮了，请来工匠，开口全要大价。只有李长生，队里说了个数，他马上点头同意。应当说，他是个不容易找到的廉价劳力。而现在，显然是张仁义感到李长生威胁着他，所以拼命要撵他走。其实，木料绰绰有余，就在仓库里堆放着呢。

我如实把情况告诉他。他半天没吭气。

“你说咋办？”他问。

“这要问你自己。你准备怎么办？”

“依我的想法，想在十二盘多住些日子。不过——”他停住口，脸有些红，吞吞吐吐地，“这些天……我觉得大家对我……有意见。”

既然他把话说到这一步，我也就开门见山：

“走吧！长生。不是我不留你。你再能干活儿，架不住大家恨。一人一口唾沫就能淹死个人！你想想，就是本村本土的人想和乖艳鬼混，还得黑了偷偷地，你怎么就明打明来呢？再说，乖艳是个什么人？值得这么痴心吗？”

“乖艳不是坏人。”他突然冒了一句。

这倒使我一怔。

正好乖艳又烧了开水，端着碗出来。李长生便拉着我到外面去。

原来，乖艳是1961年被张仁义从难民堆里领来的。领来的当晚，张仁义就强行糟蹋了她，那时候，乖艳才十二岁，不明白张仁义扒她衣裤究竟是怎么回事儿，吓得乱喊乱叫，又用牙咬。直到一阵钻心的疼痛袭来，她才浑身颤抖，晕厥过去。

我问李长生，那过去传说的张仁义去她炕上摸黑，被她又喊又打以及她做下丑事怀了孕等，究竟是不是真的？

“不能说全部是假。”李长生说，“但至少大部分是假的，是糟践人！”

李长生告诉我，就从张仁义强行糟蹋了乖艳以后，无论是心理还是生理上，乖艳都对张仁义产生了一种本能的恐惧和厌恶。这种恐惧和厌恶强烈而持久。这也是她至今不容张仁义沾身的一个重要原因。

不过当时，她还没有这种反抗能力。小小年纪，便整夜整夜地受到折磨。

后来，乖艳长大了，张仁义却日渐丧失了性功能。究其原因，一是他成婚太晚，在他精力最旺盛的阶段，每每性欲得不到发泄，便手淫，结果反自遭毁损；二来他毕竟年纪大了些，火力不足。不仅如此，他天然有缺陷，每每不孕。“不孝有三，无后为大”。在农村，没有子嗣可说是一件最严重也最抬不起头的事。

他开始想其他办法。

有一回，张仁义的叔伯兄弟明德来看他。张仁义和他嘀咕了一阵，便要乖艳和明德睡。乖艳不肯，张仁义和明德一齐动手，把她按倒在炕上，强行奸污了。谁知一个月过去，仍未怀孕。于是张仁义又叫来另一位堂弟，如法炮制……

发生了这些事情之后，乖艳变了。她怀着一种复仇的心理开始主动对一切她所喜欢的男人敞开大门。她整日袒胸露乳，在男人堆里窜来荡去，甚至算计好了张仁义要回来，专门搂紧野男人，一丝不挂地在炕上翻滚。

她终于有了孩子。

张仁义反而挂不住脸了，对她又打又骂，弄得满村皆知。

日子一天天过去，乖艳成了破鞋，张仁义倒成了名副其实的正人君子。人们很少知道这其中的曲曲折折，即便知道了，过去的事情也就远了，淡了。人们重视的是眼前。

眼前的乖艳确实不值一提。

二十八

收了毛栗子，紧跟着又收核桃，收玉米……

这天中午，李长生来找我，是给我送案板。案板做得很好，刨得很光，合缝很严密。

我不在家。他交给了庄莲莲。

“他好像有什么事儿——”庄莲莲说，“想说不说。等了你一会儿，不见来，只好走了。”

“多少工钱?”

“他不要工钱。说是送给老乡的一点心意。”

我知道，这些天来，李长生怕在村子里站不住脚，所以尽力讨好大家。一有闲空儿就义务帮各家干活儿：盖房、做箱柜，甚至担水和背粪。只是，他孤身一人，挣点儿钱很不容易，我怎么能白收他的呢？

并且，我很清楚，他这样做并不能收买住农民们。毕竟，我们已经熟悉了农民们。他们多么实际！他们各人都有活儿求李长生干，当他们没有形成团伙时，他们十分清楚自己的力量太渺小，所以心甘情愿地朝李长生微笑，甚至可怜巴巴地谄媚。可是一旦他们不再有活儿求李长生干，一旦形成了集体的力量时，会出现怎样残酷而可怕的情景呢？

下午，生产队分玉米。分到一半，二喜匆匆忙忙来找张仁义，很神秘地站在墙角，嘀咕不停。张仁义再回来时，我明显地发现他心神不定。

“宝宝，”他叫，“你给咱招呼，把好秤。我去有个事。”

他转身就走。

我觉得蹊跷，联系起中午李长生找我，隐隐有一丝儿担心。

但是一直到晚上，什么事儿也没有发生。收工时候，路过张仁义家院子，我看见李长生正在干活儿，还是满头大汗，穿着那件蓝背心。

第三天傍晚，我有些感冒，吃过饭稍稍漱洗就睡下了。快天亮时候，突然一阵杂沓的脚步声和嚷叫声把我惊醒，只听外面有人在吼：

“打！朝死里打！”

“朝毬上打！把毬打折！看吾儿还来骚情！”

接着是一阵噼哩啪啦的乱响。

我猛然想起李长生!

这一下我惊出一头冷汗,穿上衣服就跑出门。

麦场上,灯笼火把早已亮成一片。走近些,才看清是张仁义、王蛮科、二喜、宝宝以及其他几个青壮汉子,这都是村里的基干民兵。

张仁义完全不像平时那样黏黏糊糊,畏畏缩缩了。众人拾柴火焰高,那么多人怂恿着他,使他露出与他身上原有气质完全相反的狰狞。他挽着袖子,在火把的照射下,脸上条条纹路耸起,凸眼暴睁,焦黄的牙齿紧咬,活像一尊阎罗。他手里拿着一条鞭子,每抡一下,鞭子就嗡嗡作响,劈头盖脑地朝地上跪着的人抡去。

我拨开人群,马上惊呆了。一点儿不错,是李长生。他变成什么模样了啊!身上的衣服早已被扒光,脊背上一道道鞭印像一道道烙铁烫过似的,脸上血糊一片,分不清眼睛、眉毛、鼻子,到处是血!腿上渗血,手上渗血,前胸流血,后背流血!头发被血粘成一绺一绺,连眼窝子都朝外涌血。

一鞭子下去,打在耳朵上。耳朵竟奇特地晃动起来。定睛细看,耳朵像被刀割断了!只剩三分之一的皮肉还连接着。

“不许打了!”

我猛地跑上去,挡住众人的棍棒。

大伙儿见是我都愣了一下,随后又群情激愤地嚷叫:

“不打咋得行?吾儿他破坏纪律!”

“不整治教训,野雀野狗全来咱十二盘胡搅哩!”

“老赵,要心肠软。”

“松开手!”

他们又打起来,混乱中一棍子戳到我后心,顿时我连吸气也不能够，就像被使了定身法，稍动一下，便钻心般疼。

好半天，才缓过劲儿，我倏地站起，被激怒了：

“日你先人！谁打的我？”

那几个人一齐停住手，有些发怔。

“你们还有点人性没有？有点道德没有——”

我猛然住口，意识到自己的愚蠢。他们是一群文盲，是一群没有受过文明启蒙的山民。对他们大谈什么道德，无异于对牛弹琴。只有让他们感到害怕，用通俗话说：镇住他们！

“再打！谁再打一下我看看！”我干脆松开李长生，面对着他们，“驴日的连个火候都看不出！人家李长生说是割漆来，其实是城里人！是知识青年！谁把他打伤打残，县上不判你三五年就算怪事！你当是打你娃哩！”

这一来大伙儿不吭声了。只有王蛮科应了一句：

“李长生算啥知识青年？他是个毬！”

我愤怒地瞪了他一眼。如果李长生和乖艳偷情是犯了罪的话，那么他呢？他就那样干净？谁不知道他也有隐私，不干不净！他为什么这样理直气壮？为什么就不将心比心？

可是不行。我不能由着性子来。李长生奄奄一息，要赶快保护。我要抓住他们的要害，戳准位置，让他们心里发虚。

“李长生偷女人你们打，你们谁没偷？谁没打过乖艳的主意？谁？”

这一下，连王蛮科也讪讪后退一步。

“自己满脸灰，还说别人脸不白！你们就不怕打死人偿命！”

二喜先害怕了，嘟囔了一句，扔下手里的棍子。紧跟着宝宝也退出人群……我顾不得再说，转身去扶李长生，怎么也扶不住。原来他已经昏死过去。

一阵脚步声传来，随后是一声疯狂的嚎喊。喊得那么凄厉！那么瘆人！原来是乖艳！刚才，她被绑在麦场的石盘磨柱上，但她硬是用牙一点儿一点儿咬断绳子，没命地扑过来。

我怕出事，忙对王蛮科说：

“挡住！覅让她过来！”

这一回王蛮科丝毫犹豫也没有，招呼上几个人就去。谁知乖艳力气大得惊人，竟没有一个人能制服她。三挣两挣，竟跑到李长生跟前来了。才一看清李长生的模样，她就吓得连一声儿也哭不出，怔怔地站了几秒钟，捂住眼，随后双膝一软，跪倒在地：

“长生，长生，我害了你哩，害了你哩。”

她连磕三个响头，站起。谁也想不到，身子一侧，顺势就朝右边一个斜坡滚下去。那坡很陡，足有三十多米。眼见着她像一根木头，骨碌骨碌滚，大伙儿全吓傻了。

“还不快救！”

谁喊了一声，大伙儿这才被提醒。有几个年轻人手疾眼快朝坡下奔。坡度在中间那段平缓了些。乖艳滚到那里，恰巧被一块石头绊住，顿时被七手八脚按住。

她已经不省人事。

几个人飞快地将她抬上来。她牙关咬紧，脸色惨白，完全像是个死人。不知谁出了个主意，马上又有人拿筷子撬她的牙，要给她灌水喝，一边撬，一边气急败坏地说：

“麻利去叫莲莲。看有啥救命药……”

张仁义也凑上来，怔怔地看着，看着……突然号啕大哭，用头撞着地：

“我是前辈子做了瞎事呀！我是前辈子欠了人没还呀！我该雷劈了，狗吃了呀——”

他一边嚎，一边用沾满泥土的手连连往自己脸上掮。泪水顺着他多皱的脸上串珠般滚落。

我的眼窝忍不住一酸。这短短的一霎那间，竟出现了这么多震动我心灵的哭喊。李长生、乖艳、张仁义，他们三个究竟谁是对的，谁又错了？而我又该同情谁，诅咒谁呢？

说不出！我想不清楚！

事后我才知道，就在我和李长生那回谈话以后，他就下决心离开十二盘。但乖艳死活不放他走。说急了，乖艳干脆下了决心，和他一起走。

李长生很吃惊：

“那咋行？我是黑人黑户！”

乖艳说：

“我看着不黑就行！”

“没户口，又没根茎，我一辈子都像流窜犯，日子难哩。”

“难熬的日子我都熬过了，还怕这一点儿！”

李长生很感动，可是想了又想，总觉得不妥：

“你在这儿过得好哩！我咋能带你去受苦。再说，张仁义待我不错。我这么做。心里不安。”

“到底是怕我受苦，还是怕得罪张仁义？你说清楚！”

“都怕。”

“那我就实话掏给你。跟张仁义在一起过，就是受最大的苦，就是下十八层地狱！这话还要再往透里说么？还有，你说他待你不错，那你是瓜子！瞎子！聋子！他现在是怕我不跟他过！他其实恨你恨得牙痒痒哩！不信你试试，有一天等他翻过手——”

说来说去，李长生终于同意了，让乖艳和他一起走。

一个星期前，他们正式开始筹备私奔。乖艳要把家里仅存的一些钱和粮票拿上，李长生坚决不让，不仅不让，他还要把自己做手艺活儿挣下的一些钱和粮票留下，以弥补对张仁义的歉意。两人只是带齐了自己的衣服，又烙了几张锅盔。

按照计划，他们会从十二盘继续向南，沿小路翻越秦岭，到太白，然后由太白坐汽车到宝鸡，再由宝鸡坐车往天水方向走。如果这条路不通，就顺小路往汉中褒城走。

太白到褒城这段路就是历史上有名的褒斜栈道。那儿山势险峻，怪兽迭出。何况多少年来，已经荒芜失修。他们是从哪儿打听出这条路的呢？仅从他们选择这样一条路来走，就可以看出他们有多大的决心！

不过最终，他们没有往太白走。原因是朝南的小路边有药场。万一被看护药场的人看见，行踪就暴露。他们改道朝北，直接朝秦岭山外走。计划是出山后直奔阳平车站，没钱搭火车，就扒货车，不管东南西北，离开关中再说。离开得越远越好。

但是没想到，他们正悄悄商量的时候，被前来借农具的二喜听见了。二喜迅速把情况告诉了张仁义。张仁义通过王蛮科纠集了民兵，开始静静地等候着。

一连三天，却毫无动静。

张仁义甚至怀疑二喜是不是听错了？

而实际上是乖艳在这件事情上显示了她的谨慎。凭着一个女人的敏感，她觉出了周围的气氛不对，于是把原定出走的日期推后，一直推。直到昨天上午，张仁义提出，家里没盐了，要她去山外称几斤。

这真是天赐良机！乖艳高兴得心都怦怦乱跳，迅速将消息告诉李长生。为了迷惑大伙儿。她一早去山外赶集，让李长生下午再走，并且不朝山外走，而朝山里走。等瞒过了众人，再从另一条小路奔山外。约好了，在阳平车站见面。

但是她做梦也没有想到，这一回落入了圈套。

张仁义是有意让她去买盐的。

李长生朝山里走的时候，心情很愉快，一路哼歌儿，一路采野菊。这一切都没逃过张仁义的眼睛。

两人是在阳平车站被抓住的。五花大绑地押回来。一路没打李长生，怕打坏了走不动。等回到村里，把乖艳往石磨上一绑，这才放开手脚，棍棒齐上。

我把李长生架到屋子里，他什么也不知道。只有嘴唇下意识地翕动着，好像在申诉什么。庄莲莲也早就披衣起来了，急急烧了开水，为他擦洗伤口。

有几处伤口还在渗血。血很快就把炕席浸湿了。

只有现在，当我们静下心来看他的时候，才发现他改变得多么厉害！失去血色的脸像一张黄纸，只一夜工夫，人就瘦得脱了形。不仅颧骨突出来，而且眼窝深凹，那两颗眼珠子嵌在眼窝里，竟像掉入了两个深黑的窟窿。这是怎么回事？难道，人真是水组成的！汗水、泪水、血水流得太多，人就枯槁了。

太阳爬上窗棂，他醒过来，看见我，一句话不说，眼神定定的，随后眼窝子一点儿一点儿变得潮湿。

“长生，你觉得怎么样？”

他不回答，好长时间，才动动嘴唇，声音像耳语：

“谢谢你……赵世平，我……怕是……活不成了……”

“别瞎想！”

他闭上眼睛，过了一会儿，又睁开。这一回他竟笑了笑。我看得清清楚楚，是一个平静而安详、却又含着几分凄楚的、无可奈何的笑。笑完之后，他重新闭上眼。他的呼吸变得急促，脸颊泛出潮红，额头上竟奇特地沁出一滴滴细小的汗珠。

喘息了一阵儿，他抓住我的手：

“赵世平……我……求你办个事儿。”

我无言地握紧了他的手，点点头。

“去把……把乖艳叫来！”

我有些为难。他马上看出来了，吃力地：

“你……去吧，不要紧，就说……说我要死了。张仁义会……会让她来的。”

果然。这一回张仁义很痛快，说：

“只要她能去。”

和李长生一样，乖艳也不像个人样了。所不同的是，李长生脸色蜡黄，而她却是惨白。我进屋的时候，光线很暗，安静得连一只蚊子飞来都能听见。她一动不动地仰躺着，头发散乱，紧闭眼睛，完全像是死了。但当我刚把李长生的话说出口，她竟扑通一下，掀掉被子就坐起来，倒把我吓了一跳。

正是太阳升高的时候，三三两两的农人们又开始出工。生活并不因为某个人或某个家庭发生了不幸而停住脚步。它还是不慌不忙地朝前走。它显得那么成熟，那么稳健，可在成熟和稳健的背后，是令人难以忍受的冷酷！就像乖艳身上正抛洒着的点点阳光，和她此刻惨白而凄然的脸色形成了鲜明的两极。

她走得很快。很急。

我紧紧地跟在她身后。过木桥的时候，生怕她一个趔趄栽下去。

路上扛着农具的乡亲们都好奇地停住脚。乖艳迎着这些目光，昂着头，神色凛然地谁也不看。

到生产队部的时候，二喜正好出来，两人相遇，不约而同站住脚。足足两三分钟，乖艳都盯牢他，随后冷笑一声。

那冷笑好瘆人！

二喜连头也没抬，慌慌张张就走了。

这真是奇怪！就在一天之前，乖艳在他们面前还得低声下气，得为自己和李长生的丑行遮遮掩掩。而现在，他们一个个灰溜溜的，成了乖艳面前的失败者。他们本以为自己是威严的裁判官，可是他们把事情做得出了格！

这回见到李长生，乖艳“哇”的一声痛哭起来。

“别哭……别……”李长生吃力地伸出手，为她抹去脸上的泪水，“看……我们到底见上面了。”

乖艳还是哭，哭得翻江倒海，喘不上气，直到心里憋闷的辛酸发泄得差不多了，才止住，泪水盈盈地抬起头，颤声说：

“他们下死力打你的吧？”

李长生笑笑。

“疼不疼?”

他还是笑笑。

“都是我害了你。”

李长生不说话，只是握了握她的手，随后两人无话，四目相对，静静地望着。

“你悔嘛不悔?”乖艳又问。

“不。”

“只要你不悔，我就不悔!”

这一回李长生却摇了摇头:“乖艳，我……有句话……”

“你说!”

“我说了，你……要往心里去。”

乖艳点点头。

“你赌个誓。”

乖艳站起，“我赌誓——”她说得很肃穆，认真。

李长生放心了，满意地笑笑，喘息了几口:

“乖艳，你听好，我活……活不成了——”

乖艳伸手就去捂他的嘴，但是李长生轻轻挪开了。

“……内里受了伤，我自己……知道。我要给你说我……死了，要打……官司，反正黑人黑户……没人查究……”

乖艳惊呆了。

“再就是……往后……要再胡思乱想，就……就和张仁义过。过到底……”

乖艳一动不动地望着他，一滴泪水也不见了。

“你信我，我是……是为你好！你说话，说……话呀，听……听进心里去了没……没有？”

乖艳还是怔怔地，怔怔地，突然刷地滚下一串泪水。

“现在我……才知道了，人……不敢做亏心事。我给你……说过，工宣队……长做亏心事，我把……把他打死。我……做……亏心事，我……也……也遭报应！”

乖艳像生了根的树桩，半天都凝固着。随后慢慢在他床前跪下，埋下头，埋得很低很低，只看见脊背在剧烈地颤抖：

“这是咋么哩？”她声音发哽，“是咋么哩？咋么哩哟？”

李长生什么也没说，只是伸出手，用五个手指在她头发上轻轻抚摸着。于是乖艳哭了。他也哭了。只是他哭得很平静，几颗不显眼的泪珠噙在眼窝里。

“你……唱段戏吧？”他突然提议。

乖艳哽哽咽咽地：

“这时候，还……还有啥……心思……”

“唱吧……就唱……《荷包记》……出卖荷包那场。我……最爱……爱听……”

乖艳怔怔地看着他，看着，老半天，终于点点头，噙着泪珠站起来，一边哽咽，一边不成声地唱道：

这女子多伶俐世间稀少，
观容貌赛天仙降下九霄；
可叹她独身人无依无靠，

住庵观无度用苦受煎熬

……

李长生就在这戏声中悄悄离开了人世。

李长生一死，大伙儿突然又觉出他的可爱，又对他产生了某种惋惜和留恋了。队上毫不吝惜地一致商定用柏木做棺材。为这，专门伐倒了两棵大柏树。

出殡那天，乖艳一身素白，没哭一声。她完全麻木了。

埋掉李长生的当天晚上，我心里很不平静，独自在屋门前呆坐。我想起李长生精干利索而又老实本分的模样，想起他临死前对自己的反省。人们常常说，人在临死前是最公正、最明白的，可他临死时却反而更加糊涂了。他把一切不幸都归于“善有善报，恶有恶报”的宿命，却压根儿就没有想一想造成悲剧的社会和历史的原因。哦，他死了，死得这样悲惨，无声无息！生活中究竟还有多少人在这样默默地死去呢？过去，在学校里，老师给我们描绘的生活都是那么光明，美好。只有真正步入生活，我们才发现一切都不是那样的。

微风簌簌，小溪潺潺，仿佛有人在低低而热切地倾诉；又好像李长生微笑着朝我走来，对我说：“侬是哪里人？”“以后要侬帮忙的事还多着呢！”“怎么样？乖艳是不是坏人？”……

不知不觉中，我的脸颊上挂满了泪水。

第二天，人们又忙忙碌碌地出工、干活儿了。磨盘轰轰地转，溪水哗哗地流。牛哞鸡鸣，娃娃嬉逗，一切都还原到老秩序。

人们很快把李长生忘记了。

我总觉得这太残酷！总觉得人们应当从这件事情中吸取些什么，总结些什么；应当心头上多一缕压抑，添一丝儿沉重。但是没有，没有！偶尔有人提起他，那淡淡的口气也好像在说一件与己无关的、很遥远的事。说到精彩处，竟有人“哄”地笑了！

一个人死了！

死了就死了！

如此而已！

第四章

二十九

时间在无情地流逝。招工以及李长生惨死所引起的躁动和不安慢慢地平复下来。我和庄莲莲在队上机械地过日子。那些过去了的事情只成为一种略感苦涩的淡淡的回忆。种了玉米，又收玉米。刚刚收完玉米，天就下起雨来。

淅淅沥沥的雨终日不断。整个天空都灰蒙蒙的，令人烦闷而焦急。起初，我和庄莲莲还庆幸下雨。一下雨，我们便可以不出工，躲在屋子里看看书，写写日记，想办法改善一下单调至极的伙食。但当雨一气不歇地下了六天时，我便再也呆不住了，每天一早醒来，第一件事就是趴在窗台上看天。

天却依然阴沉沉的。

秋花惨淡秋草黄，
耿耿秋灯秋夜长。
已觉秋窗秋不尽，
那堪风雨助凄凉！
……

我想起《红楼梦》中林黛玉写的这首诗。《红楼梦》是我在中学二年级时读的，巧的是我是在一个秋天的夜晚读的这首诗。那天晚上秋雨绵绵，令人心思平添一股难以描述的阴郁和空虚。当时这几句诗便由于环境和气氛的衬托而格外深刻地映进了我的脑子，以致五年之后，我在秦岭深山的斜风细雨中再一次体味了它！

可是……可是五年之前，我只是一个乳臭未干的、充满了“小资”情调的学生，而如今，我已下了乡，吃了许多苦，接受了好几年贫下中农的“再教育”，却为什么……

我躺在床上，床周围的墙壁上贴满了报纸。那上面，有与阿尔巴尼亚“海内存知己，天涯若比邻”的最高指示；有中国支援越南北方抗击美帝的正义斗争的慷慨激昂的声明；有揭露苏修侵略捷克斯洛伐克的报道，还附着血淋淋的照片；再就是千篇一律地大骂刘少奇、邓小平资产阶级司令部的文章……

我感到无聊，感到生活乃至生命的毫无意义，感到饥渴，是一种精神上得不到正常挥发和宣泄的饥渴！本来我就是一个多愁善感、喜欢对人生进行品味的人，只是由于紧张的生活和没黑没明的劳动才使得脑子呈现出一片空白。而现在，由于无所事事，我便很自然地想起了招工，想起了自己的前途，顿觉愁绪满腔。

庄莲莲比我从容得多。她不写日记，也不对着阴沉沉的天空痴痴沉思。她似乎总在忙：擦案板、烧开水、烙锅盔、洗衣服……

“想那么多干啥？”她笑着对我说，“操心多了老得快！”

就在我被无休止的阴雨搞得心绪不振的时候，张立明回来了。

他回来时，我和庄莲莲正在做饭。门被推开，我俩同时愣住：一个人背着铺盖卷儿，身上披块大塑料布。但这不过短短几秒钟，庄莲莲首先认出来：

“张立明！”

我连忙停止拉风箱，帮他卸下行李，连忙递毛巾，让他擦溅在脸上的雨水。

“吃饭了没有？”我问。

“没有。”他答。

庄莲莲添了一碗面，用力地和。我去提了桶水，往锅里添了两瓢，又顺手劈了根桐木柴，继续拉风箱。水开了，我停住手，静静地和张立明对面坐着。直到这时，我才觉得尴尬，觉得无话可说。我们已经一年半没见面了。一年半前，他是满怀着对我的失望和狐疑出山的。很可能，他仍然对我充满着警惕呢！

“怎么今天回来了？”我终于开口了。刚开口，又觉不对，倒像是多嫌他了似的，忙又添一句，“下这么大的雨！”

他说：

“引渭工程完工了，宣传队也解散了。本来我想先回宝鸡一趟，正好有辆汽车来天王，我就搭顺车先回队。”

“回队也好。”

他笑笑。

“就是干活儿累。”

还是笑笑。

接下来又是冷场。人真是怪，当感情没有出现裂隙之前，我和他静静地对坐着，不说一句话，也显得和谐而自然。而现在，我们拼命想缓和气氛，想找些话头，想使对方和自己都从容些，坦然些，却加倍显出了难堪和做作。

这真见鬼！

为了打破沉闷，我只好没话找话：

“听说……引渭工程大极了！挖出的土方比整个长城还多！”

“我也听这么说。”

“到底有没有根据呢？”

他笑了，摇摇头。

“这谁知道。”

“雨下得这么大，路上不好走吧？”

“刚进山时候不好走。到关尔下，就没有泥了，全是石头沙子路……”

又没话了。

“和你同路回来的还有谁？”

“没谁了。我是引渭工程上最后回来的知青。”

“干嘛别人都回来了，你还一个人呆着？”

他抬头看看我，没有回答。

正好庄莲莲端饭来了。

吃完饭，刷洗锅碗。一切就绪，我忍不住开口说：

“张立明，我早就盼着你回来了。”

他一怔，有些惊讶地看看我。

“上次你刚走，我就去追你。一直追到十二盘坡顶——你知道不知道？”

他摇摇头。

于是我原原本本地把事情讲了一遍。从徐申民在曹家沟如何希望我对他封锁招工消息，到徐申民如何撒谎欺骗他，到岳平如何得知了消息来找我……开始，我讲得很平静，很客观。但渐渐地，我的情绪激动了，不由自主地，我就加重了语气，既为了谴责徐申民那种不道德的行为，又竭力为自己辩白。但很快，我发现这样做效果很不好！张立明只是静静地听，表情有些黯然，眼睛一直低垂着。

一直到最后，他什么也没说。

晚上，我到代销店去买煤油，正好庄莲莲也在那儿买肥皂。她对我说：“你干嘛这么着急地要解释！越解释越解释不清！”

“不解释不就更不清楚么！”我觉得自尊心受了伤害，有些脸红，“再说，我又没有说瞎话，事情本来就是我说的这样嘛！”

她不言语了。她非常善于体贴人。这一点，在和我争论某个问题时表现得特别明显。她知道我不愿意在一个姑娘面前丢面子，所以许多事情明明是我做错了，也点到为止，决不强求。

我俩一起走出代销店，快到宿舍门口，她才又开了口：

“说来说去，赵世平，你是不相信自己。相处的时间长着呢，你是个什么样的人，让张立明自己去下结论不好吗？”

停了停，她又说：

“再说，你和徐申民谁好谁坏，我就不信他心里没有一点儿数。”

我不能不承认，她说的是对的。

临睡觉前，我看张立明很疲乏的样子，就端了脸盆，为他舀好热水。他看见了，忙抢上来：

“我来我来！”

毛巾就在头顶的绳子上，我又顺便帮他取下毛巾。他生怕我再替他服务，一只手接了，另一只手就去拿肥皂，又很过意不去地说：

“谢谢你。”

他的态度很诚恳，是发自内心的“谢谢”。可这使我发怔。过去，我们常常相互指派：“帮我去把工分记上！”“帮我把衣服洗了！”那时候，我们不需要为此不安，不需要说声谢谢。现在，他说了谢谢，这声谢谢，把我们两人的距离一下子拉远了。我心里很不是滋味。

只是，我记住了庄莲莲的话。我打定主意，不解释。我相信，生活最终会将我俩由于误解而产生的缝隙重新弥合。

三十

一阵秋风一阵凉。眨眼工夫，满地已是厚厚的落叶了。

整个山里已经变换了颜色。先是由深绿变浅，然后又由浅绿变红；最后，红色一点儿一点儿消褪，四周变成一片枯黄。这枯黄别有一番情致，但也多少显出了凄凉。

我和张立明同住在一间屋子里，像什么事情也没有发生过。

屋子靠窗台的桌子摆放着一台收音机。收音机很破旧，但却是我们业余消遣和精神寄托的唯一宝贝！每天，只要一闲下来，张立明便照例打开收听。我发现他最喜欢听京剧，尤其爱听《海港》，说只有

《海港》的京剧味儿最浓，最纯正，也最好听。

我对京剧没兴趣。我喜欢的是交响乐《红色娘子军》。有一天，我在门口劈柴，累了，坐在门槛上休息，正是后半晌，大伙儿全出工走了，四周静悄悄地没有一个人。空阔的山凹中偶尔飘出一缕炊烟，而深邃的蓝天正蓝得令人心醉。一切都安谧寂静，有如置身于洪荒远古的大山林。这渺远而寂然的气氛使我突然感到一种莫名的怅惘，也泛出一丝无可言喻的悲哀……我想起了以往的生活，想起了城市里的父母兄弟，想起了似乎很遥远、很陌生、但又似乎是昨天才坐过的教室，想起了教室那明亮的窗玻璃和几十双齐刷刷的眼睛……就在这时，收音机里突然传出一阵动人的旋律。原来，吴琼花找到了红军，看见了红色娘子军的军旗。她情不自禁地跑过去，一把牵住旗，将旗贴在自己脸上——乐曲如泣如诉，极为深沉也极为柔和。那一瞬间，大提琴独奏的旋律把我整个胸腔都攫紧了。也许是这旋律唤醒了我心灵深处的什么，我听啊听，只觉得周围的一切都不复存在，只剩下这震撼着我灵魂的旋律。它宣泄着我蕴积多日的心绪，表达出我欲诉不能的憧憬以及其他许许多多……

静静地听完这段大提琴独奏，好长时间，我才发现自己满脸是泪。

我平生第一次领略和意识到：音乐多么伟大！

而京剧，呜哩哇啦，连究竟唱了些什么都听不明白。

巧的是一连三天晚上，收音机里全是播送的《海港》唱段。他就天天晚上不睡觉，抱着收音机听，有时就拉过京胡来义务伴奏，伴奏到高兴处，干脆跟着收音机一起唱。

反反复复，我只听懂了这么几句：

大吊车，
真厉害，
成吨的钢铁哎哎哎哎，
它轻轻地一抓就起来……

张立明唱得兴头十足。

而对于我，这一切全是催眠曲。

有一天晚上，我睡了一觉醒来，发现他还在唱，是跟着方海珍唱，表情陶醉之极。

“你真有瘾！”我说。

“你多听两遍也就有瘾了。”他说。

“不会。”

“会的。”他很自信。

于是我请他讲讲，方海珍究竟唱了些什么？

他不答，笑笑，只是提高了自己跟唱的声音。这一来我听得清楚：

装卸工，
这工作，
意呀义，
深长。
为什么你偏说，
低人三分脸无光！……

果然，一段曲子当听懂了它的词时，感觉顿时大不一样。曲子是一支幻想的翅膀，它可以飞得很高很远，而歌词却是这想象的基础。一旦有了歌词，所有的旋律便一下一下扣在你的心灵上，使你的情绪随着它翅膀的翻飞，或而高兴，或而悲伤。

我由不得来了兴趣，跟着他学起来。好在冬季农活少，唱就唱到半夜十一二点。

除了唱京剧，我们的生活内容还有聊天。我们海阔天空、无所不包地聊。聊得热切而投机。但只有一个字眼是我们双方都小心翼翼回避的：招工。也许，在没有亲眼看到事实之前，张立明完全有权怀疑：假若突然飞来一张招工登记表，我会不会又变换面貌？

而招工的消息却一点儿也没有。

十一月初，他接到一封家信，母亲病了。他立刻赶回宝鸡。

天气真冷啊！水桶里的水昨晚忘记倒掉，全结成冰了。无奈何，我只有用斧头砸，又用擀面棍撬。足足折腾了半个小时，才提着空桶去打水。

地上冻得梆梆硬，一走动，“嘎嘎”直响。虽说门口不远就有河，而且伐鱼河里的水清冽无比，但山里人却从不吃河水。秦岭处处有泉，山民们便傍泉筑屋。实在没有泉水的地方，便三五家合掏一口井。

井水的优点是冬暖夏凉。我们知青用的这口井紧靠屋子山墙。倚墙放着一根树棍，树棍底端是削得只剩半尺左右的树杈。这是天然的吊钩。打水时用吊钩钩住桶把，将桶慢慢往下放。待桶底已经沾触水面时，将桶朝后一摆，再猛地向前一带，于是桶便下沉，咕嘟嘟吸饱水。如果这一瞬间的力量使用不均，或者时机把握得不好，桶把就会脱钩，而后直沉水底。

这是实打实的技术活儿！

刚下乡时，我技术不过关，经常沉桶，只得得一次又一次打捞。而现在，我打水是轻车熟路。

我把提来的水倒进锅里，水温温款款地冒着热气。又往灶膛里添了几根硬柴，之后腾出手，把麸子倒进口袋，准备过几天下山去换大米。山外大骡大马多，饲料也就紧张。在最紧张的季节，一斤麸子可以换两斤大米呢！

本来，这些活儿照例是庄莲莲干的。只是今天一大早，她去五队买鸡蛋了，是为我们元旦回宝鸡准备的。

倒完麸子，我洗了洗手，开始和面。面和得很快，这是我的拿手好戏——从去年招工被刷以后，我就有意识地让自己学会了做饭——和面讲究三光：面光、手光、盆光。还讲究揉功。揉不到家，面就不筋不韧。我和面是采取关中农民和盘汤①的办法，先将面粉掺水搓成粒状，之后蘸点儿水乱弹洒，再把碎粒集中一揉——

面揉好了，取下擀杖，开始擀面。起初，面团还保留着我巴掌上的余温，但是随着它推开面积的增大，余温很快消失了。擀到一半时，我就发现失策，面团全硬梆梆的，成了冰！

这鬼天气！

没办法，我只好临时改变主意，烙饼吃！

---

① 盘汤——关中农民常吃的一种饮食，类似面糊。所不同的是，面粉在水里呈小颗粒状。

外面若有若无地飘了几片雪，又像是冰粒。有几个孩子却依然赤着脚，光着屁股在麦场边玩。这真神奇！从下乡以来，我曾多次为人类这种惊人的适应力感到震惊！山里人穷，买不起衣裤，孩子们全光着屁股，不仅夏天光，冬天也光。并且在这朔风刺骨的风雪天气里，这些光屁股的孩子们竟玩耍得从容自在，嘻嘻哈哈——无怪乎在众多的动物中，只有人类最繁荣昌盛！照这种顽强劲儿，只怕将来把人们扔进炼钢炉里，也照样能适应！

可是，毕竟不是原始社会了，毕竟是二十世纪七十年代了，为什么还要这样？

秋儿打天没明就起来了，不知忙些什么，这会儿又紧着往旱磨上套牛。

“秋儿，你做啥呀？”

“磨面哩！”

“你不是昨个儿才磨了面吗？”

“昨儿磨的是玉米面。今儿来客，要磨麦哩！”

“谁来呀？”

他咧开大嘴，不好意思地笑了笑。我突然想起，前几天隐隐约约听说，秋儿又寻媳妇了。是在五队寻的。还说新媳妇才十七岁，挺漂亮的。

正要问他，他却想起什么：

“对了，征兵哩！你不知道吗？”

我一怔：

“谁说？”

“我夜个儿出山，公社一伙一伙地围着知青，差不多人都知道咧!”

果然，当天下午，公社给生产大队发来了通知：征兵开始。几乎是同时，张宝成托人给我捎上来一封信：

世平友：

据可靠消息，招兵开始了。听公社齐主任说，先是在适龄青年中预选。然后二选。前后约一个月。另外，这次招兵主要招知青。我准备试一试。你呢?

在落款的后面又添了几句：

这次招兵，据说特别想招收一些能搞文艺和能写的（包括打篮球)。只要有特长，条件差一些也不要紧。你找人替你吹吹，说不定瞎猫能逮个死耗子!

我当即找了张仁义，替张立明报了名。

“你哩?”张仁义问我。

“我没项。”

“咋能没项?”

“我家里有问题，不用考虑。”

为了进一步落实，我又去找王蛮科。这次征兵，生产队由他主管。

自从李长生死了以后，王蛮科担心事惹得太大不好收场，害怕过一阵子，表现之一是见到我就打招呼，一溜小跑地上前来握手。后来发现一切照旧，便恢复了神气，甚至新帐旧帐加在一起，对我更不友好。

一见我进了屋子，王蛮科便吊起脸，斜睨着我，似乎在猜测我来干什么。但他很快释然，皮笑肉不笑地：

“嘀嘿！你赵世平也有寻我的时候！咋么，得是想当兵？”他明摆出来了要羞辱我一番的架势。只是——只是既在矮檐下，不能不低头。“宰相肚里能撑船”，“君子不和小人斗”，“小不忍则乱大谋”，我心里反复念叨着这几句陈腐的格言，同时掏出预先准备好的香烟，极不自然地笑着：“啊么咳！谁不想当兵？你神机妙算，一下子就看准了我的心思。”

“你崴心思——哼！”他威风十足却又冷冷笑了一下，“用阶级斗争理论一扣，全都亮亮清清！”

这是什么意思？他驴日的说话越来越上纲了！难道我是阶级敌人？

按我平素的脾气，早就捺不住了，直冲冲就会朝他脸上摔几句难听话。可是想想，不行。只得压着火气，陪着笑，笨拙之极地继续奉承：

“啊你水平高么！不然，咋能相中你当军委会领导——驾，吃烟。”

“不吃！”没想到他越发上了劲儿，手一挡，“你吾儿现在叫我领导了！平日里咋不叫哩？平日里我在你吾儿眼里毬不顶！——赵世平，你崴点子小聪明没用到项上！我告诉你，这一回你嫑想当兵！这一回我偏让张立明走！偏不让吾儿你走！”

这真巧！他根本就没弄明白我来找他的目的。他既没有想到我是为张立明而来，更没有想到以我的家庭情况，当兵根本不可能！他只是在逞一时的威风，只是在发泄憋久了的对我的怨气！这个糊涂官！

不过这倒使我已经按捺不住的火气很快消下去。我甚至暗暗好笑，感到能逗趣他一下是件很开心的事。

“为啥让张立明走，不让我走？我工分比他挣得还多！”我故意用一种十分委屈的、不敢大声的鼻音说。我知道他的秉性。如果我现在暴跳如雷，他马上就会乖如绵羊。而只要我像只绵羊，他马上就凶猛如虎。

果然——

“工分挣多挣少我不管，说让张立明走，就是张立明走！你吾儿还想咋么？”

他瞪着眼珠子，想多说些什么，却又想不出说些什么，顺手把我手里拿着的烟夺过去，叼上嘴。

我强憋着笑，又规规矩矩地向他称臣：

“那——蛮科主任，这一回我不走。以后我好好接受你领导，你让我下回走，能行嘛不？”

大约这么多年来，还从来没有一个知青尊称过他“主任”。我话音刚落，他就满脸放光，不知该怎么得意。好久，他才像大人物似的咳嗽一声，说：

“这还差不多！行！赵世平，我说下回就是下回。——要不然，这回也行，把张立明换了——”

“不换不换！”我赶紧声明，“蛮科主任，你现在是革委会领导，一句话就是一个重锤。刚说过的话不算，你吾儿下回说话谁还信？其实我也不急走，有你驴日的这句话，还不是迟早的事。再说，张立明家庭困难，比不得我，口袋里好歹有几个票子——”

这句话是最关键的。我发现他脸上的威风马上不见了，随后很快浮出一种亲切的表情。他忸怩了一下，变得吞吞吐吐：

“嗯，赵世平，你还真咯提醒了我——啊我明儿出山哩，你……嗯……袋袋里有零钱没有？”

“有哩！”我痛快无比，伸手就掏。但闪电般的一瞬间，我又变了主意，“咋搞的！忘带了！这样吧，你把登记表给我，我替张立明一填。明儿咱一搭儿出山。你去公社交表，我去集上逛。你吃的、花的我都给咱包下，能行嘛不？”

“能行！”他振奋无比。

当天夜里，我代表“贫下中农”为张立明写了鉴定。用词全是最时髦的。什么“废寝忘食地苦读毛主席著作”，“灵魂深处爆发革命”，“风口浪尖上茁壮成长”……直到栏里实在填不下。紧接着，我又马不停蹄地再找王蛮科，让他在表格上加盖公章。

公章不在王蛮科手里，他要去大队部取。我准备跟他一起去，但是他的婆娘翠春拦阻了我：

“你不去。让他跑去。他一天做的就是这活儿么！”

王蛮科也说：

“啊老赵你在屋里候着，暖暖和和地。我一下下就回来。”

又对翠春说，“给老赵笼堆火！”

翠春便搬过一张木梯，爬上屋棚，用一只小篮子装了些木炭，为我笼堆炭火。

“吃饭了么，老赵？”她问。

“吃咧。现时几点了，还不吃？！”

“你知青说不来。割麦崴阵子，我看你几个吃一顿，不吃一顿。”

她说的是前几年的事情了。那阵子我们知识青年刚下乡不久，对“龙口夺食”毫无思想上的准备。虽说过去在学校时也参加过夏收，但那都是吃派饭。谁知现在不同，一开镰，顿时紧张得不剩半个闲人，偏偏碰上一连多日的旱天，磨渠无水，水磨转不动，好端端的麦子就是变不成面。没办法，只好到社员家借。有一天我担麦时扭伤了腿，在家负责做饭。一拐一瘸地走了大半个村子，却碰不到一个人，没办法，只好煮麦粒吃，这件事虽出于偶然，却很快被传出去。

翠春还记得这件事。她还天真地认为，我们应付生活的能力，还停留在三年前的水平。

一边笼火，她又问我：

“老赵，日子惯么？”

“惯咧。”

她怀疑地看看我，看了好长时间：

“唉，惯也罢不惯也罢，反正咱山沟沟里再咋么也比不了你城市。啥时候你们几个都出去了，只怕心才得定哩！”

她叹了口气。

她的同情是真诚的。

王蛮科盖章回来，又与我东拉西扯地聊天。

一切就绪，已经是深夜了。

庄莲莲还没睡，在等我。她为我舀了盆洗脸水，问：

“全都办好了？”

“好了。”

她嘴动了动，好像还要说句什么，可终于没有说，只叹了口气。

三十一

天刚亮，我便叫醒王蛮科。

庄莲莲也和我们一道出山。

由于昨天那一场奉承，王蛮科和我关系大为改善。一路上，我不停地给他递烟，递得很真诚。他对我也十分友好。有几次，当着庄莲莲的面，他旧病复发，又想逞能，用那种大干部的口气说话，不时带出几句撇歪了的京腔。不过无论如何，都控制在一个不惹我太反感的限度内。

山路逶迤，经过一个秋天的雨洗和随之而来的寒流的袭击，整个世界俨然换了个环境。四周围一片萧瑟。天空不再晴朗，也不再那样高远和深邃，而总是蒙罩着一层阴凄凄的帷幕！回头望去，树木依照着不同的山势和高度极有规律地变幻着颜色！

“看见了么?”王蛮科炫耀地说，“崴一片红红的山，像火烧了似的。”

“看着了。”

“知道为啥红?”

不等我回答，“崴一片都是漆树。山外人割漆，把崴一片林子割毁咧！毬，颜色一下就像婆娘来了血”。

脚下的路很窄，很长，走得人毫无兴趣。当然，这样两手空空地走已经是最舒服的了。平素我们在这条山路上来来往往，交公粮、卖橡子、给队里代销店进货、往宝鸡家中带土特产……那都是身上压着几十斤甚至上百斤重量的！那种时候，偶尔放下背上背着的东西，你马上就能准确之极地体会到什么叫飘飘欲仙！一抬脚，嗬，简直能飞起来！轻快得几乎不像是自己的！

上（呀）的高山望呀平川（呀哎），
平川（哪哎）没边。
上山是淌汗（着呀）下（呀）山腿软，
日子（呀哎）过得心颤……

我心里反复默唱着这首民歌。那如泣如诉的曲调，那深重忧伤的情感，恐怕没有走过漫长山路的人是永远体会不出来的！听吧，脚下是机械而单调的“沙沙”的脚步声。这声音像什么在响？不，不是响动的声音，而是像漆汁在流淌。哦，那片火红的漆林是谁割的呢？会不会是李长生？一眨眼功夫，李长生已经离世几个月了！

“想啥哩，赵世平？”王蛮科诧异地望着我。

“没想啥！”

“没想啥你闷闷的？”

“毬，不想啥都闷闷的，要想啥就更不得活了！”

到王盘梁了，一直不曾开口的庄莲莲突然冒了一句：

“真快呀！”

“什么快？”我一时搞不明白。

“时间。”

我望望她。

她却不看我，只是背身望着那刀削一般的陡坡和深不见底的谷地，好久：

“前年秋天，毛驴就是在这儿滚坡的吧？”

“是。”

“那时候，四周围全是一片绿色！”

我默然无语，点点头。

是啊，时间过得真快！不知不觉中，我们已经下乡五年了！这五年中，生活发生了许多变化。最大的变化是伙伴们一个接一个地走了。走得最终只剩下我们两人。在这段时间里，我已经由最初的不适应到现在的适应；而她，则似乎现在才感到了孤独，才开始想那早就该想了的——其实，她触景生情是完全正常的！那一回我送岳平，也是这样一个静静的早晨，也是这一条条山脉像隆起的鱼脊，也是不时飞出一只锦鸡或野鸡……这一切本该牵出我许多感慨，触发我许多联想，而我却为什么变得这样无动于衷了呢？也许，是生活使我麻木——哦，“多少新亭挥泪客”，今夕是何年？今后在何处？

可是——可是干嘛这样。毕竟，我已经从那一段惆怅和悲哀中走过来了。无论如何，人不能总停留在那样的情绪里。生活在往前走，你会面临着许多新的悲哀、新的欢乐，这时候，频频回顾往事也许并不是明智的——

汗出来了，又被凉风拂去，倒使人有一种说不出来的舒服感觉。

听说是万岁爷要斩包相，
一霎时吓得我脚慌手忙——

我大声唱起来。

为什么唱？不知道。

也许……还是因为心里有一股悲伤，一股说不清道不明、却又深深潜存着的悲伤！

这真他妈的！

三十二

公社院子里的气氛和上回招工一样，一群群知青聚集着，相互打听、议论、商量……

张宝成也来了。和他在一起的还有赵全亭。张宝成已经填了表。他脸色挺红润，说话声音又亮又高。从这些迹象看，和杨晨虹那场风波显然已经平息了！

“走！去广播室！”

公社广播室的广播员叫刘宝英。胖胖的，人很好，是六六届学生。她去年才从老庄提拔到公社当广播员。大伙儿认准她是消息灵通人士，所以每次出山一律先到这儿会聚。

一窝蜂涌进广播室时，她刚打开麦克风，又慌忙关闭。

“你们先别吭气。”她说，“等我广播完了再聊。”

说着，摆摆手，扳动开关，一本正经地对着麦克风：

“东风公社毛泽东思想宣传站，现在开始广播——”

“怎么是东风公社？明明是天王公社嘛！”谁在悄声问。

“改名字了！咱县上的公社全改成革命化的名字了！”有人回答。

“他妈的正经事儿做不成，改名字倒动得快！”谁跟上发牢骚。

刘宝英听见了。急得直摆手。

紧接着，是《东方红》的曲子。放曲子的时候，刘宝英关了监听器，回过头：

"说吧，想知道些什么？"

大伙儿七嘴八舌地嚷起来。嚷了半天，却连一个人的声音也没听清。刘宝英说：

"问别的也没用，我把我知道的全告诉你们吧。咱公社来招兵的一共是三个人。一个姓张，一个姓弓，还有一个——"

"姓母！"

大伙儿笑了。很快有人制止：

"别打岔！别打岔！"

"正经点儿！现在是什么时候！"

"什么时候？——'中华民族到了，最危险的时候！"有人唱起国歌。唱得铿锵有力，节奏鲜明。

"对了，听说国歌要改了！"

"扯蛋！国歌也能随便改？"有人不信。

"真的！改成《东方红》。"

"不会吧？"又有人表示怀疑，"国歌比《东方红》好听多了！"

"你他妈的反动！哪首歌敢比《东方红》好听！"

"就算没《东方红》好听，国歌可是一首名歌。干嘛要改掉？"

众人又一起把目光投向发表消息的人。

"我怎么知道干嘛改！反正，一觉睡醒，想改就改呗——告诉你们吧，我这消息可是从上头来的！"

"吹！吹！"

"你他妈还有什么'上头'！你要有'上头'，也不会坐在这间破屋子里关心征兵了！"

这句话很关键。大伙儿全笑起来。

“改不改国歌跟你们有啥关系！”又有人插进来，“他妈的一群饿狗，还总觉着自己能拯救世界上三分之二受苦受难的人呢！”

“可不！饿得都扎堆儿抢肉吃。还挺有革命觉悟——”又有人说。

“别，别，我时间不多了。”刘宝英说，“你们先听我说——这回招兵据说是到青海，条件挺艰苦的。”

“别说青海，阎王殿咱也去！”又有人插了一句。

“想去就能去呀？他妈的进阎王殿也得排队，还得政审——”

“干脆发号头。一个月每人一斤豆腐，凭票供应！”

“别打岔！别打岔！听刘宝英的——”

刘宝英又说：“招兵工作半个月前算正式开始。到元月十五号结束。他们说，就他们本意，想尽量多收知青。不过又怕知青难带。所以你们在他们面前尽量装老实点儿——”

“毛泽东思想宣传站就给我们宣传这呀！”张宝成插了一句。

大伙儿便又笑。

“我们本来就够老实的了，还用装？”

“老实得还不够嘛！应当像我们队上那个瓜子。”

“你当咋？要的就是瓜子！”

“告诉你吧，这年头，聪明人差不多全是反革命——”

“别说了！别说了！小心——”赵全亭用眼睛瞥瞥门口。他是个谨慎人。

“对了，”刘宝英又想起来，“他们特别想要能拉会唱和写大批判稿子的。不过也说了，有家庭问题的不行。”

“表现好的也不行吗？”

“不行!”

“不是重在个人表现吗?”

“是重在表现。不过他们说，表现是一方面，最重要的是要看本质。”

“‘杨子荣，他出身雇农本质好’——”马上有人不失时机唱起来。

“那我们都是本质不好的!”谁不满地嘟囔。

“你还当你本质好呀! 本质好连水电工程队都不要你!”

“什么叫质? 质和量可是不能随便乱用的。”又有人十分顶真地争辩，“量多量少可以改变，但质——比方说粮食可以供人吃，而石头，不管你怎么加工，人都不能吃。这就叫质!”

“也就是说，不管怎么加工，我们也都是石头!”

“何止是，还是又臭又硬的!”

有人吃吃地笑。

又有人死认真，说:

“那……重在表现是个屁话!”

“什么屁话!?”

“别! 别!”刘宝英脸色吓得刷白，几乎同时和赵全亭出来干涉，用手指指隔壁。公社这一排平房相互不隔音的。

三十三

按照约定，王蛮科把张立明的履历表亲手交到了公社。之后我把他带到集上饭馆里，任他挑选吃的。他很不好意思地咂巴着嘴，说:“嗨! 使不得! 使不得——”

脸上却笑成了一朵花。

他要了两大碗肉面，一边吃，一边为我和庄莲莲拿碗筷，擦凳子，殷勤极了！

两碗肉面，就使他从主人的位置一下子降为奴仆！降得这么容易！这么迅速！

看来，钱是个好东西！

晚上，知青们没处去，便又聚到公社中学的教室里。我给张立明写了封信，将我所有摸来的情况全写了进去。最后，我问候他的母亲，祝她早日恢复健康。我又叮嘱张立明，尽快赶回来。最晚不能超过十二月十六号。

十六号是招兵的第一关：目测。

写好了信，夜已经很深。天太冷，知青们没有带被子，只穿着棉大衣，睡不成，只好男男女女挤在一堆儿，准备聊通宵。我本想挤过去，但又总想找个安静地方，好好理一下思绪，于是独自出了教室门。

外面很冷，夜里的风比白天扎人多了。尤其是站在空荡荡的操场上，风就更凛冽。我把大衣领子翻起来，毫无目的地漫步。

遍地铺银，灿若星火。我抬起头，天空果然星斗灿然，一轮月儿正轻轻款款地在星斗间穿行。月儿真温柔！它是含笑望着我的。细细分辨，那目光似乎很惊讶，似乎在问：你是谁？干嘛这样专注地凝视我？为什么心事重重，默默不语？……哦，究竟是月亮在这样问，还是我自己在问。

我呆呆地站着，思维渐渐跑远了，跑向了嫦娥居住的广寒宫，跑向浩瀚莫测的银河和宇宙，跑向一个人生命的起源和终止，跑向我生活中那无数欢乐的以往和辛酸的现在……明月疏星，河汉共影。在这种幽雅而安谧的气氛中，一切尘世的喧嚣和忧烦都远去了，远去了……这真是一种使我灵魂得以升华、思维得以超度的气氛！我的脑子宛若茫茫虚空，什么都不复存在，又似乎格外活跃。无数抽象的命题和抽象的语义一股脑儿地涌来，向我叩击，向我质吼！每一个熟悉的面孔都幻化得十分陌生，每一个零碎的事件都概括得十分完整……它们纷纷从我脑际流过。我惊讶地发现，现在，我考虑问题更多地掺杂了忧郁！在这之前，我不喜欢忧郁，也不知道忧郁为何物。只有在悲欢离合之中久久浸泡，在过去与未来之间长期徘徊，我才体味到忧郁是什么，才明白了，忧郁是只有成人们才具有的东西！过去，我喜欢在众人面前兴致勃勃地大谈人生，而现在，我则是默默地、略带忧伤地独自思索——

远远的教室里，知青们一阵哄笑，之后又唱起了歌，是下乡后学会的民歌：

天下大哟不过西口外，
嘉峪关多会儿到哩？
穿不上衣裳披麻袋，
人穷了再没个人要哩！

曲调很拖沓。这种曲调天生不是在舞台上演出的。舞台上演唱的歌都旋律优美，但听久了又总让人觉得浅薄。这些民歌则很拙朴，唱起来又平又慢，似乎感觉不到任何旋律。但当你认真去捕捉它时，却会发现其中蕴藏着许多极深极厚的东西！那不是无病呻吟，不是多愁善感，仿佛是一群命运极其悲惨的流浪汉，露宿在荒野旷漠，正用平淡的调子讲述往事。他们脸上挂着麻木的微笑，也挂着麻木的泪珠！这是一种真正的辛酸！哦，那些养尊处优，生活得十分幸运的人是唱不出这样的歌儿的！

麻雀一天哟飞到黑，
天黑了哪搭儿卧哩？
端起了饭碗泪湿布衫，
一辈人咋么着活哩？

我静静地站着，一动不动！

三十四

十三号过去，紧跟着是十四号。十五号我整整等了一天，到天黑了，张立明仍杳无音讯。

再不能犹豫了。

一大早，我便守在公路边，想拦截一辆汽车回宝鸡。

天太早，西宝公路上汽车还极少，偶尔来一辆，我老远便殷勤地招手，可是汽车却毫不留情地飞掠而过，司机连正眼看一下我都不！

眼看着太阳从地平线上升起，田野里那股冬天特有的雾霭在一点儿一点儿消失，我心焦如焚。

太阳终于跳出地平线时，公路边又走来两个人。是王蓉和段兰英。

王蓉和段兰英都是六八届学生。段兰英我不很熟悉，但王蓉在学校就很有名。她长得白皙苗条，妩媚动人。一直是学校文艺宣传队的女主角。

见到我，她俩都很诧异：

“一大早，你站这儿干什么？”

我把事情讲给她俩听。才听了一半，王蓉就明白了，说：

“没问题！我俩正好去县上办事儿——这样吧，你坐在这儿，我俩去截车。”

刚走两步，她又折身叮嘱：

“你干脆坐到那堆包谷杆后边，可别让司机看见你呀！”我明白，这些混帐司机，全是属公狗的！男知青截车，他直冲猛撞，眼看要压死你也决不心软！他们只给女知青停！不仅停，而且从驾驶室下来，主动帮女知青提东西，满脸堆笑地迎进驾驶室。尤其是碰上脸蛋俊俏，又善于交际的女知青，就更殷勤！——“车船店脚衙，没罪也该杀！”这真是一点儿不错！

放在往常，我宁可不坐，也不受这份气。可此刻，有什么办法？为了怕碍眼，我老老实实窝藏在路边那堆又脏又凉的包谷杆后面。

公路上的汽车已经多起来，老远就传来很响的喇叭声。比较起来，王蓉身条儿与容貌俱佳，大概她自己也意识到这一点，所以当仁不让地站在路中间。远远地有一辆汽车驰来，她不慌不忙地举起手，招了招，姿势很优雅，随后礼貌地退到路边，胸有成竹。

果然，汽车猛然刹住。驾驶室里一位年轻司机探出脸：

“去哪儿？”

“县上。”王蓉回答。县上和宝鸡是一路，比宝鸡要近些。

“上车吧！”司机很痛快，并且打开驾驶室门，开始热情迎候了。

我“倏”地从包谷垛后钻出来，倒把司机吓了一跳。

“这是我们一起的。”王蓉有些难为情地给司机解释。

大约我的动作实在太猛了，有些像行凶；再也许，满头满身的包谷叶子，使我看上去不像个正经人；所以司机始终怔怔地看着。直到我扒住车帮，他这才脸一横，怒吼：

“下来！下来！你干什么？你——”

“这是我们一起的！”王蓉又红着脸解释，“天太冷，所以蹲在包谷垛后边暖和——”

司机回过神儿，看看王蓉，又看看我。大约我已上了车，再赶下去不大合适；再也许，王容穿得花枝招展，而我蓬头垢面，对他向王蓉献殷勤构不成什么威胁。他想了想，说：

“那好，不过驾驶室只能坐两个人——”

“没关系！没关系！”我回答，“我不冷！我呆在上面，我有大衣！”

汽车开起来了。开得飞快。王蓉和段兰英坐在驾驶室里，司机没事儿就朝她们笑笑又热情地和她们说话，又取出一个军用水壶让她们喝水。只有我蜷缩在车上，透过后窗玻璃，可怜巴巴地直羡慕！

司机一回身，发现我在偷看，顺手拉上了后窗帘。这一下我唯一的旅途乐趣也消失了！

他妈的！

往常，司机碰见前面有沟坎，照例减一下速，以期平稳地过去。可这位司机不仅不减速，反而加大油门。

他这是故意整我！

我被颠得肠子都快断了！天太冷，我没戴手套，手抓住车帮上的栏杆，没两分钟就被风刺得失去了感觉。我松开手，塞进大衣兜，还没暖和一下呢，车猛一晃，不等反应过来，又突地一刹。“砰”！头撞在栏杆上，眼前乱冒金星……

没用一个钟头，县上到了。王蓉和段兰英下了车。

司机朝我喊：

“你——喂，你怎么不下车？”

我连忙站起，陪着笑：

“我到宝鸡。”

“这个车不到宝鸡！”

他骗不了我。他车上标有“宝鸡钢管厂”字样。他是从西安方向来的，不去宝鸡又去哪里？

“那——你到哪儿，我去哪儿！”

他没想到我会这样回答，一怔，要发作，想了想，又咽回去。“好吧！”他走回驾驶室。“砰”地一带门，很快又发动了车。

这一次比刚才更邪门，车开得我都替他捏了把汗。风声呼呼，再就什么也听不清。车上不仅颠，而且灰尘荡起，迷得我眼都睁不开。不过，知识青年嘛……

千里的大路上旗儿绕，
辕门上斩宗保哩！
五尺的身子血红刀，
受罪是迟早哩！

我有这种心理准备。精神化物质，肉体上的承受力强着呢！

三十五

我估计得一点儿不错。车开回了宝鸡。

只是路过上马营铁路家属区，他却不停。尽管我趴在车顶直哀求，又用手叩打车顶。但他根本不理睬。钢管厂离铁路地区近十公里。等他把我拉进厂，返回来已到何时？

我急了！干脆，跳车！

他看出了这一点，更加快了速度。

我扒住车帮，却不敢跳。车开得实在太快了，简直是在飞！

前边路侧突兀窜出来一位骑自行车的人。他大吃一惊，猛刹车。我抓住这个机会，毫不犹豫地纵身一跳——

“啪！”

连我自己也搞不清楚，我是怎么栽倒的！眼前一阵昏黑，恍惚中我喊了句什么。随后就什么也不知道了。

醒来的时候，还是在公路上，周围涌满了人。司机脸都吓白了，颤着声问我：

“怎么样？怎么样？”

“你妈个×！”我挣扎着骂了他一句。

这一次他真乖，半点儿威风也不使，又弯身搀我：

“走几步试试！走几步试试！”

我站起来，还没迈腿，浑身便针扎般痛，忍不住“哎哟”出声，刚要跌倒，又同时被几个人架住。

我足足喘息了四五分钟，才觉得浑身的筋络通畅了，又抬腿走，腿软得像棉花，但毕竟可以走了。显然，身体没出大问题！

司机松了口气，忙不迭给我递手绢，让我擦脸。我莫名其妙地接了，又莫名其妙地擦了。这才知道自己满脸是血。

“要不要送你去医院。”

“不要。”我说，猛地想起来。“现在几点了？”

“十点一刻。”

“那——你送我到家门口吧！”

司机却害怕起来，不敢答应。

我看出了他的心思：

“放心！我要是想赖着你，就不是人养的！——这样吧，你送我到左边那个十字路口。我是有急事！要赶时间，你放心——”

大约我说得很真诚，司机相信了。这一回破格让我坐上了驾驶室。

车到十字路口，我让他停下。

“再送送吧！送你到家！”司机彻底信任了我。

“不用了。”我说。不知为什么，我突然觉得他并不坏。五官挺端正，挺讨人喜欢的！

我在自来水龙头前匆匆洗了把脸，朝张立明家走去。

张立明家住的是老式楼房，在二楼。平素，我上楼毫不费力，而今天，我几乎是一步步挪上去的！

张立明的母亲一看见我，顿时呆住了：

“赵世平，你怎么啦？”

“摔了一跤！”

“咋摔的？摔这么重！”

“不重。脸蹭了一下——张立明呢？”

“他昨黑才接着你的信，说是招兵了。今早上刚走——你怎么回来了？”

这真太巧了！

张立明的母亲要给我倒水，要为我做饭，我统统谢绝了。我问了问她的病情，说是基本好了，还继续吃着药。又说了一些其他的话，我便借口要回家看看告辞了。

下了楼梯，我径直朝家奔去。一路上，有好几个人都惊骇地看着我，这使我犹豫起来。眼看快到家门口了，我突然改变了主意，折身朝长途汽车站走去。

离家几个月了。我很想家。虽说我已是二十出头的男子汉了，但我还是想家，想得厉害。现在，我掉头而去，心里实在是难受！

只是，我不愿意让父母看见我这种样子！

当长途汽车朝来路奔回的时候。我靠在座椅上，眼望着车窗外飞速掠过的树木和电线杆子，突然觉得十分疲倦。我这才想起从早上到现在，我连一口东西也没吃。

我很懊悔。早知张立明今天回去，我就不来了！如果不来，也就不会在汽车上挨冻受颠；也就不会摔成这样；也就不会饿到现在；也就不会——哦，其实就是他今天不回去，我也可以不来。

我为什么要跑这一趟呢？

为了让他顺利参军么？

是的。

可我又隐隐觉得，不完全是这样！在这一切之外，还有些什么其他东西。

什么东西呢?

三十六

半夜里，我突然浑身发痛。

伤口全肿起来了，莫名其妙地肿得很厉害。似乎它们都很机灵。白天你心思全扑在其他方面，它便也静静潜伏着，不找你的麻烦。只有到了夜深人静，到了你能够细细品嚼一下疼痛是怎么回事儿的时候，它才猛一下子跳出来，让你好好品品滋味！

也许是我的呻吟声惊动了张立明，他走过来，问：

“怎么了，赵世平?”

张宝成也挪过来，端了盏煤油灯，在我脸上左照右照，嘻嘻一笑，说：

“挂花了？老赵，看样子白天你没干好事！”

他又扭身对赵全亭和其他几位知青说：

“一大早，咱老赵和王蓉、段兰英就坐上汽车跑了。一男两女，咱老赵又文弱，看看，这一下叫蹂躏坏了吧！”

大伙儿“哄”地笑起来。

我也想笑，嘴动了动，却出不来声音。

张立明为我端来一茶缸凉水，凉得简直扎牙。可我咕嘟咕嘟全喝下去，之后返身又睡。

我困极了！

可是睡不着。一种肉体上的极度疲乏和精神上的极度清醒在混战。一会儿，我似乎完全睡熟了，却又陡然一惊……反复了几回，我才终于进入到一种朦朦胧胧的半睡眠状态。无数奇特的幻觉从四面八方向我涌来。我恍惚觉得自己正在玉米地间的小路上走，脚下的土路被暴烈的太阳晒得没有一丝儿活力。每走一步，脚底都烫得生疼。以至于我忍不住想大声喊叫。渐渐地，这疼痛延伸上来，一直漫到脚腕，漫过膝盖……忽然，脚下的浮土开始蠕动，变成一团祥云，托着我缓缓升起。宛如山林中那一团飘冉的雾气。这雾气托着我飘飞，速度越来越快，越来越快！清凉的风拂着我的面颊，友好的鸟类在我身边嬉戏，我感到一种从未有过的精神上和肉体上的快意。哦，这种快乐的感觉已经久违了！

庄稼数不过糜子光，
人里头就数咱凄惶。

为人哪个不想活，
这种光景怎么过？

我突然想哭！是快活得想哭！但这不过短短的一刹那，祥云倏然之间消失了。而我正紧张万分地扒在树上捅马蜂窝。马蜂们愤怒地、雨点般地向我扑来。我跳下树，扭身就跑。这一来跑进玉米地里锄玉米了。而讨厌的王蛮科正手拿一把断苗，得意洋洋地向众人展示。我气愤极了，照他头上就是一巴掌。不好！脑浆迸裂——

我吓醒了。

我竭力睁大眼。既然睡不踏实，干脆，清醒着。什么时候想睡再睡。可是不行，没过三五秒钟，眼皮又沉重地耷垂下来。

这一回是在伐鱼河谷中行走。正是大热天，河畔的石头被晒得闪闪发光。有一个老鳖正趴着晒盖。我屏息敛声，悄悄摸去。老鳖却耳听八方，“扑通”入水。我跑步过去，弯身在沙子里掏摸。摸呀摸，我的手终于触到一块硬梆梆的甲壳，猛掏出来，嗬，正是它！我得意极了，双手捏牢它背盖，又折根柳枝，“柳条串王八”——突然，它闪电般伸出贼头，没容我反应过来，胳膊上被咬掉一块肉！

“怎么了？赵世平，是不是还要喝水？”张立明在黑暗中问。

我又一次醒来，睁睁眼睛，算是回答了他，接着蒙头又睡。恍惚中，我和庄莲莲在丛林中穿行。树木好大呀！一棵紧挨一棵，简直密不透风。空气变凉了，茅草变高了……走累了，我们坐在地上休息。庄莲莲摘了一棵草，笑着对我说了句什么。到底是什么呢？听不清。好像是在演无声电影。只是那种亲切而自然的笑容从此印在了我的脑子里。我突然想和她搭话。下乡这么长时间了，我一直没和她好好地交谈过。许多事情都是在默默的生活中默默地解决的。我们之间的友谊在加深，信任在加深——只是，我还是应当和她谈谈。为什么要谈？不知道。也许，一个人心里憋了太多的话，就需要倾泻。再也许，一个男人最好是向一个女人倾泻。女人善于体贴。她不需要多说一句话。只要那么静静地、静静地听，就足够了！那种无言的领喻会像一只温暖的小手，把你心灵上的伤口一点儿一点儿抚平——

完全是莫名其妙地，我已经和她交谈起来，还未张口，她便先红了眼圈，又掏出一块手绢递给我。一霎那间，我们的心沟通了。没有一句多余的话，却觉得相互理解得那样深。我感激地抬头看看她——这是怎么回事？看不清楚。中间总像隔着一层雾！我用手拨了一下雾，不顶用！再拨一下，还是不顶用！拨第三下，奇迹出现了，雾气开始一点儿一点儿消退，露出她的轮廓。嗬，真漂亮呀！眉含远山，眼若秋水，连脸蛋儿都丰润白皙，俏俏的——她怎么一霎那间就变得这么妩媚，这么秀丽了呢？

突然，前边的茅草丛里响起一阵窸窸窣窣的声音。没等我反应过来，一只金钱豹已经虎视眈眈地盯牢我们。这只金钱豹好大呀！简直是我生平从未见过的、最大的一只猛兽！并且它还在继续长大！它的身躯轻捷灵活，眼睛凶残阴冷。它静静地望着我们，突然弯曲前臂，弓起后臀。霎时我惊出一头冷汗。我知道，它这是要猛扑了——

“庄莲莲！”

我大喊一声，但马上醒悟了，这是梦！

只是迟了！满屋子的人全被我唤醒，怔怔地望着。

张宝成也呆望着。这一回，谁也没有开玩笑。

三十七

目测之后是政审。政审之后是体检……一切都在顺利进行。

十二月二十九日，录取通知书发了下来。张宝成和张立明都被录取了。除了领章帽徽，其余军衣军帽已经全部发给他们。又专门给了他们四天假，为的是欢度元旦。元月三号，在县上集合，然后坐火车。具体去哪里？军事秘密，不告诉。

其实，谁也知道是往西。反正甘肃、青海、宁夏、新疆。就这四个地方！

杨晨虹和张宝成又形影不离了。在宝鸡的四天，他俩一起去馆子里吃饭，一起去文化宫看样板戏，又一起去照了相。据说是照的订婚相。

她和那位县计委主任的儿子怎么样了？吹了？

可我前一段还听黄梅菊说，两人关系没断，你来我往，好亲热的呀！

那么说，她无论和谁好，都是有明确目的的——假设张宝成没有被部队录取呢？

我不敢想——

哦，也许，她是真心的！毕竟。她和张宝成有过一段火热的恋情。虽说这恋情几乎熄灭，但“熄灭了的火”就不能重新点燃么？

但是我很快又推翻了自己的想法。无论如何，感情不是木柴，能够轻而易举地熄而复燃。感情是一种纯度极高的东西，它容不得任何掺假或做作。杨晨虹忽而和这个好，忽而和那个好，这就表明她和谁都好得不真诚！而这种毫无根基的、勉勉强强的爱情究竟有多少意义？能维持多久？

何况，我一向认为：爱情是十分崇高和神圣的！之所以崇高和神圣，除了那种青年男女相吸相引的天然属性外，更主要在于它是一种有着严格是非标准的男女接触。只有在爱情上，自私和排他应当算作一种美德！而现在，在他们两人之间，似乎不要原则！

我想问问张宝成，同时，作为一个朋友，也想劝他几句。已经有过痛苦的经验了，要吸取这种教训，不宜太热！

元旦节晚上，我们几个知青在一起聚了聚，喝了点儿酒。趁着张宝成情绪好，我直截了当地问他这件事。他很痛快地说：

“我这个人，有时候心眼儿太窄！事情已经过去，她认错就行，再说，谁不犯个糊涂？到此为止，谁也不要再提！”

弄得我不仅插不上嘴，而且有几分尴尬。

三号一大早，天还不亮，我们就一起赶往火车站，坐凌晨四点多的火车赶回县里。

新兵们全在县中学的大操场上集合，足有二三百人。一会儿，传来了消息，这趟列车是从西安开出来的，沿途要上咸阳、兴平、武功和宝鸡的新兵，所以火车大约要在下午两点多钟才能到。

部队到底是纪律性强。一集合，就由不得我们了。张宝成和张立明全编进队列，走了几圈，规规矩矩往指定的区域一坐。不时有人站起来指挥唱歌。先是《大海航行靠舵手》，然后是《打靶归来》和《三大纪律八项注意》。由于新兵中有不少是农村青年，所以唱起歌来味道很怪，土腔洋调的。

虽说规矩多了，但张宝成仍然不时朝我们递眼色。他唱歌时一本正经，嗓门扯得老高，却又故意跑调，跑了十万八千里还继续跑，弄得指挥者目瞪口呆。

“你——”他指着张宝成，“声音放小点儿！”

“是。”张宝成站起回答。但刚坐下，又扯着嗓门大唱，唱得激情四溢，热火朝天！

宣布休息十分钟。新兵们“哗”地朝厕所涌。张宝成和张立明径直向我们跑来。

“怎么样？”张宝成得意地说，“听见我唱歌了没有？”

张立明就直笑。

“笑啥？你别以为跑调歌好唱——你来试试，只许跑远，不许回来。谁比得过我，我给他磕头。”

又有人笑。这一回是赵全亭。紧接着是杨晨虹。杨晨虹今天穿了一件崭新的花上衣，脖子上还围了一条质地极好的白纱巾。人显得很精神，很漂亮。她是撇着嘴笑的，还朝张宝成递眼光。那眼光是嗔怪，又像是撒娇！

“你俩好像是分到一个班了？”我问张立明。

“不是。”他回答，“是一个排。”

再扭头，想问张宝成什么，却不见人。原来杨晨虹把他拉到一边说话了。两人头挨着头，手还牵着手，缠缠绵绵的，很可笑！

我们就齐刷刷地盯着看。决定了，要把他俩看得自动分开。

谁知没看三分钟，一个带兵的小干部便匆匆过来，一眼看见张立明：

“张宝成呢？”

张立明用于指了指。

带兵的二话不说，急急又朝张宝成走去。

“张宝成！”

张宝成正在缠绵，一抬头，脸红了，不过很快发现带兵的并不在意：“干啥？”

“你来一下！”转身急急又走。

张宝成诧异地看着他的背影，犹豫一下，拔腿跟上。

我们都觉得蹊跷，也不由自主地跟去。

到了县中学一间办公室里。我们看见有好几位部队干部正商量什么。其中一个穿着褪色军装的好像是武装部长。张宝成进去以后，门很快带上，但声音却传得很清楚。

“张宝成，”是一个南方口音的人在问，“你父亲是不是叫张根全？”

“是”

“在宝鸡东站工作？”

“对。”

“干报道？”

“对。”

“听说你父亲以前和几个人拜过把子，桃园三结义？”南方口音的人又问。

“那是旧社会。”张宝成解释，“他们一块儿逃荒要饭，怕受人欺负——”

不问了。随之是一阵沉默。沉默得很长久，也很奇怪。

“出什么事了？”张宝成问，声音发哑，似乎产生了某种预感。

“是这样。我们刚刚接了一个电话。东站革委会通知我们，你父亲昨晚上报错了道，差一点儿造成政治事件——现在还没查清是无意还是有意——”

张宝成呆住了。

一位军人走过来，双手抱了一大堆衣服，还有鞋袜。这却使我们茫然，定睛再看，这衣服鞋袜竟全是张宝成平素穿的！霎时间，我们明白了事情的严重程度，不顾一切挤进门。

“出去！干什么？要干什么？”

我们不动。

这时武装部长来推。推这个，那个又冒出去；返身堵那个，这个却又乘机钻出。他急了，招来两个帮手，吆五喝六地把我们推到门口，狠狠一摔门——没关上！谁用脚抵住了！

“干什么？你们到底要干什么？关你们什么事？”

我们都不说话。我们没有胆量、也没有力量和他正面较劲儿。我们的不服气只有在暗中。

武装部长又把门关了一下。这一回眼看着门要关上了。但关键时候，谁又在门与框之间塞了块砖。

武装部长气得眼珠子发直：

“谁放的砖？谁？站出来！”

没人站出来。

“拾走！”他又发号施令。

没人动手。

他只好自己弯身拾起，又亲自盯视着底下的脚，这一回总算把门关上。

我们无可奈何。转瞬却又有了新招。几个人七手八脚扒上窗台看。窗户上没有窗帘，里面一目了然！

他们没治！

没治也就不治。他们集中精力与张宝成谈话了。

“张宝成，”还是那个南方口音的人在说。他个子不高，瘦瘦的，披着一件军大衣，“毛主席教导我们：没有一个人民的军队，便没有人民的一切！我们军队的纪律你是知道的，对参军人员的政治要求你也是知道的。招兵条件明确规定了，对直系亲属中有杀、关、管、斗的人，一律不能收！”

张宝成一声不吭，脸色有些发白。

“经研究，你的录取通知书作废。今天你就不要上车了，回家休息几天，然后直接回生产队——咹，听懂了没有？”

张宝成还是一声不吭，脸色更加苍白，一会儿，又变得通红。当他最后抬起头来时，我们才看清他眼里是噙着泪水的。

“收下我吧！”他说，“已经……这样了，让我怎么回去？求……你们……”

“这不怪你嘛！”南方口音的人说，“我们打个电话，让公社派个干部来。咹——”

“派干部来顶什么用？”张宝成说，声音直颤。这个打击对他实在是太突然，太意外。“生产队已经开了欢送会，给我戴了大红花，往我家送喜报——你们……该知道人总有个脸……早不说，晚不说，现在让我回去，我还怎么见人？”

“这也没什么嘛！咹，毛主席教导我们，共产党员必须懂得以局部需要服从全局需要这一个道理——”

“我不是党员！”

“不是党员可以按照党员标准要求自己嘛！咹，错误和挫折教训了我们，使我们比较地聪明起来了——”他的语录倒背得真熟，背得张宝成呆怔怔的，一句话也说不出。背完了，他又不失时机地转身，喊：

“三班长！”

“有！”那个刚才去找张宝成的人应声。

“我们和张部长还有些事要商量。你安排一下吧！”

“等一等！”张宝成突然叫。

几个人站住。

“我只说一句话。”张宝成说，神态已经不像刚才那么委屈了，恰恰相反，他语气中有一种使我们感到诧异的冷静和凛然，“请你们开恩，不要现在赶我回去。哪怕让我稀里糊涂到了部队，再找个借口复员我，行不行？”

“不行。”这一次回答得很干脆。

“求你们！”

“这不是求的事情！”

张宝成直愣愣地看着他，看了好一会儿，突然一声不响地动手解军服扣子，全解开了，把棉袄一脱，就势往地上一扔。继续脱棉裤，脱完又扔。

“干什么？你干什么？”武装部长喊。

但是张宝成根本不理睬他。一直脱得身上什么也没有。这才走过去，穿上自己的衣服。

一切完毕，他头也不回地朝门外走。

“再见！”南方口音的人竟破天荒地、讨好地冲他伸出手。

张宝成已经一摔门，不见了。

这件事把我们的心全部搅乱了。弄得送行的没情绪送，要走的没心思走。

火车快开的时候，张立明说：

“赵世平，回去吧！看看张宝成，别出事儿！”

他又朝着庄莲莲：

“祝你也早点儿出农村！”

庄莲莲无言地一笑，笑得有些凄然。

车长开始扬绿旗了，我抓紧时机，说：

“张立明，从今以后，你一个人在外，多保重！”

“放心！”

“别再抽烟了。”

他犹豫了一下，说：

“少抽点儿就是。”

火车一声鸣叫，终于开动。我原来想好的许多话儿却不知跑哪儿去了。

“张立明——”我叫。

他向我招手。

我却什么也说不出。

眼看着车轮越转越快，越转越快，我只好被动地跟着跑。一股失望的情绪笼罩着我，使我几乎窒息，鼻腔酸酸的……终于我停下脚，无可奈何地低垂着头，什么也不想说了。

隆隆声响，我只知道一节又一节车厢从我身边飞过……

三十八

我回宝鸡找到了张宝成。

是在铁路俱乐部门口找到他的。与我想象中相反，他脸上喜笑颜开，丝毫没有受挫后的颓丧和沉重。他正和一群年龄比他小得多的孩子打弹子玩。

“张宝成——”

他抬起头，又很快：

“别，别叫——”说着，他聚精会神地朝一个小土洞瞄准。这是最常见的一种玩法。

小小的玻璃弹子准确地滚进洞中。他得意极了，这才直起身，一边朝我挤挤眼，一边流里流气地扯高了嗓门唱：

栽什么树苗结什么果，
撒什么种子，
开什么花啊啊啊啊——

结尾的“啊”字拖得特别长。本来，这个“啊”字是拖得很长的。可经他嘴一加工，却有一种扭曲了的、让人听了非常不舒服的夸张！

我怔住了。

本来，我是想安慰他几句，顺便问一下杨晨虹的态度——突然出现的这件事，会不会在他俩的关系上又冒出点儿新的障碍。而现在，我明白了一切安慰和劝解都是多余的！

他的痛苦、羞辱，还有愤慨，还有凄然……那一切都多深彻啊！

三十九

我和庄莲莲很快回山了。

现在，我的生活中增添了一项重要内容：等张立明的来信。

一天、两天、三天……每天，我没事儿就到大队部去，问有信没有？弄得大队几位干部都摸准了我的来意，以致于没等我张口，就说：

“没信。今儿没信。”

整整一个多星期过去了，始终不见信。其实，静下心来算了算，一个多星期是不可能来信的，仅来回的路程就得费多长时间。

只是我仍然盼等着，甚至焦急不安。

为什么呢？

元月下旬的一天，秋儿去山外赶集，顺便从公社邮局捎信函回来。他在十二盘坡半腰碰见我，老远就喊：

“老赵，今儿有几封信哩，你看有没有你的？”

他不识字。

我忙跑过去，一封封翻捡，有庄莲莲家里来的一封，有通知大队开会的一封，还有一封写着“赵世平收”，落款是：甘肃省安西县西湖站五九二八部队新兵站。

没错！张立明来的！

我迫不及待地撕开——

世平：我最亲密的朋友、同学！

只看了这一行，泪水就打湿了我的眼睛。

这是为什么？为什么这短短的一句话竟能在我心里产生那么强大的震动？

我不愿意在秋儿面前流露自己的情绪，于是很快合上信，独自向十二盘坡顶攀去，越攀越高，一直攀到坡的最顶端。从这儿望下去，整个十二盘村落尽收眼底。炊烟在村落中盘旋，鸡犬在村落中吠呜——哦，何止十二盘，整个秦岭山区都似乎被我踩在了脚下——一层又一层大山形成了山的世界。无数山峰宛若河里一座又一座的波峰。这些波峰无边无际，和天空形成了雄伟的对峙。从这旦望去，秦岭褶皱带正以它恢宏的气势向东西两侧延伸，而与它毗邻相望的，是北部鄂尔多斯台地南缘那浩浩茫茫的黄土高原。中间仅隔着不到十里宽的渭河河谷。

我坐下来，展开信，认真地读。

信写得很长，足有七、八张纸。字写得很细、很密，像出自女人的手。在这封信中，张立明第一次向我敞开了心扉。从他当初相信了徐申民的挑拨，到以后的半信半疑，到最终完全信任了我——

其实，诚实地说，早在我还未从引渭宣传队回十二盘时。我已对徐申民的话产生了怀疑。毕竟，我是熟悉你的。只是我不愿意说出来。并且一切还用得着说吗？时间和生活将对我们双方的品质进行最好的检验……

现在，当我在遥远的西部边陲，回想起农村生活的时候，宛如做了一个奇妙而神秘的梦！在农村的时候，我并没有觉得这段生活有什么不同寻常，只是觉得太累、太苦、太沉重。而现在，当我离开了它，我才突然明白了，这段生活留给我的更多的是甜蜜，而不是苦涩！它使我在人生的道路上体会了好多，也懂得了好多！

谢谢你，世平！你永远是我的好朋友……

我把信看了一遍，又看第二遍。一股巨大的兴奋笼罩了我。在这之前，我曾不止一次地对自己的所作所为产生怀疑：我有必要用一年多的时间，为挽回一种朋友的信赖而付出那么大的努力么？有必要用那么大的精力，去重视这种虚无飘缈的自身道德完善么？有必要像个谦谦君子，对个人的许多具体利益漠然视之么？

我一直在动摇，徘徊。

而现在，一切都得到了报偿。我重新获得了张立明的信任。哦，不仅是张立明！要知道，徐申民在招工出去以后，仍然在多种场合中对我进行不友好的诽游。现在，所有的流言蜚语将不攻自破，彻底消散！我是个什么样的人，张立明这封信就是最好的评判！

浑身发热，我干脆解开衣扣，任凭凉风吹拂着我。那风似乎是直接从天空掠向我的，带着一股从未涉入过尘世的清丽和新鲜……

远山逶迤，渭水苍茫，彤云翻雪，古木嘶风，一切都那样阔大，有一种吞天吐地的气概！这使我的心胸不由自主也变得开阔！

我静静地坐着，坐着……

现在，我已经完全从最初接信和读信的激动中解脱出来，已经能够冷静地审视自己身上所发生的一切。毕竟，我坐在高山之巅，我是超然尘世般俯瞰山下那所有河流、村庄和屋舍的。这使我思维螺旋式地上升到一个新的层次——是的，我曾真诚地、不遗余力地帮助张立明，之后又焦切地盼等着他的来信。而之所以如此，是想知道他在我们的友谊问题上最终究竟是画了个满意的句号，还是画了个充满疑问的问号。一点儿也不错，这个句号或问号更大程度上是对我个人的肯定或否定。我想得到肯定。正是这种强烈的愿望，使我做出一系列受人赞誉的行为。但是——但是假若剥去这层高尚的外衣，会发现支撑我的究竟是些什么呢？

是虚荣心！

一种并不高尚的动机！

在艰苦的山区农村中苦苦挣扎了五年，而我却仍然是努力争做三好学生，努力想获取表扬的心态；我身上潜在的素质仍然是……这样……

胸腔里悄悄涌上来一丝沉重，一丝苦涩。这沉重和苦涩越来越强烈，竟压得我透不过气儿！

终于，我掏出信，一点儿一点儿撕了。

撕得粉碎……

第五章

四十

下雪了！

一场大雪从黄土高原掠来。一连几天，天空都迷迷濛濛。雪花飘飞着，显得轻柔和温存。而西北风则愈加狂放，不停地发出疯狂的啸声。一团又一团的雪花被它搅起、冲开，弥漫在山谷间，竟使山沟中久久看不清任何东西！

天地间一片白茫茫的。山是白的，树是白的，连流动的溪水也结了一层冰，冰上又蒙着厚厚的积雪。于是，一切全都洁白素净。偶尔有一只乌鸦飞落在树枝上，树枝便扑啦啦落下一大片白雪……

天冷，队里没什么活儿，家家户户关起房门，烤炭火取暖。

我和庄莲莲天天泡在一起。虽说在农村呆了五年，但我们仍然没能和贫下中农们打成一片。他们有他们的生活、他们的共同语言以及兴趣。我们也有我们的！这一切无论如何是无法用强力捏合的！

我烤炭火已经有相当的经验。最初，我以为燃炭火和架柴烧火一样，是从下往上烧，每每将旺炭放在盆底。渐渐地我知道了。炭火是从上往下燃的！每次烤火，红炭照例要放置在生炭的上面而不是下面！

实在闲得无聊，我就给庄莲莲讲故事。先是讲道听途说的奇闻轶事，之后又讲我看过的小说。最后肚里的货全掏空了，我就自己编谜语让她猜。

“飞雁落宿，”我说，“打一《三国》人名！”

她倒是毫不动脑子：

“你说吧，我猜不出来！”

“我要说了还有什么意思——这个名字你非常熟悉，肯定能猜着。”

“诸葛亮。”她便胡猜。

“为啥是诸葛亮呢？”

“你不是说我非常熟悉么？”

“不对！”

“那是司马懿。”

“也不对！”

“那——曹操。要不然就是刘备。”

“你别胡猜，得用脑子想想呀！”我启发她，“你想一想，飞雁，是有翅膀的东西。翅膀又可以叫什么？”

“你说叫什么？”

“羽。”

“鱼?”

“对。羽。你想想,有翅膀的东西要落窝休息。”

“哦,我知道了!知道了!”她欢叫起来,“是张飞!张开了翅膀飞。”

我垂头丧气,再不出任何一个谜。

有时候我会想起许多很严肃的事情。

“庄莲莲,你为啥一心支持我出去当工人呢?”

她非常吃惊:

“怎么,你不想当工人了?”

“不,我是说,你为啥那么热心地为我帮忙?”

她有些犹豫,咬住嘴唇,想了想:

“我一直觉得对不起你。”

“为什么?”

“在学校时候——”

“别提了。”

“不,我要提。在学校时因为我,给你写了个不好的评语。其实我从来没有那么想过,我一直觉得你人挺好的,不过当时我没办法,也没勇气和你说话,后来下乡了,我就想,有个机会,我一定得给你说说话。好好说!”

“那你就错了!在学校时候,你那个‘扫地团员’的外号,确实是从我嘴里传出去的!”

“那有啥!我入了团,一直都觉得心里挺愧。你学习那么好,却没能入团,我都觉得不公平——其实团支部开过几次会,想发展你,不过有人说你太骄傲。”

一点儿也不错！当时我确实很骄傲。我觉得入团的同学都不如我。而现在，当我下了五年乡，当我在艰苦的生活中挣扎，当我亲自经历了招工的波折……我才越来越为自己羞愧。我那种骄傲是多么浅薄，多么幼稚！学习好固然不是坏事，但生活中有很多更重要、更宝贵的东西！

这些东西我没有。

而她有！

她入团是当之无愧的！

沉默了一会儿。

“你好像对招工不着急？”我说。

“着急有什么用？”

“当然没用。不过人毕竟不是木头，情绪很容易被激动起来或者破坏下去——比如现在，要是你突然招工走了，对我就又是一个打击——”

“那是。”她承认，“前一段时间我还真顾不得想这些，心想着你表现好，应当让你走，走到别人前头。现在倒怪了，一想着要是你突然招工走了，我这心里——”

她猛地停住，脸红了，随后慌慌张张起身，说：

“没炭了。我去取炭。”

春节时，我们一起回了宝鸡。现在，我们无论出山进山、开会学习……全是约好了一起行动。对我来说，这中间没有更多的意义，是环境迫使我们在一起。比如出山，荒沟野岭，几十里碰不见一个人，她单独走，我不放心。当然，即使不存在这些，我们也愿意在一起。

现在，所有的伙伴都飞走了，只剩下我们两个，孤凄凄的……

回家后，父亲已经全部得知又有一批知青参军走了的消息，感到很对不起我，加上他的历史问题至今未定性，而传下来的消息又都是不乐观的，所以情绪很不好。我发现了这一点，没事就和他聊聊天，扯扯农村的事。

有一天，父亲突然问我：

“就剩下你两个人，一天都干些啥呢？”

“干活、吃饭、睡觉。”

“谁做饭？”

“她做。”

“听说，好些知青为了做饭，都分锅分灶了。你们没闹意见吧？”

“不会。别说不会分锅分灶。我俩连工分都在一起结算的——”

父亲微微一怔。我发现了，等着他说什么，他却什么也没说。

过了正月十五，庄莲莲早早就跑到我们家来，约我一起回山。一见我。她就很高兴地告诉我她碰见了哪些老同学，假日做了些什么，又毫不拘束地帮我收拾东西，见我脱下的脏衣服，顺手拾起来洗了。

父亲很热情地接待了她，留她吃了饭。临走时候，他却又把我叫到一边，吞吞吐吐地：

“……莲莲是个好姑娘，很朴实，心很诚……嗯，有个事儿我想提醒你一下……你……已经不小了，嗯，如果谈对象。也……不是不可以……”

“我没谈对象呀！”我觉得很奇怪。

“我知道你没谈。没谈就好……嗯，谈了也没关系。不过……做人总是有准则的。要谈，嗯……就要诚心；不谈，那么……一回两回出不了农村没关系，机会恐怕总还是有的。要是在男男女女上出了规矩，那就不同了……”

我终于听明白了。我的脸腾地通红。在我们知青中，确实有不少人谈了对象，这都不可怕。可怕的是有些知青缺乏自制，致使女方怀孕。这一来，不仅招工参军无门，还往往得背上个处分。有些知青迫不得已，只好草草宣布结婚，彻底在农村定居！

显然，父亲担心我越轨！

我觉得自己似乎蒙受了极大的侮辱。我坚决地、几乎是气愤地对父亲说：

“你别瞎操心！”

走出家门，我仍然觉得耻辱。我连自己也不知是怎么回事儿，竟冲着空荡荡的天空嘟噜了一句这些年在农村学会的野话：

“锤子！”

四十一

每天都在盼望招工。而招工的消息也越来越多。但一个月又一个月地过去，无情的现实接连粉碎了知青们自己编造出来的幻景。

随之是一阵沉寂。

最初的孤独感已经过去，我变得很麻木，这种麻木甚至使我产生一种得意，使我在浑浑噩噩中感觉到一种心境的平和安逸。

我在宿舍门口贴了一副对联：

只如此已是过分，

要怎么方才称心。

横批：

该满足了。

据说这副对联是一位曾在陕西做官的人被罢官之后，挂在门口聊以自慰的。现在倒很适合我的心境！

不知不觉中，天气暖和了些。

在我们山里，春天的消息照例来得很晚。河边冰块的凝固丝毫显示不出季节的更替。在最寒冷的冬季，它是那样凝固着。在时令已经明确无误地进入初春时，它依然顽强地保持着凝固。那种经久持续的安若泰山和岿然不动，会使你产生一种错觉，仿佛它一直就是那样的！

春天的讯息最先萌露在柳树梢头。天依然是那么冷，风依旧是那么凛冽。人们依旧穿着破棉袄，冻得吸溜鼻涕……但是突然有一个晴朗的早晨，你模模糊糊地觉得周围有了些变化。究竟是什么样的变化？一时说不准。只有当你细细琢磨了一阵之后，才突然发现，柳树梢头影影绰绰地出现了些晕绿！

于是春的序幕拉开了！春天立即以磅礴无比的气势朝阴寒和冰冷扑袭。柳树梢头一天一个样，竟惹得所有的植物全羡慕万分，全跃跃欲试。于是突然之间，山里便改变了颜色。河水流得比平日欢畅，风儿拂来比平日柔顺。连鸟儿也加入了这充满活力的新生活，用展翅高飞的冲蹿和迂转百回的鸣啼来为春天助威！为春天呐喊！

一开春，地里的活儿就忙了。

我天天出工。经过一个冬天的休整，我胖了许多，体重从一百零八斤猛增为一百二十六斤。我睡眠充足，精神良好，自己也觉得浑身的血液在有力而规律地奔腾！

现在，我背上二斗粮食赶往山外，不费劲儿！

整整半个月，几乎都是打胡�。这活儿松皮拉塌，很提不起劲儿。每天打不一会儿，张仁义便不时抬头望天。我知道他的意思。他是在看太阳。如果太阳出来了，亮堂堂的，他就喉咙发痒，光想喊一声：

“歇一下——啰——”

“歇下”就是休息！

我很喜欢歇下！

一歇下，我就把锄头一撂，转身跑到向阳的山坡上。山坡很干燥，上面覆盖着一层薄薄的茸草。这些草有些已经抽芽，有些还没有完全从冬天的桎梏中解脱。我照例往上一躺。

春困秋乏，闭着眼睛晒太阳真够味儿！

这是最好的季节。再过一阵，过了清明节，可就不敢随便乱躺了。那时候，草丛中有虫、有蛇……

太阳暖烘烘照在我身上，浑身有一股说不出的舒适。脸上的暖和感特别强烈，竟使人情不自禁地想呻吟两声。整整一冬天了，没有享受过暖和，没有被太阳温存而撩人地抚慰。现在，该尽情享受享受了……

远远地，秋儿在唱：

好个风流人去远，
此地印下寸金莲。
身子不长又不短，
好似杨柳戏风前。

这是《花田错》中卞齐遇见小姐刘玉琼的一段唱腔。我看过这出戏的剧本，无非是才子佳人。戏中写到刘玉琼和周玉梅同嫁状元卞齐。所以剧本前言中大批了一通重婚罪。当然，如果不是批判重婚，我也绝无兴趣去看。

秋儿唱得调平、音软，是标准的“西府”唱法。秦腔基本分为东路、中路和西路。西路秦腔又称“西府秦腔”、“西部梆子”。据说起源于唐代，盛行于明清。刚下乡时，我们只要一听有人唱秦腔，就双手捂耳，觉得粗糙难听，难以忍受。听久了，才渐渐适应了些，并且知道了秦腔很有讲究，不仅在音乐上形成了它一套完整的风格，而且锣鼓、曲调、曲牌都很多。仅以丝弦曲牌为例，天子登场用“大开门”或“小开门”，男女偷情时用“夜深沉”，男女反目、互相推抢时用“钻烟筒”，死不下去时用“杀妲己”。过河用“垫花子”，梳妆时用“梳妆台”，高度欢乐时用“麻鞋底”，痛苦时用“苦中乐”，少女怀春用“十三腔”……据张仁义说，他迷了一辈子戏，至今仍记不全呢！

不知是被秋儿的秦腔激发了情绪，还是原本就摩拳擦掌地等着喊儿嗓子，沟底很快有人也吼起来：

我看她面容儿赛过天仙，

柳叶眉如描画难摹体端。
风吹动罗裙摆金莲出现，
花鞋底大不过新铸铜钱……

我不禁觉得好笑，脚还没有铜钱大，还算是个人吗？可不止一本《花田错》，许多古戏中都来来去去赞美小脚。一赞再赞，赞不绝口。这种审美趣味实在是怪！

但秋儿他们却不觉得怪，兴致勃勃地唱，扯高着嗓门唱，一直唱得声嘶力竭，满头冒汗。

听——

细看她五官正天庭宽阔，
耸乌云淡春山俊巧秋波；
衬桃花映玉柱樱桃一颗，
冰肌润态度柔遍体袅娜；
凌波轻金莲小不右不左，
这风流赛得过月殿嫦娥
……

我死狗般躺着，脑子里什么都不想，又似乎什么都在想。远远地，可以看见群峰逶迤，渐显苍茫。在那极端高处，便是有名的太白山。山顶一年大部分时间都顶着银色的雪冠。据地质学家说，它身上至今还满是冰斗、冰蚀湖等第四纪冰川活动的遗迹——我曾经多次想爬到太白峰顶去看看，不仅看第四纪冰川是什么模样，而且想感受一下海拔近四千米时气候会是什么样子？照我的想法，海拔越高，离太阳就越近，就越热。而实际恰恰相反！这是为什么呢？

只是，我始终没有去，并且越来越失去了研究它的兴趣。无论如何，生活中还有许多更现实也更紧迫的事情等待着我去做。

四周很安静，连鸟儿都停止啼鸣。一望无垠的蓝天展现在我眼前。蓝天像大海，像蓝缎子，却又远不止这些。蓝天的颜色其实不是主要的，真正使它产生无穷魅力的是它的博大！这阔大可以用无限来形容，而又该用什么来形容无限呢？蓝天悠悠，似乎是透明的水晶。但当你想认真地穿过这水晶望见点儿什么时，却又什么也看不清……于是乎，一股巨大的神秘感朝你袭来，压得你透不过气儿，使你简直忽略了正置身在一个空幽幽的山坡上！

对着这蓝天，我不由自主地出了神。有许多莫名其妙的问题一霎时全涌上脑际：天有边吗？天是谁创造的？创造天地是为什么？人在天底下活着，在地球上活着，人们忙忙碌碌地东奔西跑……这一切都是为什么？哦，就为了当工人——

我闭上眼睛，不再去想。但是不行，脑子的闸门一打开，竟怎么也合不拢了。我睁开眼，又是那过于阔大的天，过于神秘的感觉……宁静的心绪被破坏了，我干脆坐起来。

正是一天中最好的时光。太阳完完全全地沐浴着各条沟谷。所有的沟谷已经褪去冬装，变得艳丽而娇媚。树在绿，水在流，花儿在开，鸟儿在唱。山林里充满了无法遏制的蓬勃的活力！这活力传染着风儿，风中夹带了温馨的花香；这活力传染了空气，空气中有一股鲜润的甜蜜；这活力传染了我，我总觉得自己该做点什么！

做什么呢？

半夜里，我做了个梦。

学校举办田径运动会，我站在起跑线上。枪声响了，无数人箭一般窜出去。我夹在这人流中，不慌不急。这是长跑，必须沉住气。

跑啊跑，运动场不见了。我眼前出现的是一幅大自然的图景。正是中午，田野空旷而葱郁。满眼是波浪般起伏的庄稼，各种各样的花都盛开着。小鸟在啁啾，蜂蝶在翻飞，浓郁的花香中，有一股用语言所形容不出的蓬勃气息！

我没有感到奇怪，只觉得这才是最合适、最理想的环境。我跑得口干舌燥，浑身起火。但仍然不停，也停止不住。我的血管里，一种灼热而滚烫的液体在奔突、冲撞。我渴望跑，渴望呐喊。可是怎么回事？我干着急，就是喊不出声。

莫名其妙地，我开始喝水了。喝了一杯又一杯，一种疯狂的骚动使我兴奋，激情难遏。而这股清凉的水使我享受到一种彻心的快意。哦，一切多么好！我要喊，要疯狂地笑，要把身上积淤了太多的力量在广阔的大自然中使一使——

可是不行，还是发不出声！

于是我继续跑。跑得上气不接下气。荆棘撕开了我的衣服，凉风拂跑了我的汗水，可是我全然不顾！为什么要跑？跑到哪里？不知道。所有这一切都不是出自人为的目的，而是一种内在的渴求。我只觉得从遥远的地方，朦朦胧胧地有一股神力！这股力量推动着我——

跑啊跑，不停地跑。

一直跑到快天明。跑得精疲力竭。

我醒了！

四十二

第二天还是打胡圾，越打越没劲儿。加上我昨夜没睡好，所以一整天都无精打采。见我这样，三娃他爸奇怪地问：

“你咋么了？老赵，病了？”

后晌收工，我扛着镢头走在最前头。走下坡谷，拐过水渠，一眼就看见一群妇女正在麦地里拔草。这是专门照顾妇女的活儿。她们可以端着小板凳，坐着，很散漫地一边说笑，一边用手把麦地里的碎草拔掉。麦地里的草有一半是可以吃的野菜。一后晌下来，几乎每个妇女的篮子可以拾满。

庄莲莲也在其中。她左手挽着篮子，右手挽着小板凳，头上还包了块头巾，俨然是农妇的样子。散活了，她没有看见我，正往地边走。

王蛮科不知从哪里窜了出来，嘀嘀地向她打招呼：

“一后晌，拾了不少菜嘛！”

他又煞有介事地走过去，提起篮子掂了掂：“足有四五斤哩！”

“不行，我手慢。别人拾的比我多！”庄莲莲说。

“你要手慢，啊咱十二盘就没有手快的了！”王蛮科夸张地说，“不是赞你，翠春要顶你一半，我就不和她打锤①了！”

我警惕起来，翠春是王蛮科的老婆，是个很善良也很老实的人。在一个女知青面前竭力贬低自己老婆，这是什么意思？

庄莲莲回答了句什么，我没听清。一阵风正好吹来，一粒沙子迷

---

① 打锤——陕西关中土语：打架。

住了我的眼。

待我揉好眼睛。庄莲莲和王蛮科已经顺着坡下那条幽静的小路往村子走去。这条路和我走的路几乎是并行的，中间只是隔了一丛浓密的茅草。看不见人，但我可以清楚地听见两人说话声和沙沙的脚步声。

庄莲莲在问：

“今儿你咋有闲功夫了？”

“想你了嘛！”王蛮科又在无耻。

“别胡说！你这人还是当干部的哩，三句话就没了正经！”

“谁正经？谁？又是赵世平？”

“赵世平就是比你正经！”

“哟哟哟！”王蛮科像牙痛似地倒吸一口气，怪腔怪调叫起来，“他赵世平正经！甭哄我咧！他赵世平也是个男人，我就不信他吾儿见了女人毬不硬！哎，不说他。不说——莲莲，等一下你到我屋里去。”

他叫“莲莲”，叫得淫声浪气。

“啥事？”庄莲莲问。

“我做下好吃的哩！”

“啥好吃的？”

“你嫑问，反正是好吃的，给你留着哩！”

“行。等一下赵世平回来了，我让他去取！”

“他去了我不给！”

“咋？”

“我要你去取！”

“我没空。还要做饭哩。”

“咦，咦，做饭哩！给谁做？给赵世平？你和他怕是不正经！”

前边就是三岔路口。在那儿，我脚下这条路和他们俩走的路即将交汇。我正犹豫着是以一种突然的方式出现在王蛮科面前呢，还是避而不见，就听见身后谁在叫我：

“老赵！哎，老赵——”。

我转过身，是秋儿。

秋儿很忸怩，也很兴奋。这种兴奋很快压倒了忸怩，说：

“老赵，啊，你怕不亮清……我另寻下婆娘咧！过毕这一月就成亲。求你个事呀，给咱搭个吹打班子！”

所谓吹打班子就是迎亲时那些吹唢呐助威的。“文化大革命”开始以来，这套风俗被强压下去，会吹唢呐的越来越少。但老百姓们又不甘于迎亲或送丧时寂然无声，于是生出了其他花招。下乡以后，我们知青为他们组织过几次“仪仗队”，每次都是二胡、板胡、笛子、提琴、小号甚至萨克斯一起上，土洋结合，威武雄壮，倒使他们格外欢喜。只是现在只剩我一个知青了，这支“仪仗队”该怎么组织呢？

“不怕！”秋儿要求不高，“咱是续弦，闹太红火了折寿哩！你把张仁义啊几个人扯上，有个吹闹就成！”

晚饭时候，我很想问问庄莲莲，在往村里走的路上，王蛮科还说了些什么，可又问不出口；越问不出口就越憋，越憋就越气。这股气竟不知不觉全泄向庄莲莲了。是啊。关键在于她。本来，她只要不理睬王蛮科，王蛮科就一点儿办法也没有。可她麻木不仁，竟笑着问王蛮科“你今儿咋有闲功夫了？”还兴趣十足地关心“啥好吃的？”这就给王蛮科的放肆提供了缝隙。如果不是我多少了解她，我简直要怀疑她到底是故意装傻，还是真的糊涂！

也许，她还是在为我着想。王蛮科是实权派，不宜得罪。她不是说过吗，她想让王蛮科在招工问题上为我出力。虽然我已经十分、百分、万分愤怒地声明不需要。可她，并没有真正理解我、懂得我。她不明白我愤怒和羞辱的原因。

我突然悲哀地意识到，尽管我和庄莲莲已经十分融洽，十分默契，但我们仍然有差别，并且这是一种很难弥补的、气质上的、素养上的差别。就我这方面来说，即使一辈子不出农村，我也不愿低眉顺眼、卑躬屈节，尤其是让一位我所尊敬的姑娘去这样。我有一种从小就熏陶出来的道义上、情操上的信仰和准则。这些信仰和准则我看得比什么都宝贵。正是它们，组成了我的形象，满足着我的虚荣，维护着我的自尊。而她是从一个很现实的环境中长大的。她出身贫寒，从小便目睹了各种各样的社会现实，用奉迎和妥协去适应现实她认为是天经地义的。她不明白，她认为理所当然的东西，恰恰使我痛苦。而我的痛苦在她看来，也是不必要的多愁善感和无病呻吟。

这一切用语言怎么讲得清？

大概是看我的脸色不对，庄莲莲奇怪地停住筷子：

“你怎么啦？”

“没什么。”我说，决定把满肚子话儿压回去。

她怀疑地看看我，有些不信，随后才匆匆扒完饭，放下碗，拎起口袋，准备去仓库里取麦子。

这几天连着大晴，得抓紧淘麦。

虽然我还在赌气，但还是从她手里夺过口袋。

这种活儿，应当是男人干的。

仓库在村子南侧。隔着一片树林，环境挺僻静。离着老远，我便看见一男一女悄悄从树林出来，趄身进了二岭沟。最初一霎那，我以为是宝宝两口子在寻猪——他们新买的一头猪娃常常走失。但猛然间，我觉得那男的像是王蛮科！再一想，女的似乎是乃娥！

乃娥姓张，原是我们村的。我们下乡来的前几年嫁出去了，嫁到渚头坪。渚头坪离十二盘不远，她走娘家常回来，我们对她也就逐渐熟悉了。据说她嫁出去以前，曾和王蛮科好过。是真是假，我们从没有深究。

但此刻，我的兴趣却陡然蹿上来。在这样暮黑的时辰，两人偷偷摸摸往沟里钻，会干些什么呢？

我马上开动脑筋。沟里有什么呢？一条水渠，上百棵白杨树。白杨树又高又大，坐在树根下谈情说爱应当说是挺浪漫的。不过毕竟天黑了，地气很潮湿，挺凉的——哦，对了，沟里有一孔窑洞，是早年间堆放炭火的！

一点儿不错，那孔窑洞是队里堆放炭火的。王蛮科手里有窑洞门上的钥匙。那孔窑洞不算很大，但收拾得很干净。里面除了炭火，还有一张桌子，还有几领席——

不知为什么，我突然很想蹑手蹑脚地跟上去。是一种新奇而刺激的感觉在催促我，还是纯粹出于恶作剧？也许二者兼而有之。哦，对了，我敌视王蛮科，打心眼儿里想和他作对！我想抓住他的把柄！他不是个善良人！我总有一种预感，他迟早会对我下手！

我连自己也不明白是怎么开始的，放轻了脚步，顺着岔路往沟里迂回。

走进去几十米，又朝另一条侧沟踅去，我的心突然怦怦乱跳，以至于不得不停住，深深地吸了一口气。山里的空气真新鲜啊！简直是甜的！像掺和了蜜！这又凉又甜的空气使我清醒了！

——这是干什么？我这算是干什么？假若我进去，看见他俩正卿卿我我，那又怎么样？我是垂涎三尺地在一旁偷听，还是义正词严地上去喝斥？抑或，是掏出小本子居心叵测地记录？而无论是哪一种做法，都让我感到羞愧！我是什么时候变得这样低级和俗气，这样阴暗和拙劣了呢？无论如何，一个人不能这样，也不该这样！

我犹犹豫豫地停住脚，半天，终于掉转身，沿着沟口退了回去。

满天星斗，熠熠生辉，幽静的小路上，散发出一种泥土和植物的芬芳。这芬芳使人舒畅，使人陶醉，使人高尚——我的心情豁亮了许多，为自己灵魂的安宁。哦——

莫听穿林打叶声，
何妨吟啸且徐行。
竹杖芒鞋轻胜马，
谁怕？
一蓑烟雨任平生。

料峭春风吹酒醒，
微冷。
山头斜照却相迎。
回首向来萧瑟处，

归去，

也无风雨也无晴。

好一句“何妨吟啸且徐行”！好一句“也无风雨也无晴”！这真合了我此刻的心境！

我一边有滋有味地咀嚼着，一边悄悄朝沟外走。几只鸟儿被我惊动，喳喳鸣叫起来，同时听见远处有响声，像是一群蛙噪。

一阵风拂来，直吹在我脸上。风很湿润很清凉。果然是“料峭春风吹酒醒”。

我突然停住脚。

我这是怎么了？想当东郭先生？

哦，我已经不是一个天真纯洁的小孩子了！难道我还不懂得人生的艰难？不懂得周围不仅有鲜花和笑靥，而且还有许多暗箭和冷枪？在我生存的这个环境中，弱肉强食的法则一刻也不曾消失；何止如此，它甚至愈演愈烈。在残酷的明争暗斗中，文质彬彬、温良恭俭是不行的，必须把自己的手变成会抓人、扑人的狼爪虎爪，而绝不能当只会狂奔乱逃、惊惶四顾的兔子！

我有必要为这一点违心的行为谴责自己吗？

我想起和徐申民那一场拔斧恶斗。不错，我是小人气十足。可如果没有那种小人气，徐申民会把电工刀留下么？会垂头丧气坐下来和我对等地交谈么？我想起李长生的惨死。王蛮科反省过自己么？对李长生产生过一丝儿怜悯么？

不！不能婆婆妈妈！

我返身又朝沟里走。

沟里黑黢黢的，比沟外光线暗淡多了。由于树木和藤蔓的遮掩，所有看见的一切全是变形的、夸张的。这是一个人发挥想象的最好时候。眼前一棵大树，你想象它是一个慈眉善目的老头，它也果然就朝你微笑地点头；反之，你想象它是一个面目可怖的魔鬼，它也立即狰狞地瞪大眼珠，似乎立刻就要朝你扑来！

静悄悄的，偶尔有一两声不知名的鸟叫。再就是潺潺的流水声，流得很规律，很舒缓。

快到窑洞跟前，一阵说话声传了出来。是王蛮科。

“你身上好暖和！”他说。

“乱摸啥哩嘛！”这一回是乃娥的声音，带着几分娇嗔，“咋一来就是这样动作？”

“你不喜欢？”

“不喜欢。”

“嘴硬哩！”

“我还敢嘴硬？嘴硬的是你！”

接下来是一阵亲热的呢喃。再下来又有衣服被摆弄的窸窣声。

什么一响，他俩倏地停住手。

“啥东西？”

“我来看！”

王蛮科掏出打火机，连打几下。却怎么也打不着。他似乎在用力甩，又接着打。终于，火苗亮了。

这正好！光线清楚多了！并且最妙的是，我站在窑洞外一棵枝叶繁茂的大树后，大树遮掩了我。但隔着窗棂，我可以清清楚楚看见他们，他们却看不见我！

乃娥正依偎在王蛮科肩头，衣服扣子全解开着，隐隐约约可以辨出胸脯上雪白的肌肤。而王蛮科则弯着身子。在地上仔细察看。

“啥也没有！”他说。

“再看看，老鼠都不当紧，可要出来条长虫！”

王蛮科便又认认真真在脚下查找。终于，他放心了。

火灭了，四周重新陷入一片黑暗。很快，两个人的呼吸都变得粗重。

我不知道窑洞里边究竟发生了些什么。更重要的是，我还不太懂男女之间的奥秘。可是凭着一种本能，一种感觉，我心里也乱跳起来。连自己的呼吸也变得粗重。这时候，那种想抓住王蛮科把柄的念头早退居脑后，一股青春的血液在我周身骚动！

一会儿，乃娥呻吟起来。王蛮科的喘息也更粗更重……

终于，王蛮科吟哦了一声，随后恢复了沉寂。好像周围的一切都深深地陷进了地狱中，连呼吸的声音也消失了。

好久好久，才响起了乃娥的声音。声音是轻轻的，带着说不出的慵懒和温柔。

“满意了？”

“满意了。”

接下来还说了些什么，我听不清楚。我沉浸在一种挺过瘾的激动中。

足足过了两三分钟，声音才又清楚。

“今儿，你咋悄没声息就来了？”这一回是王蛮科先开口。

“咋，不欢迎？”

“当然欢迎。我是说，有人看见没有？”

“看见了咋？不看见了又咋？”

“看你，还是这样二杆子！现在比不得从前——”

“当然比不得从前！”乃娥说，带着一股幽怨，“从前你是个没人要的穷光棍。现在跺跺脚，十二盘得抖三抖！从前你熬光棍熬不过了，央着求着和我亲热，现在你炕上现成有媳妇——”

“看你看你，一说就说到岔岔上去！”

“我说的不是实话？’

“是实话。可你没说全。从前我喜欢你，现在我还喜欢你；从前我央着求着和你亲热，现在我满心想的还是你！”

“真话嘛假话？”

“谁要说假话。雷劈了，电打了，河里鳖吃了！”

“那你还怕人看见？”

“当然怕看见。现在你是军婚！覅看我是革委会头头，谁真从这上面捅一下，我完不了也得躺几天！首阳庄革委会的李板树破坏军婚，叫抓起来坐大牢了——”

把柄！把柄！

我把“军婚”记住了！

四十三

秋儿续亲了。

新媳妇是五队聚财家的女儿，比秋儿小十三岁。在物质生活和精神生活都十分贫困的状况下，婚姻是很少像城里人那样挑剔和苛求的。在这里，最主要的标准是：男人身强力大，能养活媳妇。

这是原始的标准。

秋儿是符合这条标准的。

新娘子叫巧女。憨憨的。虽然不是多么漂亮，但起码，很年轻，很丰满，皮肤很水灵。她那个年龄所能够焕发出来的全部光彩毫无遗漏地焕发出来了，这就使她具有了魅力！

秋儿高兴得一个劲儿咧大嘴。

一大早，新娘子坐在一头披红挂绿的毛驴身上被牵来了。她上身大红，下身大绿。红袄绿裤，这是山里人最时髦的衣着。秋儿则穿了一件对襟大褂，头上戴了顶栽绒帽。

全村的人都来凑热闹。按照规矩，每人提一个篮子，里面装着馈赠的礼品。篮子必须是有盖的，似乎专为制造出一种神秘感，使对方猜不出你究竟带来些什么。但是我却知道那里面千篇一律地装着帽子。最上等的是送一顶栽绒帽子，稍次的是带耳扇的棉帽，再下来是单帽……为什么要送帽子？我始终没搞明白。问老汉们，回答则千篇一律：

“崴老几辈人都这样送哩！”

就是说，送帽子是一种习俗。可任何习俗的产生都有它起初原始的动机呀！难道，上古时代山里人由于不戴帽子而遭受过灾祸？再也许，送帽子曾奇妙地送出过一个无限美好的新生活、新天地——哦，过去常讲乌纱帽乌纱帽，乌纱帽是一种尊严的标志，是生活富足、声名显赫的象征！山里人对乌纱帽的崇拜不亚于原始人对图腾的崇拜。听听他们起的名字吧：显科、登科、中科、进科、增科……无一不与乌纱帽有关！

很可能，送帽子就代表着这种良好的祝愿！

迎亲的队伍离着老远，乐队便高奏《东方红》。这是我组织起来的乐队，更准确地说是一个杂耍班子。两个吹唢呐的，两个拉板胡的。吹唢呐的两个人都各吹各的调，常常是你拖后他靠前，使旋律混乱不堪。但无论如何，他们俩还都会吹。在一阵实在不像话的混乱之后，其中一人必定能天才地附和着另一个人吹起来。而这两位拉板胡的就不同了，其中有一位是彻头彻尾的滥竽充数。只有张仁义是正宗的，是天经地义的主力。他摇头晃脑，闭着眼睛，整个身子乱扭乱动，完全陶醉在音乐里！——李长生惨死后，整整三天，张仁义都不说不笑，一到晚上，便独自坐在麦场上，噙着烟锅，望着远天远地出神儿！据二喜说，他好像还偷偷掉过几滴泪呢！不过这只有三天！三天之后，他又一切如初！并且又兴致勃勃哼起秦腔，拉起板胡来了！

我是这支"乐队"的总指挥。

本来，应当拉一些欢快热烈、颇具喜庆气氛的调子，可是乐队队员们没有人能胜任，因此只好拉《东方红》。就这，还是我专门训练了几天才成就的；就这，还常常你东我西，让人感受不出任何旋律。我往山外背公粮也没出过这么多汗，简直是声嘶力竭，连喊带骂。不过他们倒很听话。内行领导外行，在山里人看来，骂几句是应当的！

毛驴驮着新娘子到门口。两位"金童玉女"便从斗里抓出预先拌好的麸皮、谷草杆、核桃壳向新媳妇身上撒。一边撒，一边就有人唱：

一撒麸，二撒料，
三撒新媳妇下了轿。
一撒金，二撒银，
三撒新媳妇进了门。

新娘子下驴的时候，秋儿只顾高兴，竟忘了去抱，直到有人提醒，他才慌慌张张伸开双臂。他抱新娘子是横着抱的——完全像抱一条鱼。大伙儿哄笑起来。新娘子羞臊了，挣扎了几下，而这就更可笑："鱼"是活的！

那边小孩们便又唱：

新媳妇，好脚手，
走路好像风摆柳。
今年娶，明年抓①，
生了胖娃叫大大②……

新媳妇红了脸，低垂着头，低垂着眼。

那时不敢拜天地，很规规矩矩拜毛主席。司仪是三娃他爸。大概他太紧张了，喊了一声：

"一拜天——"

他又猛然停住，愣愣地摆手，叫；

"哎——哎哎，不对不对，一拜毛主席——"

于是秋儿和新媳妇扑在地上，磕头。

新媳妇磕头磕得很有分寸。而秋儿则不同，完全是一副急不可耐的架式，双膝跪下，"咚"地便碰了个响。那模样，似乎是犯了法，正苦苦哀求饶他一命。并且不等司仪喊，他就接二连三地磕！

① 抓——陕西关中地区把生孩子叫"抓娃"。
② 大大——爸爸。

大伙儿全笑起来。

拜完天地，婚礼进入皆大欢喜的阶段：吃席。

虽然山里人穷不堪言，但结婚杀一头猪则是必须的。几张破桌子拼成一长串儿，上面摆满了一碗一碗的大肥肉。肥肉上漂着一层油。如果在城里，我断然不敢问津；而在农村，我肚子里早就不剩一丝半点儿油水，所以和大伙儿一样抱住碗猛吃。这一吃，才发现里面说是一碗大肥肉，其实也就是面上摆放着几片。真正的内容是白菜叶子！

吃了肉，又上面。面条是几位帮灶的妇女手擀的，比机器压出来的还精细整齐。面条里除了几块肉臊子，几块红白萝卜丁，再就是辣子。

下乡几年，我已经习惯了吃辣子，不仅吃，而且吃出了水平，能分辨出辣子的好坏，能尝出辣子的品种。我这才发现，吃辣子确实是一种从物质到精神的享受。尤其在冬天，辣得你满头冒汗，连感冒都治了，何等舒畅！而你担心辣子呛住嗓子，必须专心致志地吃，小心翼翼地吃，这就把吃的精力高度集中，保证了消化系统绝无旁顾地为你服务！怪不得最高指示反复强调：不吃辣子，就当不了革命者！

酒席散摊，已是后半晌。老年人一边晒太阳，一边蹲在墙根抽烟聊天。年轻人则各自耳根上夹了香烟，像逢了什么喜事，一个个精神大振！

宝宝叫我说：

“走！老赵，闹房去！”

新房里已经挤满了人。二喜正起劲地叫：

“拿麦颗来！拿麦颗来！”

他弟弟全喜飞快抓来一把麦粒。

“数一下！数一下！”

全喜又很快数了数。

二喜将秋儿裤带解开，让他坐在炕沿，伸手把二十粒麦子朝他裤裆里放。秋儿却也不恼，只咧着大嘴笑，骂了一句：

“该吾儿！”

有人便在一旁问：

“硬了么？硬了么？”

二喜嘻嘻一笑：

“软着哩！和面条一样！”

大伙儿哄地笑了。

“拨几下！拨几下就硬咧！”谁出主意。

“咱不拨，让新媳妇拨！”

“你当新媳妇不敢拨么！新媳妇最爱拨。黑了偷偷拨！”

“你咋知道，怕有人拨过你哩！”

“问你爸去！你爸最亮清！”

放好了麦粒，二喜推新娘子：

“去，去。把麦颗全拾出来！”

“二十颗。一颗不得少！”

“少了重来！”

新娘子光笑，不去。二喜将她拦腰抱起，抱到秋儿跟前，抓住她手强往秋儿裤裆里按：

“赶紧拾，迟了来更馋火的哩！”

新娘子往外抽手，可是立即被无数双手死死按住。她便吃吃地笑。看来，这种闹房是天经地义，她并不觉得有什么过分和越格！

闹完秋儿，又反转来朝新娘子进攻。还是二十颗麦粒。新娘子仍不恼，吃吃地笑，却死死护着裤带不松。

“不数也行！”这一回是宝宝，“啊你自己说咋闹？”

“打秋千！”有人提议。

“打秋千不好！”有人反对。

“垒胡圾。”又有人提议。

“也不好！”又有人反对。

“揣奶头！”全喜冒了一句。

“对，揣奶头！”

“揣奶头揣奶头——”

二喜又是一马当先，把新媳妇朝炕上一按，伸手就从衣服底下塞进去，摸了一阵，又像刚才那样回头，嘻嘻一笑：“汎碌碌的，好很！”

大伙儿便又笑，又骂。

全喜急了，挤上前也要去摸，却被几个人拉下来：

“让老赵摸！让老赵摸！”

我吓了一跳，慌忙往门口退，但是马上被挡住。

“老赵是写字的手，一摸摸出来个秀才！”

“老赵摸过了，抓下娃都灵醒！”

“老赵摸老赵摸——”

“……”

七嘴八舌，竟空前地一致，似乎这中间确实存在着某种原始的迷信动机。连秋儿都咧着大嘴朝我笑，鼓励我说：

“啊老赵你就摸！二喜崴吾儿，算个啥虫？该你先摸——”

我的心扑腾腾跳起来，在这样的大庭广众下，竟伸手去摸一位姑娘的乳房。这简直……虽说这不是城市，这是山里，但无论如何——这算什么？太过分了！这简直是野蛮！是落后！是对人的一种侮辱……可是，可是我的心为什么跳？跳得那么凶！连脸上都烘烧起来，烧得好烫！哦，有一种说不清道不明的因素在怂恿我、鼓励我、引诱我，使我冲动。一想到女人身上那神秘的部位，我就热血沸腾！

只是我仍然本能地挣扎，却马上有更多的手来强制我。也许，我真正拼死挣扎，别人无论如何是不能够制服我的，但一种矛盾的心理使我进退维谷，使我的挣扎呈现出一种半推半就。而这短短的一霎那，二喜已经又是一马当先地抓住我手，硬往新媳妇怀里塞去。全喜和其他人则从背后死死抱住我，将我压在新媳妇身上。

我的手虽然在新媳妇怀里，却规矩得不敢乱动。

“摸着了！摸着了！”我说。

“不行！”二喜说，“没摸着！巧女，你说老赵摸着了没有？”

新媳妇却只是涨红着脸，吃吃地笑。

“看，看，我说没摸着吧！不摸不得行！”二喜又继续把我的手朝里推，我的手终于摸到一团隆起的、温软软的东西了。二喜说得一点儿不错，软乎乎的，像馍馍。和馍馍一样大，只是比馍馍温暖。它翘翘地挺在新媳妇胸前，手接触到它，有一股令人颤栗的神奇的激动。我的脑子里嗡嗡乱响，浑身的血液都朝头顶涌……

“摸着了没有？摸着了没有？”

新媳妇却还是不回答，只是吃吃地笑。笑得很羞涩，很乐。

四十四

我像喝醉了酒一样，晕晕乎乎地回到屋子。

四周已经漆黑了。门前那条小溪似乎在流，又似乎不在流。几只老鼠在屋顶窜过，窜得那么快，棚顶忽隆隆一阵响，抖下许多灰。只是，我顾不得这些！

手上似乎有一股万分新鲜的、奇异的感觉。我闭上眼睛，竭力回忆刚才的一切，回忆那种从未体验过的滋味。哦，我压在她身上时，觉得身下软绵绵的，像压在海绵床上——不，这真是胡联想！比海绵床可强多了！尤其是腹部和腿部，有一股暖烘烘的感觉。这感觉太好了！太有味道了！要是把我们两人的衣服都扒掉，那种热烘烘的感觉肯定会更强烈。强烈到什么程度呢？把人烧化？

我开始动脑筋联想了，想得热血沸腾！

我突然对原先一直信奉着的许多准则产生了怀疑。我一直认为：异性之间的关系建立在爱上。一个人如果不爱对方，那么所有对于对方所采取的、涉及那种内容的语言和行动便都是不能忍受的！正是基于这一点，我理解女人们为什么那样憎恶强奸！就我们男人来说，又何尝不是如此！一个我所不喜欢的女人，我就连任何想摸一下她手的念头都不会产生！

但今天，防线被突破了！

而一旦这道防线被突破，我突然惊奇地发现；男人和女人在这一点上是不尽相同的！今天那位新媳妇，我从来没有见过她，更谈不上喜欢，但我却跃跃欲试……一旦非分之想得以实现，我心里竟然产生着这么巨大的兴奋！这样不衰不竭的激动！我这才发现，尽管我从小生活在一个有严格家教的环境中，尽管我是年年榜上有名的三好学生，尽管我一再进行自我反省和自我道德完善……而实际上，我只是个凡夫俗子！和任何人都不存在本质上的区别！我也是个动物，有原始的动物本能！

煤油灯已经燃得差不多了。我干脆吹灭了它。屋里顿时漆黑。这漆黑使我脑子里呈现出一片虚空，使我怎么也回忆不出白天那激动人心的情景。我干脆爬起身，掂来煤油壶，灌满煤油，又剪了剪灯芯，于是整间屋子顿时亮堂堂的！

屋子很破旧，顶棚是席。土墙凹凸不平。墙壁本来是用报纸糊严的，但自从剩我一个之后，我就懒得收拾它了。于是，先是有几张报纸裂开了边角，继而垂头丧气地弯下身子，随后整页都飞下来。越飞越多，整个墙面像一个难看的癞痢头！

值得欣慰的是，我床头贴着的那张画还牢牢地屹立在原处。

这是一张典型的政治宣传画。是一群女战士正踮着脚尖跳芭蕾舞，女战士毫无例外地平端着一杆枪，似乎正朝前发射。而唯一的男性——党代表洪常青则提着一只驳壳枪，高举起一只手，像力举千钧，姿势潇洒得令人咋舌。我突然很眼红洪常青，这狗日的，身边围着那么多美人！

宣传画在墙上贴了足有半年多，上面落满了灰尘。但此刻，我却欣喜自己床头前竟有这样一张画，画上竟有这样多的女人。

我先从第一个女兵看起，细细揣摩她的脸蛋，她的脖颈，她的腰肢，她的臀部，她的修长的双腿，甚至那双由于支撑着全身重量而变形了的脚。当然，端详得最仔细的还是她的胸部。只是，她的胸部似乎并不隆起，像一块生硬的木板，这却使我倒胃口。于是又看第二位。第二位女兵正抬高一条腿，尽量朝后伸，仿佛后面有人在扯拽；同时仰起头，挺高胸，这一来，她胸部的轮廓便出来了……

我兴致勃勃地揣摩着，她衣服下面那一双隆起的东西不知是什么样的！大概，也像白面馍馍一样大小。比白面馍馍要柔和、暖和。反正……反正不会是块铁疙瘩。嗨，她做这个姿势可真妙！好像要专门突出那对东西和人比个高低！

我口里发干，使劲儿咽了一口唾沫。但是不行，还是忍不住。我干脆伸出手，想在那位女战士的胸前摸摸。

刚伸了一半，又缩回。

多亏她是在画上。要是她是个活人，她肯定要用手里端着的那杆枪崩了我！

好吧，我不摸。我只是看。用眼睛看总不犯法吧！

但是看来看去，那股恶劣的念头又涌上来。

他妈的，崩了我我也要摸！

我坚决之极也勇敢之极地下定决心，一伸手，在女战士胸前摸了一把。

画上太脏，我摸了一手灰。

四十五

第二天醒来，太阳已经明晃晃地照在窗棂上。这阳光净化着空气，也突然净化了我的杂念。想起昨晚上那些见不得人的、猥琐而卑下的举动，我简直无地自容。

张仁义正在吆喝出工。我匆匆洗把脸，就扛上镢头去参加整棱。

所谓整棱，就是用锄镢挖去山坡田地边沿的杂草。大伙儿把山坡田地边沿称作“棱”，棱角之意。这“棱”每年照例要长出许多杂草。为了不让这些杂草遮挡阳光，为了不让它们与麦苗、玉米苗争夺水分和养料，每年都要对它们进行一次清除。不过年年清除，它们却又年年长。

庄莲莲这些天一直不好好上工。自从山里只剩下我们两个知青后，她就一直没好好出工。她似乎一心要让我吃好睡好，把主要精力都用在为我做饭，为我洗衣服被褥上。

吉香她娘和她关系最好，总帮着她做各种家务活儿，有什么好吃的也总是端一碗来，不说给她吃，而说：

“驾，给老赵尝一下。”

为什么要说给我尝一下呢？

我总觉得这里面有点儿问题，但究竟是什么问题，却又一时理不清。后来，我才终于想到，她是把我作为“外面人”对待的。

在我们山里，结了婚的妇女统称“屋里人”。而丈夫则自然成了“外面人”——山里农民为某种事物取名字总是依据具体的生活现实。妇女常常在家，外出的事情都是男人们的。所以这种称呼有天然的合理性。

也就是说，她是把我当作庄莲莲的丈夫对待的！

这倒让我大吃一惊！

可是细想想，我又释然了。山里人没有城市人那么含蓄和精微，也没有城市里男女接触上存在着的那么多的清规戒律。他们只是亲眼看见我俩在一个锅里吃饭，在一起说话，在一起出山进山……总之，形影不离。于是，这些现象就归结成一个牢固的印象：这是一个家庭！

而这个家庭中的“丈夫”当然是我！

我即使拼上命，也解释不清。何况，解释这些又有什么意义。

太阳依然是那么温暖，照得人懒洋洋的。休息的时候，我照例跑到向阳的山坡上一躺，惬意地闭上眼睛。偶尔睁开，天空仍然是那么辽阔，使你产生无数神奇的遐想。而耳畔继续响着秦腔的旋律：

听说是叫孩儿自选姻眷，
不由奴一阵阵喜上眉尖。
儿选个才貌全人物好看，
哪怕他贫穷汉也是心愿。
……

这真美妙！可是距我的生活却太遥远。现在，我唯一的目标是招工出农村。能够挣工资，才能够自选姻缘。有权利进行选择，才能够瞅准谁好看……我要克制自己，不想这些无聊的事情。

天气暖和了，我要收拾一下屋子，要给自留地施肥，要把地窖里没吃完的萝卜起出来。我还要种些菜。往常，我们总是依循着山里人的习惯种些葱，再点些土豆。今年，我不想种这两样了。我想种黄瓜、西红柿、茄子……

身上突然一阵发凉，我睁开眼，原来太阳被云彩遮住了。

远山近水，绿树红花。坡下，一头老牛正慢吞吞地拉着磨转圈，而河边那轮水磨也依然在转动，转动得不慌不忙。它已经有半个多世纪的历史了，木轮上已经到处出现着斑驳的破朽，但它的神态却比它的躯体更显得成熟。这成熟是一种苍老，又是一种睿智；是一种迟滞，又是一种深沉……

我默默地看着它，看着，心里一片茫然。

太阳终于钻出云层，浑身上下很快又恢复了暖烘烘的。我再次安逸地闭上眼。

“喂——”谁在叫我。

我懒得应答，连头也没回。

“赵世平——”

是庄莲莲！

我连忙坐起，才一回头，就觉出了异样。哦，毕竟天气暖和了，她脱了棉袄。而这一脱棉袄，竟使她整个人都变得很陌生，很新鲜。她穿了一件浅碎花的单布褂子，由于上坡的关系，气喘吁吁的，浑身都冒着热气。经过一个冬天的“歇下”，她也和我一样精神良好，皮肤鲜嫩。哦，不是和我一样，是比我更娇艳，更光彩夺人！尤其是她身上那件褂子太小了，被她充盈丰实的躯体一撑，竟让人觉得……怪怪的！

“你看什么哪？”她奇怪地看看我，又看看自己身上。

我慌忙挪开目光。

“岳平来信了！”

来信了，很好！我现在唯一的消遣就是看信和写日记。尤其是看信，使我感觉到自己和外面那个活跃的世界本质上是融为一体的。

虽说已经当工人快两年了，岳平仍然没有忘记十二盘。他常常来信，并且过年过节不时寄些礼品给生产队里的几位骨干分子，叮嘱他们在我和庄莲莲的招工上多出些力。

我拆开信，看完了，却不知道这封信里说了些什么。

而庄莲莲却丝毫没有感觉到，仍然朝我凑来。

“岳平说什么？他说了些什么？”

她身上有一股我所陌生的汗息。哦，不能说陌生。那一回我睡在教室里，她为我挑刺，我就嗅到过这股汗息。只是那一回和这一回不同。那一回我累得要死，光想睡，而这一回，我睡不着。我精神好得很——可是，我胡想些什么？这真该死！

午饭是搅团。

打搅团是抓起一把又一把干玉米面朝开水锅里撒，然后月一根带杈的树棍用力搅。干玉米面撒下去很快就会结疙瘩，要搅开它们决非易事，并且越往后越难搅，又粘又稠的搅团像一堆具有无限拉力的弹簧，使你每转动一下都气喘吁吁。

只是搅团很好吃！

为了吃，我愿意出大力，流大汗。

庄莲莲饭量比我小得多。我正美滋滋地大吃呢，她却已经放下碗筷，搬了张小凳子到门口去淘麦子了，一边用笊篱捞麦颗，一边教小吉香和她弟弟绕口令：

天上一个棚，
地上一个盆。
棚碰盆，盆碰棚，
棚塌咧，盆打咧，

你说棚赔盆，还是盆赔棚。

小吉香和弟弟念了足有十遍，却总也念不顺，于是一阵一阵地笑。

这笑声突然使我感到安慰，感到明朗，感到我那些莫名其妙的想法是多么恶劣！

我习惯了友谊。友谊很美好，很纯洁！

我还不习惯比友谊更进一步的关系。在隐隐约约的感觉中，总觉得那里面包藏着些很肮脏、很令人难堪的东西！

吃完了饭，我很自觉地把案板上的碗筷一收，准备洗涮。

庄莲莲看见了：

“你放下，我来。”

“我来吧。”

“我来。你累了一上午了，歇歇。”

“我不累。”

“不累是假的。”她放下手中的笊篱，走过来把我手中的碗筷全部夺去，想了想，突然说：“要不然，你给咱点火，烧点儿热水。”

我往灶膛里塞了几根干柴，点上火，柴有些湿，直冒烟，我便忙拉风箱。

锅台很大，又隔着风箱，她得一只脚跨在风箱上，弯下身子刷锅和洗碗。

我一边拉风箱，一边看她洗碗。她和我每天都是这样配合着。除了刷锅洗碗，还有烙锅盔，蒸馒头，搅柿子，煮嫩玉米……

洗完了碗，大约她累了，放下那只踏在风箱盖上的脚，又换上另一只。她的身子原本是半正面对着我的，这一来却完全变成侧面。尤其是她那件碎花单布衫的下摆完全张开了，透过这张开的下摆，可以看见她腰上的皮带，一件粉红色的内衣紧紧束在皮带里。

粉红色的内衣！

要是我没有记错，那天那位新媳妇也穿了件粉红色的内衣！我情不自禁地朝那件粉红色的内衣转过眼去，但是马上又避开，同时心里狠狠责备自己。

这是怎么了？我怎么变成了这个样子？

但是内心总有一股强烈的冲动。只是——只是现在是大白天，一切都很明朗，很现实，很清醒。无论如何我不会向这种恶劣而低等的动物冲动投降的！我狠狠地用手在自己腿上掐了一把，直疼得浑身打颤，随后把眼睛转向别处，转得勇敢而坚决——可这样一来，倒显得我有点儿神经质！

我采取了一种折中的办法，眼睛不看那带颜色的衣服，而是像往常一样落在她身上。

但是我发现视线已经发生了一个巨大的变化。往常，我眼睛落在她身上，却是茫然的、走神的、视而不见。而今天，是怎么回事儿？我眼光停在她脖子上，发现她脖子很好看，皮肤很白，很光洁，引诱得我禁不住想上前看个仔细。我避开脖子，却又发现她腰很细，很柔韧，而腰以下的部位则很丰满，形成了一个用语言所难以描述的曲线。这曲线比脖子更吸引人……

我又慌又急，这真见了鬼！

实在没咒念，我干脆站起来：

“你先洗着，我去抱点儿柴来！”

一出屋门，我就打了自己两个嘴巴子。

四十六

我拼命干活儿，为的是排遣自己。

村子里男女关系一向很乱，我发现，这是由于生产力低下、生活水平低下，是由于一种半原始的生存环境所造成的。我学过历史，读过马列著作，懂得在原始社会中男女爱情是怎样一种情况，家庭的组合又是怎样一种情况。那完全是恋爱自由，但从今天的观点去看，不如说完全是交配自由！

而我们山里多多少少保留了祖先的传统。

只是，我认为自己是城市人，受过教育。城市已经进化到一夫一妻制家庭，已经进入到所谓“恋爱自由”的阶段。虽然这“自由”还得受家庭有无政治问题以及其他许多说不清道不明的因素的制约，但毕竟，高尚的相吸相引和个人倾向性的成分比山里多出了无数倍，并由此派生出来许多新的道德规范！

我不愿意做山里人！

我拼命干活儿。白天按时出工，一回也不落下。偶尔队里没活儿，我就掂斧子爬上高高的白杨树上削枝——自从进山砍柴碰见蛇以后，我就削树枝为柴。

我无比深刻地体会到：治民——不，不不。这种说法太文雅，应当改为：管理人民群众最简单也最有效的办法是：无休无止地派他干活儿，参加政治学习，召开各种讨论会、辩论会、批斗会。让他一天忙得晕头转向，斗得三昏六迷，干得精疲力尽。要知道，人的精力是客观存在，不让它发泄不可能。如果引导它去闹洞房，它就越闹越会闹，越闹越敢闹，越闹越想闹。但是如果引导它去干活儿，它也会不及旁骛，专心致志，使自己疲惫不堪，但最终获得了心灵的平静！

“心灵的平静”也应当换个词儿。时髦的词儿是“改造世界观”！

太阳很好，很暖和。蓝天很好，很清澈。你望着它们，由不得便想唱一唱或跳一跳。总之，想折腾折腾。

可我坚决不晒太阳，坚决不看蓝天，我一心一意磨斧子。

在山里，人们几乎随时离不开斧子。拾着颗核桃，用斧子砸开吃；碰着藤蔓挡路，用斧子劈断开路。“腰里别把斧子，不怕碰上豹子！”

磨斧子很有些讲究。斧刃不能抬得太陡，但又不能压得太平。不陡不平，一下一下用力。这边磨五十下，那边决不能磨一百下，要两边对称均匀。

李半瓜蹲在一边，流着涎水，嘻嘻地看我磨。

“半瓜。”我比划一下说，“你头这搭儿多长出一疙瘩，拿斧头砍了去！”

他神慌神怪地忙站起身，用两只手护牢头：

“啊——疼哩！”

“不疼。”

“疼。”他却很自信。

不用十分钟，斧子磨成了。我用手指在锋刃上轻轻一刮，手指上立刻现出一种麻酥酥的感觉。这是锋利无比的标志。

麦场上突然传来一阵哭喊。

原来是宝宝在打媳妇！

宝宝经常打媳妇。原因很简单，媳妇给他生了三个女儿。本来，宝宝媳妇人高马大，论力气和他对打一阵儿是不成问题的。可女人家没生下儿子，就天然低了一头，于是心甘情愿地挨几下骂。谁知人的欲望没个满足，宝宝骂得不解气了，又动手打，一打两打，在村里打出了名。

宝宝打媳妇是一种独特的打法：一手掂根擀面棍，一手揪牢媳妇头发，嘴里还不停地发表“宣言”。宣言全是革命化的：“叫！叫！你个野汉日下的婆娘，还叫苦叫累哩！日你个先人，睡了十来年，连个儿都抓不下，干劲都跑到了哪嗒？”

大伙儿全笑起来。宝宝便更加得意，打得更欢。他媳妇便嚎得更惨。

我赶到场的时候，宝宝媳妇一只脚赤着，头发乱得掩住了半张脸。宝宝的擀面棍没轻没重在她屁股、大腿、脊背上落，剩下的部位宝宝不打。他不傻，打残废了还得自己收拾。

“覅打咧！”宝宝媳妇在哀哀地哭，“我给你生男娃还不行嘛！”

“放屁！”宝宝威风凛凛地骂，“上回就说给我生男娃，生了半年多，连个影影都不见！你不生男娃，我让你重吃二遍苦！低头！低不低？——你说，计划啥时候产生革命后代？”

人越围越多，大伙儿都知道宝宝半是为打，半是炫耀，所以都笑着欣赏，没有一个动手劝的。

我连忙奔去。

看见我，宝宝举高的手猛然停住，笑笑，笑得很腼腆。

“吃了么，老赵？”他像没事似的。

“吃了。”我说，“宝宝，你别的不行，打老婆利索得很么！”

“不行不行。”他倒谦虚，转而又愤愤，“捶死她个驴日的都不解气！啥毬婆娘，断我香火哩！”

我觉得可笑。就这种穷日子，断了香火才好！生那么多干什么？也到世上来受罪？

宝宝媳妇还在哀哀地哭，一边拿眼睛看我，那意思很明白。我走上两步，将宝宝手里的擀面棍抢下来：

“覅打了，宝宝！”

“崴不行！”他威风不减，“得打！不吃苦上苦，哪得甜又甜。老赵，鸡不吃食不下蛋，人不动手闲毬转！”

“越打越不生男娃。”我说，“啊观音娘娘玉皇大帝都长着眼哩。善人生儿，恶人养女，再不得错。你见天打人，越打越不济！”

这一来他眨巴眨巴眼，老实了。想了想，怀疑地说：

“真喀嘛？”

“当然真的。”

他又想了想，扭身说：

“今儿看老赵面子，饶了你个国民党坏分子三青团——起来，喂猪去！”

宝宝媳妇忙不迭爬起就走。

麦场边的人一看散场了，也就各走各的。我和宝宝又闲说几句，也朝自己屋子走。

三娃他爸和二喜在麦垛边铡草。大概铡刀钝了，三娃他爸让二喜歇着，自己手提铡片找我来了；

“老赵，你崴磨石哩？”

我告诉他，就在门框后放着。他朝门框后走去，取出磨石，用小茶缸接了水，伸手蘸了蘸，往磨石上乱弹几下，跪下身子开始磨。上身一伏一弯，不停地咳嗽和痰喘，显得很吃力。

“好使么？”

“罢咧。

“我看你吃力很！”

“没事！”

我端张小板凳给他。

“不要。”他说，“坐下使不上力！”

看着他枯瘦的脸上满是汗珠，我实在有些不忍。想了想：

“我帮你磨。”

“你不会。”他头也不抬。

“不会学么！我正要学磨铡哩！”

他抬头看看我，同意了。

我接过铡刀，足有二十斤重。在一块不到三寸宽的磨石上磨，确实不容易。

磨了几下，铡刀乱晃。

“摆平！摆平！”三娃他爸说，“两手力用匀，随性子——对！磨——”

又磨了几下，基本要领我便掌握了。

真说起来，农活儿不难！

三娃他爸便掏出烟，点着吸，吸了一锅，在鞋帮上磕掉烟灰，又看看宝宝远去的背影，突然莫名其妙而又愤愤地骂了一句：

“日他娘哩，现时的政策不好！”

我吃了一惊，这老汉又要反动了！

“连娃都不让抓！做活出工图个毬哩！”

原来如此——

“你不是有儿女了么？”

“啊三娃还没哩！”

“谁说？三娃两个哩！”

“没带把把的。不算！”

我给他讲大道理：

“人口不能太多。人口太多了，地球就盛不下了！”

他坚决不信：

“多啥？一点儿也不多！你看咱这搭儿，方圆近百里，连个人影影都难见着！”

这真没治！他有他的眼光，他的思维，他的逻辑。而他不意识自己的思维和逻辑是狭隘的，片面的——可是，跟他辩论这些干什么，我又不是国家干部。

倒是他顶真起来，眨巴着眼想了半天，说：

“就算你老赵说的对。那——生下一个娃，政府枪毙一个人，不就抵账咧！”

这个想法比刚才的更可爱！

“枪毙谁去？”

“犯人。”

“没犯死罪哩？也毙？”

他没词儿了，呐呐的。又想想：

“啊就毙自家人。好比我添一口人，就把我毙了！反正我七老八十，也没几天活咧！”

“国家都照这么办，不就乱了？”

“乱啥？一点也不乱！”他生气地说，“多一个少一个，账上都有，咋得乱？又不是强迫命令，是自愿的——”

他说得很认真。这个老实而厚道的人一旦认真起来，就连脖子上的青筋都暴起老高。我不再理睬他，专心磨铡刀，心里闪过一丝儿感慨：幸亏他是个手里没权的草民百姓。假若让他当上国家领导，老百姓会过上怎样的日子呢？

四十七

中午，庄莲莲挎着一篮子野菜从地里回来。她先和了面，又抓了一把野菜去屋侧小溪边洗，我便点火拉风箱。

火才点着，就听见外面庄莲莲在说：

“哟，哪阵风把你们吹来了？”

“东风。”是一个男人的声音，像张宝成。自从上一回在铁路地区见到他和一群小孩玩弹子，已经有几个月没有他音讯了。

我急忙出门，果然是他。身后还跟着赵全亭。

一看见我的衣束，张宝成先叫起来：“怎么？你这是要饭去？”

他又用指头点戳着，嘻嘻一笑：

“要我说，怀疑你家里有政治问题一点儿都不亏！看看，穿这身衣服，专门给咱幸福美满的社会主义抹黑！给咱勤劳勇敢的劳动人民丢人——”

不等我开口，他往门槛上一坐，声明道：“断顿了。来你这儿混两天！”又说，“我去公社打听招工，刚好碰上他，就把他拽来了——人家还死活不来，说以后招工得凭工分——”

“就是要凭工分嘛!”赵全亭说,“我亲耳听公社齐主任说的——”

“人的命，天来定!”张宝成说，“别看你干活儿比我好，别看参军把我刷了，说不定下一回我还在你头里出去!”

“那倒是。”赵全亭表示同意。

“人呀，全凭运气!”张宝成继续发挥，“说起来你们肯定不信。土改时候，让我爸报成分。他嫌贫农丢人，就报了个富农。土改工作队怀疑，我爸就到处找证人，说我家有多少亩地，雇了多少长工短工，说得天花乱坠。谁知道那几个证人不干，说真正的富农是他们，我爸根本不沾边儿——当时我爸还气得不行。谁知道过了几年，一看世事，这贫农还真是好!多亏没吹成!”

我们笑起来。

“哎，女当家，别光笑。今天中午给我们吃点儿啥?”

“你说吃啥吧!”庄莲莲还在吃吃地直捂嘴。

“擀点儿面，最好能来点儿肉臊子。”

“想得美!哪儿来肉?”

“你想想办法嘛!快半年没沾油星了，馋得见老鼠都想剥皮吃——”

庄莲莲想了一下:

“昨天秋儿倒是打了一只野猪。就是肉太粗，还带点儿草腥气……”

“吃!吃!”张宝成连忙表态，“现在我除了人肉不吃，啥都吃!”

庄莲莲于是去秋儿家割肉。

她前脚才走，张宝成就朝我挤挤眼，又努努嘴:

“咋样?挂上了吧?”

“别胡说！”

“好，不胡说不胡说，咱老赵是正经人。在学校时候就特别正经。”他半开玩笑半认真地说，“不过一男一女伙着过，我就不信不贴个脸儿——”

说着，他习惯地伸手掏烟，烟却没有了。我拉开抽屉，抽屉里还有一盒招待烟。待我拿起来，觉得很轻，手一捏，竟是空的！

一听没烟，张宝成顿时急得抓耳挠腮，东瞅西望地乱打主意。他走出屋子——麦场上，三娃他爸早已收工走了，只有北角边上一盘石磨在隆隆转动，张仁义正在打磨。

张宝成盘算一下，有了主意，直奔过去。

张仁义嘴里叼着一根长长的烟锅，右手拿着一根小柳枝，监视着那头被称作“奸驴”的老黄牛。隔不几分钟，他便猛抽一下，老黄牛陡然一惊，迈开腿猛跑。磨盘便“呼隆隆”增大了声响。但过不了多久，它就又试探地放慢步子，懒懒散散地磨洋工。张仁义毫不留情，“啪”地又是一下——

乖艳蹲在一边筛箩。自从李长生死后，足足有半年多我都没见过她。据说她一直病着，病得很厉害。有人说是肝炎，也有人说是精神受了刺激。直到春节以后，她才出现。她一出现，竟把大伙儿全吓了一跳。好端端的一个人怎么就全变了模样呢？过去，她虽说浪里浪荡地不收拾，但却容光焕发，充满活力。而现在，她脚步蹒跚，脸色惨白，像风一吹就会倒。更令人诧异的是，她的头上竟出现了白发，眼眉旁竟出现了皱纹！一个不到三十岁的女人，却像一盏快熬干了油的灯！

现在，她再也不和人胡调了。她也失去了胡调的本钱——据说她皈依了宗教，整天烧香拜佛，还嚷嚷着要去太白敬神。正是如火如荼闹革命的年代，宗教迷信是容不得存在的。不过谁也知道她性子倔，认准了的事就一定要做，否则宁可投井。于是，大伙儿便睁一只眼睛闭一只眼睛。

病愈后出来的第一天，她到我们知青点来了一趟，是来找庄莲莲借白纸和钢笔的。我们问了半天，始终搞不清她拿白纸是想干什么。我和庄莲莲都不敢提“李长生”三个字，倒是她先提。

“长生死了半年了。”她说，口气淡淡的，像说一件与己无关的事。

“是啊，半年了！”我们慌忙接茬。

“他就死在你屋子里的。”

“对，当时只有我们三个——”

接下来无话，她怔怔地站了一会儿。

“时间好快！”

“是快！快极了！”

“像做了一个梦。”

“可不——一个梦。”

又无话了。她接过白纸，走了。我原以为她会难过一下，会流几滴泪水，但是没有！什么都没有！

再以后又见过她几次，每次都是淡淡地说几句话，淡淡地一笑就过去了。她变得无话。越无话就越不会说，越不说嘴似乎就越拙！

张宝成凑到张仁义跟前，笑嘻嘻地：

“喂，乡党，把你崴旱烟借给咱试火下！”

张仁义连忙站起，把烟锅取下，用手使劲儿擦擦烟嘴。递给他。

张宝成不歇气地抽完一锅，张仁义马上热情地为他装上第二锅。他也不推辞，抓过又吸，又就势一蹲，聊起天来。

“磨几茬了？”

“才头茬。”

“那你得磨到后晌去。”

“啊么咳！”张仁义表示同意，转身又骂牛，“崴野汉日下的，死活不动弹么！”

“你姓啥？”

“张仁义。”

张宝成想了一下，猛然醒悟：

“得是你爱拉板胡？”

张仁义“嘿嘿”笑了两声。

“我知道你。赵世平常说起你——”

张仁义便又“嘿嘿”地笑，又远远地瞅瞅我，满怀着深情：

“啊老赵是好人咯！为人厚道，和谁也不闹气。毛主席说：好人坏人，一看五官就全亮清——”

张宝成笑起来。他听我介绍过这位热心为毛主席编撰“语录”的积极分子。

张宝成一气抽了三锅，这才过足了瘾。站起来，转脸看见乖艳在一边筛面。那箩很涩，不下面。他顺口说：

“这箩不行，得换一下。”

乖艳笑笑，连头也没抬。

“得是没有？赵世平屋里有哩！”

乖艳还是笑笑。

“我去给你拿来——”

乖艳却还是笑笑，笑得毫无生气，把张宝成弄得很惊骇。

四十八

吃完饭，我们三个聊天，又挤在炕上打牌。打了一个多钟头，觉得没啥意思。张宝成的烟瘾却又犯了。只是这期间他已连着去抽了张仁义几回烟，实在不好意思再去，于是和刚来时一样，东瞅西望的——

他的眼光突然定位。

墙上挂着一杆长烟锅。这是张立明留下的。张立明烟瘾也很大，开始他抽两角八一包的海河烟，后来又改抽一角四一包的羊群烟，再后来是八分钱一包的经济烟。有一回，连八分钱一包的经济烟也买不起，只好向三娃他爸要来这杆长烟锅。

张宝成的眼光在长烟锅上定了半天，突然上前摘下，用手抹抹烟嘴上的灰，又在鞋底上磕打。

张仁义仍然手持柳条，一刻不闲地监视着“奸驴”，不时抽打一下，又用小炊帚扫碾盘，把簸箕里的麦子倒进斗眼。一切忙完，他便忙中偷闲地蹲下，抽烟。

张宝成在烟锅里装了几丝晒干的白菜叶，一手把烟锅堵得严严的，给人的感觉是烟锅里装满了烟叶，手一松便会落漏，他不慌不忙地朝张仁义走去：

“现在几茬了？”

“你看哩？”

张宝成便用三根指头撮起一撮麸子，捏了捏：

“三茬。”

张仁义满怀着赞赏：

“你好眼力！”

“啊村里该安个电磨。”张宝成说。

“没钱么！”

“用不了几个钱。”

“连一个也拿不出，还说几个哩！”

张宝成便蹲下来：

“大家凑么。一人一块，十人就是十块，——哎，对个火！”

张仁义便把刚吸着的烟锅凑过去，两个烟锅合扣在一起。

才扣严实，张宝成便没命地吸。

“着了么？”张仁义问。

张宝成顾不上回答，只管吸。

“着了么？”张仁义又问。这么长时间还对不着火，使他纳闷。他干脆对着自己的烟嘴吹气。

这正合张宝成的意！

一锅烟终于燃完，张宝成的火也终于“对”着了。他站起身子，舒服地吐出最后一口烟气。

张仁义说：

“你崴烟叶不好。怕是潮狠了，得晒晒——”

晚上，我们灭了煤油灯，挤在一条被窝里聊天。

月亮已经从山背后升起来，明灿灿地。几只迟归的鸟雀扑扇着翅膀从窗前飞过。窗户很小，是由许多四方小格块组成的。没有玻璃，只是用图钉钉上了一层白塑料薄膜。月光透过薄膜，光线减弱了许多，但仍然可以分辨出屋里大致的轮廓。

张宝成突然叹了一口气，第一次用认认真真的口气说：

“我看你日子过得也够凄凉的！”

“你不是一样么？”

他没有吭气。

沉默了一会儿。

“算了算了，”我说，“垂头丧气干什么？讲点儿别的——汤晨虹最近怎么样？”

张宝成的身子猛然抖了一下。赵全亭急忙扯我衣角。

四十九

混了三天，赵全亭死活要回去。张宝成拗不过他，只好同意。正好公社通知庄莲莲出山开会，于是我们四人就伴儿走。

庄莲莲是参加公社团代会。公社指定：山区必须由一名女代表参加，并且必须是知青。队里便理所当然地派了她。

其实，不指定派知青，也仍然是她。说来可怜，我们村子里名义上有一个团支部，却连团支部书记是谁都说不清。

从我们这儿出山，可以有无数条路。但最近的是两条，一条是翻过十二盘坡，顺着五盘梁走孙李沟出山；另一条是顺着伐鱼河朝西绕一下，然后垂直向北，经钓鱼台出山。

天已经热了。我们顺水走。

伐鱼河顺着山势变化。忽儿河床开阔，水流便舒缓柔顺；忽儿两山夹峙，水流又奔腾湍急。有时它深沉地聚成一汪深潭，黑幽幽得望不见底；有时它又调皮地从山顶飞流直下，悬起一道白色的瀑布……

正走着，赵全亭突然停住脚，说：

“快看！那是什么？”

我还没弄明白是怎么回事，他又说：

“会不会是豺？”

所谓豺，是一种像狗的动物。这种动物敏捷无比，据说专掏牛、马、甚至豹子等大动物的肠子吃。用当地农民的话说：“多亏山里头有豺哩！不是豺，沟岔岔里现时只怕满是豹子！”

我看了看，是一头类似野羊的动物，正在河对面的一块岩石下吃草。大约它也同时发现了我们，机灵地昂起头，眼皮不眨地注视着。与野羊不同的是，它头上没有角。再看看，它头不大，脸却很长，耳朵有几分像兔子，身上呈现着灰褐色。整个形象给人的感觉不狰狞。反倒很有几分温和。

“不是豺！豺应当比这凶！”我说。

“那是啥？”

“可能是林麝！”

林麝的肉我吃过，却从来没有见到过活的。这种动物同样十分机敏，但性情柔顺，从不伤害其他动物。雄性林麝身上有香囊。香囊中贮藏的分泌物，就是中药材里挺名贵的麝香。

我把我知道的讲给赵全亭。

赵全亭点头，说：

“你懂的还真不少嘛！”

其实，我懂的并不多。之所以知道一些，要归功于把我分配到这样一个偏僻闭塞的深山区。在深山区生活，需要经常与一些奇奇怪怪的动物和植物打交道，于是就不由自主地被环境强迫着你、改造着你、熏陶着你。现在，别的我不敢吹牛，但漫山遍野的树我差不多都能叫出名字，再就是知道山里什么东西可以吃，什么东西不能吃。反正，让我空着手在山里待一半个月，我决不会饿死。再者，我知道了许多动物的趣事。比如大熊猫，它模样虽然可爱，性格却十分孤僻，而且繁殖能力极低。它的视觉、听觉、嗅觉都比较迟钝，一遇危险，自卫的方法是两手抱头，全身缩成一个圆球，从山坡上骨碌骨碌朝下滚，之后迅速往密林逃窜。而金丝猴就更有趣，它们竟像林黛玉一样多愁善感。若有一只患了病，其余的便会围在患者身旁，愁眉苦脸，两眼泪汪汪……

张宝成一直走在最前面。走得很单调，很乏味。他突然捏起嗓子，头一扬，对着空旷的沟谷怪声怪气地唱：

我大我妈爱银钱，
把我卖在老上川。
老上川我不嫌。
单怕他驴日的抽洋烟……

我们哄地笑起来。连庄莲莲也羞红了脸，捂住嘴吃吃地笑。

他唱的是信天游。在我们这里，什么怪玩意儿全有。甘肃人逃荒流落过来，带来了“花儿”；陕北人则带来了“信天游”。下乡几年，这些怪东西我们好歹都能来几句。

“下面该庄莲莲接——”张宝成说，朝我挤挤眼。因为下面又有一句野话。

庄莲莲却死活不唱。

路很难走。不少地方根本无路，只好搭桥。这些小桥搭建得很原始，硬是在岩石上凿出眼，钉入木桩，再在木桩上铺搭木板。完全是古栈道的建造翻版。最险峻的地段，连栈道也搭不成，只好在斜面的岩石上凿出脚窝子，行人们匍匐着身子，双手扶着岩壁，双脚踩着脚窝子，一步一步往前挪……

爬坡，又下坡。走了一个多钟头，就看见伐鱼河冲闯进另一条深谷。这条谷两旁山势奇陡，随处可见千仞绝壁。

“知道这叫什么谷吗？”我问张宝成。

“当然知道。”

“说说看。”

“伐鱼河谷嘛。”

“这是现在的称呼，我问你古时候叫什么？”

他惊奇了。

“‘箕谷。’”我说，“知道‘箕谷’吗？”

他摇头。

“知道“失街亭”吧？”

他又摇头。

我告诉他，魏明帝太和二年春天，诸葛亮扬言兵出斜谷打眉县，派赵云和邓芝在斜谷西侧的一条深谷中伏下疑兵，每天摇旗鸣金，迷惑魏军，却暗地里却发兵偷袭天水，致使“关中大震’。后来，魏明帝曹睿亲自坐镇长安，派司马懿率军从千阳、陇县一带兼程西援，出陇关后在甘肃秦安县击败马谡，这就是历史上有名的“失街亭”。那次战争，蜀军伤亡不小。唯独赵云和邓芝的部队不伤一兵一卒，安然有序地撤回汉中，受到诸葛亮的赞赏。而赵云和邓芝的伏兵就是埋伏在我们脚下这条伐鱼沟里！

“你怎么知道？”张宝成不信。

我告诉他，刚下乡时，这里的老百姓就常讲这件事，并且至今也还有称之为“箕谷’的。另外，县文化馆的同志下乡时，我专门问过，证实了这一点。

张宝成还是不相信，左看看右看看，说：“赵云是怎么把军马摆开的？这么狭窄的沟？”又说：“谁知道赵云是真人还是假的！说不定是哪个说书的瞎编！”

出了山，庄莲莲到公社报到，赵全亭回队挣工分，我和张宝成便准备到其他知青点上混。商量好了，从梁家台开始，一个队一个队地混。混够五天，庄莲莲的会也就开完了，我再陪她一起回山。

庄莲莲却不愿意让我去混，说：

“你就在公社住着，哪儿也别去。开饭时候我叫你——”

张宝成嘻嘻一笑。“那我呢？”

“你也去。多两个人少两个人一样。我多买点儿饭票就是了。”

张宝成却认真了，说：

“别！谁要去谁去！我可不去。我见了那些狗屁积极分子就来气！”

我表示还是和张宝成一道混去。

庄莲莲没办法，只好同意。只是临分手时，她叮咛我一句：

“你要是没事，就到公社来找我。我也不想开会，咱们一块儿去赶集。”

我答应了。

走了几步，她却又叫住我，不放心地：

“十八号早上咱们一块儿回山，可别忘了啊！”

张宝成不怀好意地在一边笑，又扬起脖子唱：

青杨柳树长了高。
你看哥哥哪搭儿好？

又朝赵全亭挤眼：“该你了！你来！”

赵全亭却死活不开门，只是笑。

张宝成没办法，自己接着唱：

驴子备起拉上走，
妹子哭得泪长流。
一把撴住马梁叉。
水格灵灵的妹子你咋撂得下……

“坏蛋！”庄莲莲羞红了脸，跺着脚喊。

五十

当天晚上，我和张宝成又到赵全亭队上歇宿。

第二天一早，天刚刚亮，赵全亭就准时出工去了。我和张宝成一直睡到日上三竿，睡得骨软筋酥，躺在炕上简直像上刑，这才起身。

脸也不洗，把锅里的剩饭热了吃。之后张宝成卷根烟抽，我便在院子里转。

转了半天，甚觉无聊。看见院角有一堆没劈的柴，便抓过斧头猛劈。劈完了，又找活儿，却没有了。于是走出院门，满林子乱看。

一堵破墙，一棵拐枣树，一头老牛……这是一个再普通不过的村子。在关中平原每一条延伸进秦岭的沟岔里，你都可以看到一个几乎与它一模一样的村子。村子中间是一条沟溪，溪水时断时续，完全是“靠天吃饭”。沿沟溪两侧，星星点点地散布着房子。这些房子中有大半是厦子房，又称“棺材房”。有一首民谣说：“陕西十大怪：烙饼像锅盖，擀面像腰带，房子一面盖……”这种一面盖的房子就指的它。形状确实酷似棺材！

除此之外，沿山脚下有一排排整齐的窑洞。按说，秦岭是一座石山，根本无法打窑洞。但是谁也想不到的是，当它的触角伸展到渭河岸边时，石头却全变成了黄土，并且是一种黏性极强的、埋层很厚的黄土，于是人类穴居时代便采用的居住方法，在这里至今兴盛不衰！

我曾和不少知青议论过：究竟是什么原因，形成了秦岭山脚这些黄土构造地型。据我所知，秦岭山朝西、朝南、朝东都没有这种黄土构造层，唯独朝北才有。令人惊讶的是，从秦岭山脚越过不到十里宽的渭河河谷，就是浩瀚的黄土高原。也许，渭河是秦岭和黄土高原的媒介。在秦岭和黄土高原之间，很可能存在着某种鲜为人知的、神奇而悠远的“血缘”。

村东破旧的路旁，矗着一块已经相当残破的碑。我辨认了半天，才认清了上面的字：

今浪荡之子，懒惰之徒，不务本业，专赌博事务，引诱良家子弟，设机暗害，夜集晓散，盗贼渐起。偷割麦区，剪伐树木，甚而越墙入室，窃财致富，以致家私赌尽，老幼失养，寡廉鲜耻，靡所不为。此风不禁，何以清地方而正风化乎？于是，而树公议，严禁赌博。违者罚大戏一台，又罚打荆条一百。

原来是禁赌的碑！

我想起来，早在下乡之初，我就听说这个村子里的民风很好，几乎可以做到夜不闭户，路不拾遗。而究其原因，都说是这里乡规民约制定得好，执行得严。但令我不解的是，自“文化大革命”开始以来，红卫兵的铁拳无处不砸。连钓鱼台旁的姜子牙庙和五丈原上的诸葛亮庙都难逃厄运，而这座碑为何得以保存下来？

一间很大的房子里正传出轰轰的响声，进去看，才知道是电磨在转。

他们村里有电！

我们山里没有电。磨面全是用最古老、最原始的办法，村里一共两架磨：一架旱磨，一架水磨。旱磨用牛拉，水磨则是利用山水冲击叶轮，带动磨盘。而无论旱磨还是水磨，效率都很低。尤其是夏天山水减少，水磨转不动，吃面便成了难而又难的问题。由于这些原因，村子里形成了不成文的规矩：磨面要预先排队。

问题还不仅仅于此。冬天打水磨也照样得赤着脚。磨台全是木质的，不能笼火。常常是没打完二斗玉米，脚就冻肿……

如果我们那儿有电磨，庄莲莲就不会受那么多苦了！

一想起庄莲莲，我才猛然觉出，从昨天下午分手直到现在，我心里一直灰灰的提不起精神。这又是为什么呢?

看样子，生活真是一条有力的绳子，把我们牢牢绑在一起了!

这儿和山里一样，家家户户门口抹出一片空白，算是语录牌。从东往西数，头一家的语录牌上写着：

兵是精兵，武器是好武器。

这真莫名其妙!

而第二家的语录牌更怪：

你们都是好同志，就是文化低一些。

我顿时兴趣大发，沿家挨门看，边看边忍不住笑。笑毕，又释然。无论如何。这儿还算农村中的文化发达区呢。比起我们山里的语录牌，这还算不得精彩!拿张仁义来说吧，他是生产队长，门口的最高指示是：

当一天和尚撞一天钟。

而二喜家的语录牌则简洁明了，一共只有两个字。是伟大领袖的批示：

照办。

走了大半个村子，看语录的兴趣淡了，我不由得又想起庄莲莲，她正在干啥呢？开会！那种会有什么开头！千篇一律，千人一面。请示、汇报、集体跳“忠”字舞，然后一排排坐好，听某个人讲话。讲话还是语录。语录连着语录。看谁连得多，看谁连得妙——

“老赵。”张宝成不知什么时候跟来了，嘻嘻地指着我，“胡窜啥呢？是不是侦察地形，想晚上杀害党支书？”

我笑了笑，没说话。

“咋样，呆得没味儿了吧？”他又嬉笑着问。

“什么没味儿？”

“装傻！”他说，“想你‘家’那口子了吧？”

“胡说！”

“又正经了！又正经了！”他还是嬉皮赖脸地，“你是咋回事儿？脸说正经就能正经起来。让人一看还是真正经了”

“别耍贫了。五天呢，咱们总不能就这么混吧？”

“那你说，咋混？——要不，咱俩回宝鸡！”

“我不干。”

“那——钓鸡吃？”

钓鸡是他的发明。鱼钓上挂颗包谷粒。鸡啄食，顺势一牵，鸡连一声儿也叫不出，稳稳就被逮住。

这更不能干！

他没了办法，想了想：

“逛集去，这行吧？”

我们一起到了集市。这儿离公社很近，我心里琢磨着，或许庄莲莲开会开烦了，溜出来能碰上，所以一边逛，一边眼睛朝四下看。

集市上很热闹，人流熙攘，临街的一个大喇叭里，胡传魁正得意洋洋地在唱：

想当初老子的队伍才开张，
拢共才有十几个人，七八条枪。
遇皇军追得我晕头转向，
多亏了阿庆嫂，她叫我水缸里面把身藏。
……骗走了东洋兵，我才躲过大难一场。
似这样救命之恩终身不忘……

紧接着，是阿庆嫂和刁德一斗嘴。絮絮叨叨，没完没了。

张宝成不知想起什么来，突然对我说。

"哎，我怎么总觉着阿庆嫂这家伙不地道！"

我吃了一惊，忙看看四周。这不是在我们山里，不能随随便便就发议论的。

他却满不在乎，还是高喉咙大嗓：

"长了一副薄嘴唇，走起路来水蛇腰，一天到晚像个长舌妇。说东道西。而且不讲良心！"

我忙点头，一方面附和了他。让他不要再说了；另一方面我确实和他有同感。看了京剧样板戏《沙家浜》，不知怎么搞的，我对胡传魁印象最好。这个人虽然粗笨，但讲义气，比较厚道，倒是阿庆嫂不仁不义的。阶级觉悟没的说，其他则谈不上。尤其是结尾。当她双手叉腰，威风凛凛地把一直不忘报她大恩的胡司令逮起来时，总让人觉得有点儿那个！

前边是戏楼，戏楼四面透风，陈设很简单。据说过去每逢集市，总有戏班子的人来这里唱几句。自从文化一“革命”，就再也没有人敢来了。戏楼上很快布满了灰尘，本来质量就不高的雕梁画栋迅速沦落。孙李沟一位老高三的知青曾经非常经典地为它做出了八个字的概括：日见残败，逐年色衰。

张宝成用一只手遮着阳光，左看右看，半天，问我：

“你看那上面是什么字？”

果然，戏楼两侧各有一行字，像是对联。只是年深日久，漆色剥脱，有些难辨认。

看了半天，左边这行字终于被认出来了：

脚色莫说不高，挽牵在幕中，教动左脚，何敢转右脚。

又看右边，也全部认出来：

人才休嫌太小，抬举出台上，无谓今人，必难及古人。

品了品，觉得挺有滋味。看样子，这个戏台子以前常演皮影戏的。

又看了一会儿，转过头，突然一怔，小商店门前，有一位女知青正和一个穿了身旧军装的男人往里走。

是杨晨虹！

她和那个男人靠得很紧，说说笑笑的，好亲热！

我忙转头看张宝成，他毫无所觉，正蹲在地上和一个卖老鼠药的老汉聊天，聊得很起劲。

那个年轻男人是谁？是县计委主任的儿子么？抑或，她又另寻了新欢？反正，不管怎么说，这尴尬的场面最好别让张宝成看见。

我眼睛紧张地盯着小商店。足足有十多分钟，杨晨虹和那个年轻男人才出来。我总算看清了，那男的个子不高，脸挺胖的，好像并不难看。不过那略微有些肿泡的眼睛里放射出来的光，总让我感到不舒服。

杨晨虹看见我了，随后看见了张宝成。一霎那间，她神色变得慌乱，愣了一下，和那个年轻男人折身朝长途汽车站方向走。走得很快，一会儿工夫，就不见了影子。

快中午的时候，我逛累了，蹲在一个茶水摊前喝水。张宝成突然说：

"看谁来了？"

我忙扭头。是庄莲莲！她老远就看见我们，高兴得张着手，像是招呼，又像是飞扑。跑到跟前，连汗也不擦，说：

"多亏我出来了！真巧！我一边开会，一边心里想，快中午了，你俩会不会没地方去，说不定在集上转呢——这不，真猜对了！"又问，"吃饭了没有？没有吧？"

"没有。"我们老老实实承认。

"那走。跟我到公社去吃。"

我有些犹豫。但是张宝成已经十分痛快地迈步了。我只好跟上。

进了公社大院，几十位代表正熙熙攘攘地从会议室涌出来，取了饭碗，一边用筷子敲打着，一边在灶上排队，看见我们，顿时齐刷刷地投来目光。尤其是看见庄莲莲忙前忙后地招呼我们，就更好奇。

我很不自在。看看张宝成，倒旁若无人地吹起口哨来了，吹的是："敬爱的毛主席，我们心中的红太阳……"

庄莲莲很快跑到那堆代表中间借碗筷去了。我看见她和一个挺潇洒的小伙子说着什么，一边情不自禁地笑起来。那小伙子递给她两只碗，又继续说什么，继续笑。

一分钟、两分钟……

足有三分钟了，她还在说话。

好不容易，她转身朝我们来，那个小伙子却又想起什么，叫："喂——"

我突然隐隐约约有一丝儿恼火。这恼火以极迅速的速度朝上升，竟使我恨不得上去踢这小伙子一脚——喂你娘个屁！看那个轻佻样儿！

但这又是为什么呢？我干嘛对他这么不友好？他什么地方惹着我了？……这些天，我脾气很大，动不动就发火，有点儿神经质。

五十一

五天终于混过去了。

但是团代会又延长了时间。

本来，中午饭前会议完全可以结束。谁知公社革委会周主任恰从县上开会回来。不回来没事，一回来照例要请他讲讲话的。这位主任是"快速记忆"专家。报纸文件上那些最新的提法，最时髦的名词，从来都是过目不忘，反过来又能滔滔不绝地兜售。这一兜售不要紧，中午十二点以前才讲了一半，下午便又接着讲。

我在公社门外闲蹓跶，一会儿看戴着红袖标的人满街围赶卖鸡蛋的妇女；一会儿看两头驴正在发情。最后实在没趣，便数我面前走过去了多少人。这些人中又有多少男人，多少女人。一则以此来判断男女在这个地球上是否比例平衡，二则察看他们或她们的衣服有多少种区别。

结论是：男多女少。

而衣服是三色。蓝色、黑色、草绿色。

庄莲莲几次溜出会场，对我说：

“快了快了，再等一会儿。”

可时间一点儿一点儿过去，却仍然没完。我实在忍不住了：

“你老说快完了，怎么还没完？”

她挺尴尬地说：

“明明是说到结尾了，都喊口号了嘛！也不知他怎么一拐，又从头扯另一件事。”

这真他妈的！

直到四点半，她才终于满脸流汗地跑出来，兴奋得脸都红了，说：

“完了完了！总算完了！走吧——”

在商店里我们买了两条肥皂，一盒牙膏，又称了一斤白糖，这才急急忙忙回山。

回去得晚了，要赶夜路。我们不敢走伐鱼河谷，是从孙李沟入山的。

……天晴得很好。太阳很撩人，麦子已经有膝弯高了，到处散发出一股新鲜而潮润的气息。路边野花很多，红黄蓝白，开成一团，远远望去，像一片片好看的云块。不时有蜜蜂嗡嗡飞过，再就是各种颜色的蝴蝶在上下翻飞……

但是才登上第一座山坡，太阳的光线便明显地变弱。极远处的黄土高原上空已经现出一种灰蒙蒙的颜色。这是天要变阴的征兆！

我们加快了脚步。

灰蒙蒙的云层很快追上我们，又很快遮严了天空。只是它不是像平素我们看到的那种不停翻滚的、形态狰狞的乌云，而是很均匀地分布着。这种像灰粉一样漫天遮弥的乌云不带雨，可以让我们放心赶路。唯一让人不舒服的是，在这种灰蒙蒙的天气中走长路，让人心里很压抑……

“开会讲些啥？”我问庄莲莲。

“斗私批修。”

“还有呢？”

“选新的团委会。”

“选上谁了？”

‘好多。一共十七个委员呢！”

“你呢？”

她有些担心地看我一眼，岔开说：

“其实还不是瞎选。一个大队一个。跟不选一样！”

我明白她的意思。她知道我平常最看不起那些女党员、女干部……可是，这和她有什么关系！

我很认真地说：

“当委员比不当好。我希望你当。”

“为什么？”

“说不定对招工有好处。”

“我从来没想这些。”

“那是因为你肯定能出去。”

“你放心，赵世平，我肯定在你后边出去！”

我笑了笑。

“你不信？”

我还是笑笑。

“咱俩打赌。要是我先出去了，你怎么都行。要是你先出去了呢？怎么办？”

“你说。”

“叫我声姐！”

“这算什么赌？我现在就叫。”

“那算了，叫我声……嗯……”她却不说了，想起什么，吃吃地笑。

……走到关尔下，天已经黑下来，像有一只看不见的大手轻轻在我们头顶濡染，光线悄无声息地变得暗淡。先还能够看清山体和树木的轮廓。很快，轮廓也消失了！消失得干净彻底！

真黑呀！黑得伸手不见五指。在城市里住着的人，永远体会不到山里的黑夜是什么样子，尤其是在没有月亮、没有星星的阴天。世界上一切可以借来的余光也都没有了。世界成了一片用墨汁涂抹的茫茫虚空。假若用巴掌遮严自己的眼睛，再松开朝四处张望，你会发现遮严和放开没有什么区别……

只是山林中所有动物和生物的活动并没有消失。野狐在对面沟里一声接一声地怪嚎，风吹着树叶，发出淅淅沥沥的响动。而各条沟谷中的溪水仍然不知疲倦地流淌着，弹奏出琮琮的音乐……

现在，我们只能凭着感觉赶路。这条路我们走过不下上百次了。哪儿是上坡，哪儿该下坡，哪儿需绕弯，哪儿须直行，全都清清楚楚。除此之外，小路两旁满是野花野草，只要脚稍微触到它们，我们便自觉矫正方向。偶尔，云层稀薄了些，天上绰约出现一线光亮，地上的小路也现出隐隐白色。我们便加快脚步，抓紧这转瞬即失的时机！

山路崎岖；陡壁很多。我不让庄莲莲在前边走，庄莲莲却坚持要在前边，理由是我眼睛近视。

正争执不下，她一脚踏空，踩进了一汪泉眼，吓得“哎哟”尖叫。我慌忙拉起她。这一来她再不说什么，乖乖跟在后面。

前边是一座大坡。这座大坡弯路很多，路边险象迭生。中间还要经过一座“仙人桥”。那实际是横跨峡谷的一条石柱。石柱有两尺来宽，是条天然的小路。中间由于长年走人，已经寸草不生，很平坦。但两侧则有渗水，并且长满了苔藓，非常滑腻。偶一闪失，便会跌进深谷……

“跟好我！”

“嗯。”

“别打瞌睡！”

“不会。”

到仙人桥了。我才要迈腿，却又停住。

“你穿的什么鞋？”

“布鞋。”

“不是这个。是什么底子的?”

“塑料底。”

“脱了。”

她乖乖地脱了。

我又想了想:

“把你的手给我!”

她老老实实伸出手来。

我牵着她。一步、两步、三步……每走一步,我都提心吊胆地弯下腰,尽一切努力判断脚下是否偏了。

仙人桥不算很长。往常,我不用一分钟便能过去,而今天,足足用了四五分钟。

终于过了桥。我出了一头汗。前边地势开阔多了,而恰巧乌云这时也散开了些,可以影影绰绰看清四周围。我松下一口气,这才发现她的手还被我紧紧地握着呢!

我本能地想松开,但又觉得那样很不礼貌。尴尬地停住脚,站直身子。不知怎么办。

而她也似乎没有抽回手的意思。

我的神魂这才稍定,而神魂稍定的结果,是使我能够分出精力,从容地品辨我手上的感觉:她的手不大,却很厚,胖乎乎的,让人感到很暖和。我突然想起来,就是这只手曾一根一根地为我挑枣刺.挑得那么细心,一点儿也感觉不出疼。哦,这是怎样一双神奇的手呢!

几乎是鬼使神差,我的手动了一下,触摸了一下她的手指。她的手指也是圆乎乎的,很暖和,还稍微带了那么一点儿潮湿!

不知是被我握紧了还是怎么，她的手指也动了一下，但同样很快停止。

“累不累？”

“不累。”

“歇歇吧？”

“行。歇歇。”

她还是没有抽回手。

但愿她别抽回去！

一连串的念头闪电般从我脑子里掠过，这些念头使我有些把握不住自己了。而孤寂寂的山坡上我俩挨肩站立的结果，是加剧了我内心里的一种愿望。这愿望从那天在向阳的山坡上躺歇，从闹洞房……就一直悄悄而强烈地潜蓄在我胸腔里。我像喝醉了酒似的，觉得头脑有些晕迷，心跳得很快，连呼吸也开始不均匀。连自己也不明白是怎么回事儿，突然伸出一只手勾住了她的腰肢。

她一动不动。

“原谅我……”我自己也觉出，我的声音很慌乱，在发抖。

她看了我一眼，又很快垂下去。

“别怪我。”

她还是不作声，突然转过身子，一动不动地站在我面前，贴得很紧，低垂的头几乎触到了我的胸膛，这是再明显不过的表示。我连丝毫犹豫也没有，就双手抱紧了她……

五十二

回到屋子，当煤油灯点亮了，整个屋子里亮堂堂时，我俩突然都觉得很不自在。刚才在黑夜里谁也看不清谁，而现在，当彼此都清清楚楚地看见了对方时，竟觉得莫名其妙，觉得不可思议，像是刚做了一个可笑又可爱、荒唐又甜蜜的梦！

庄莲莲红着脸，匆匆烧了点儿水，漱洗完毕。低低地说了声："我去睡了。"匆匆走出门。

这使我更加尴尬。

第二天一早起来，这种尴尬的气氛更强烈了。我们甚至不敢看对方。偶尔要说话了，抬起眼睛，也是躲躲闪闪的。

晚上。庄莲莲做好了饭。她今天饭菜做得特别丰盛。除了一盘凉拌香椿，还炒了一盘鸡蛋，煮了一只鸡。

"这只鸡不下蛋。"她说。"吉香她娘要拿山外去卖。我说卖给我吧，她就送给我了。"

庄莲莲平素从不收别人的馈赠，这一回为什么收下了呢？

我问她。她不正面回答，只说：

"你吃吧，问那么多干啥？"想了想，又说，"你对张仁义说一声。最近派点儿轻松活儿干——你比冬天瘦了！'

吃了饭，她又开始洗刷锅碗。一切停当，又热水。

我很担心她又像昨天晚上那样，匆匆地热了水，匆匆地漱洗，之后匆匆地走开。那"匆匆"之中，包含着一些让我很羞愧、很不安的东西！

但是没有。她已经完全恢复了常态，从容不迫地舀出面来和面，又背起背篓到麦场上抓了些麦草回来。看样子，她准备烙锅盔！

烙锅盔很费时间。也就是说，今晚上她要在我这儿呆很久。

我心里暗暗祈祷：今晚上她可千万要烙锅盔！烙它十张八张的！

但是她和着和着面。却又住了手，痴痴地想心事儿。

“你怎么啦？”

她看看我，一笑，没有回答，又开始和面。

“你不舒服？”

“胡猜！”

语气是娇嗔的，表情是友好的，这突然给了我信心，鼓励了我的勇气。我走近她：

“昨天……你是不是生气了？”

她不答。

“是不是？”

她突然红了脸，不出声地笑了，低下头，垂得很低，又使劲儿摇摇。

我心里那股莫名其妙的欲望又倏地冲上来，我连丝毫犹豫也没有。伸开两手就抱住她。

“面粉！”她扭身冲我扬扬手，“沾你一脸！”

“我不怕。”

“别——”

但是我已经更紧地抱住了她。她挣扎了几下，不顶用，于是央告：

“让我把手洗了。”

“快一点儿！”我同意了，松开手。却又急不可耐。

她却洗得很慢、很慢，像在认真思考什么。

我等不住了，三下五除二帮她洗了手，一把抱紧她，抱到里间宿舍。又像昨天一样没命地狂吻。

她脸涨得通红，热得烫人，但是没有推拒。

“把灯吹了！”她突然说。

“为什么？”

“亮堂堂的，怪不好意思。”

于是我吹了灯。

果然，漆黑是谈情说爱最好的色彩和氛围。她不再那样被动了，双手拉住我的手，轻轻而又温柔地抚摩着，又放到嘴唇上，轻轻吻着。潮湿的嘴唇触在我手上，有一种很舒适、很奇异的感觉。她又张开嘴，用牙齿咬着我的手背。咬得很慢、很轻……

“我摸过你的手！”她突然说。

我看看她。

“那一回挑酸枣刺。”她又说，停了一下，“现在想起来心里都发麻，你手上扎了多少刺儿啊——”

“亏了是你挑。一点儿都不疼！”

“知道我挑了多长时间吗？”

“一个多钟头吧！”

她“哼”了一声：

“四个钟头都不止。你算算，我从下午八点半赶到公社，十点开始挑。一直到鸡叫三遍——”

那么说，那天晚上她一夜没睡！

我突然心里很感动。

她抓起我的手，吻了一下，仰起脸，黑暗中，我可以看见她那两只眼睛正专注地看着我；

“我问你……个问题，你不许撒谎！”

“行。”

“你为啥要……嗯……为啥要这样我？”

我愣了一下，为什么呢？不知道。真的不知道。我爱她吗？好像爱。好像我现在离开她就慌慌的，总觉得心里少了点什么。不过——不过又好像不是。好像我是被她感动了。她做的好多事情，使我觉得她是个好人，值得信任，值得结交。不过这算是什么理由呢？她现在问的是我为什么搂抱她、亲吻她呀？

“我……不知道。”

“想一想。”

我于是又想了，想得很认真，想了好久。

“我……说不清……”终于开口了，我还是犹犹豫豫地拿不准，“就是……挺想的……我很寂寞。大山沟里，孤零零的……活得没一点儿意思。”

她不问了，低下头去，好长时间：

“你很诚实。昨晚上我想了一夜……你真是这么想的。”

我突然有些惶恐。我这种回答很可能刺伤了她。但是没等我解释，她突然双手勾住我脖子，像刚才那样定定地望着我：

“你知道我为什么同意你这样吗？”

“不知道。”

“真的不知道？”

“真的。”

“那好，我告诉你——”她咬了一下嘴唇，似乎拿不定主意。犹豫了一下，终于猛地扑到我怀里，脸埋在我胸前，说：

“我爱你。”

五十三

这似乎是预料中的回答，但又使我感到惶惑，感到吃惊。她爱我！爱成这样！我怎么从来没有发现？这真是怪事！真不可思议！她为什么会爱上我？她又是什么时候开始爱上我的呢？

我问她。她回答：

“你是个好人。”

“这不是理由！”

“是理由。”她认真地说，“你想，一个姑娘会爱坏人么？”

“可是好人太多了！就连徐申民也不能算是坏人。”

她没话说了，想了一会儿：

“这不一样。都是好人，好和好之间也还是有区别。比如徐申民，他就不会让岳平先填招工表。”

天哪！如果仅仅是因为我让岳平先填了招工表，那就太可悲了！

“怎么是为了一张表呢！”她不满地反驳我，“如果换个别人，让出十张表我也不会爱。在学校的时候，我就特别佩服你。你身上有好多优点——比如，你很体贴人。再比如，你说话我可爱听。还有，你长得就很聪明，可是又不鬼。让人一看就是个善良人……”

一连说了我好多“优点”。这些“优点”在我看来，统统站不住脚。大概她也意识到这一点，表情很沮丧。最后，什么优点也不去想了，干脆来一句：

“让我找理由我找不出来。反正，就是爱。为什么爱？我说不清。反正，就是爱！你现在这样，我爱；把你打成牛鬼蛇神，拉上台批斗，我还是爱！”

窗外，夜已经渐渐深了。风箱声噼噼啪啪响过之后，一切便归于沉寂。大概吉香家正在烧炕，一股浓烟冒出来，从窗户和门的缝隙中透进，呛得人直想咳嗽，可是又不敢咳。

“你怎么啦？”她奇怪地问。

“想咳嗽。”

“那就咳呗。”

“一咳别人不就听见了！”

“听见了怕什么？”

她这句话突然提醒了我。听见了怕什么？这是我的宿舍，我的屋子！我在自己的屋子里咳嗽，有什么大惊小怪的？至于庄莲莲，她不是今天才来这里的！她几乎天天都在这里！在这里做饭、洗衣服、淘麦子，在这里和我围着炭火聊天，一起接待本队的社员和外来的知青。即使现在有人推门而入，这一切都是天经地义，正常而又正常的！有什么可害怕的呢？

我生平第一次体会到古人总结出来的话是多么准确：做贼心虚！

我在做贼！

由于心里安定，那股无法遏制的荡漾之情便又迅速涌升。我抱住她，感到浑身都兴奋和激动得发抖。她的头发有一股好闻的气息，她的衣服有一股好闻的气息，她的手上有一股好闻的气息。她的嘴唇潮湿而鲜润，让人觉得和她接吻简直是在吮蜜。无论如何，这在我来说是生平第一次。我感到一切都那么好奇，那么神秘。我怀着一种迫不及待的、焦躁不安的心情，想打开她身上的一切秘密！我想全部地懂得什么是女人！

但是她制止了我。

“别——”她只说了一个字。

“为什么?”

“你会后悔的!”

我怔住了。

我被提醒了。

一点儿不错，别这样！不能这样！即使她真的允许，我能那样吗？无论如何，我还背着家庭的包袱。还没招工出去。我并没有对生活失去信心，总觉得冥冥中有一股神奇的力量在告诉我，光明的前途就在前边等着我呢———切取决于我自身！我应当好自为之！

假若真的迈过了那一步，会怎么样呢？

要是她怀了孕？

一想起怀孕，我便连锁反应般想到了呱呱坠地的婴儿，以及那手脚乱抓乱蹬的动作。我突然恐惧地朝四周看看，似乎这一切都是真的！婴儿的哭声已经传到了外面，哭得震天动地！

四周却静悄悄的。

做贼心虚！

五十四

我开始冷静地思索。

首先，一个结论是明确的，我决不能越格。否则，就会彻底害了她，也同样害了自己。我们都要争取出农村！

其次，我和她究竟是怎么一档子事呢？

恋爱？

不，我从内心里是把恋爱看得很严肃，很认真的。我和谁恋爱，那就是说，我要不屈不挠地追求她，并最终要使她成为我的妻子！如果不是这顺乎逻辑的一连串“要”，我就决不涉入这个神圣的圈子。而现在，我满打满算才二十二岁，我还从来没有想到过恋爱，更谈不上结婚。起码，在没有招出农村、没有找到正式工作、没有独立挣工资之前，我绝不会恋爱。并且我早已下过决心，在二十五岁之前绝不考虑结婚！

可是我为什么又和她这样呢？

一股说不清道不明的心情慢慢袭上来。我连自己也不知道是怎么回事，竟觉得很悲哀。显然，我的回答是诚实的。“我太寂寞了！”而生活，是需要丰富、需要活跃、需要朝气和刺激的！我已经不是小孩子，已经能够从激情澎湃中解脱出来，实事求是地寻找矛盾和考虑问题。设想一下，一座大山里只有一男一女，那么毫无疑问，这两个人注定会成为夫妻！这种结合几乎不是人为，而是天然。并且毫无疑问，他们会处得很和睦，过得很美满。因为他没有类比，没有选择的可能！

而现在，我和庄莲莲正是这大山沟中的一男一女！

环境迫使我们做夫妻！

但问题在于，我们都是从城市来的。我们的根扎在城市里。不论是我，还是她，都从来没有动摇过要出去当工人的决心！

而出去的结果是什么呢？外面是一个广阔的天地。那里高楼鳞次栉比，人流摩肩接踵。诚实的、虚伪的、高雅的、粗俗的、漂亮的、丑陋的，或者高雅与漂亮兼而有之，或者虽漂亮而不诚实……五花八门，形形色色，让人眼花缭乱，却也能够让人进行各种层次和角度的类比。可以有十分巨大的选择余地！

在那种情况下，我和庄莲莲还会像现在这样？

“人需要容貌美，但更重要的是心灵美”。教科书上一再这样告诫我们。如果是同志之间相处，这句话可以说是至理名言。但如果用在爱情上，我可从来没有认为它有什么正确。同志之间是靠品德相吸相引，而爱情的首要前提则是对方是异性。而异性又是靠什么来表现的呢？靠身材的曲线、靠声音的嫩脆、靠所有与男人们赖以区别的那些明显或不明显、复杂或不复杂的因素。而所有这些因素中，容貌是第一位的！

一个心灵美的人，我可以很尊敬她、信任她；但却并不意味着能够使我产生想搂她吻她、与她进行肉体接触的热情！

这似乎很卑劣、很低级，但我就是这么个凡夫俗子！

追求漂亮异性的欲念是那么强烈，几乎主宰了我所有对爱情的憧憬。

而庄莲莲，我最终不会和她结合的！

也就是说，我现在只是和她……

天哪！

庄莲莲已经回自己屋子休息。我躺在床上，翻来覆去地想，心里一阵阵厌恶。厌恶我自己！

窗外的月亮是什么时候投进来光辉，又是什么时候被乌云遮挡了光辉，我全不知道。偶尔，风向窗户吹来，那张塑料薄膜“刷刷”地响，像蚕吃桑叶。这声音响了一会儿，又很快消失，随后是莫名其妙的声音。哦，这一回真是蚕吃桑叶，“沙沙”不停。

我扒上窗台，什么也看不清。但是窗缝中蹿进来的那股清凉而潮湿的空气告诉我，下雨了！

一下雨，地里就进不去人。明天可以不出工！

老天爷，快下雨。下了大雨吃白米！

我突然产生了一股奇怪的冲动，想脱光了衣服，跑到雨地里去。让雨下大些吧！让雨冲冲我吧！我想凉快凉快，我渴望洗一洗……

五十五

一大早，庄莲莲就来做饭了。

外间厨房的门是上了门栓的。但门栓右上方有了个小圆洞，可以伸进一根手指。平时她来做饭，碰见我没有起床，就伸进手指一点儿一点儿拨门栓。她拨得很老练，三两下就开了。

由于昨夜睡得晚，我是被她的拨门声惊醒的。我匆匆披衣起身，又打开了里间的门。

“睡好了没有？”她问我。

“嗯，可以——你呢？”

“跟没睡一样了！”

“为什么？”

“迷迷糊糊的，像是做梦，又不像是做梦！”

她一边说，一边往灶膛里填柴，神态和昨天相比，已经坦然多了。这种坦然突然使我得到一丝安慰，也许，一切都不像我想象得那么严重！

但是这不过是短短的一瞬间，我马上又用理智说服了自己。

外面，雨还在下，并且比昨晚下得大。“春雨贵如油”。今年的雨水不错！需要的时候它便准时凑趣！这场雨一下，早秋就该种了。之后农活儿会一桩接一桩，直到收了秋，直到冬季来临。不过——不过现在倒是谈话的最好时机。

我看看外面，除了一片茫茫雨帘，一个人影儿也没有！这真是好雨知时节！

一切依照老规矩进行。她一只脚跨在锅台上，我则坐在小木凳上，往灶膛里填柴。饭好了，又调凉。然后吃饭，然后洗刷锅碗……一切停当，我清了清嗓子，端了板凳，周吴郑王地在庄莲莲面前坐下。

“庄莲莲。”

“嗯。”

“我想和你谈谈。”

“说吧。”

“嘭！嘭！”突然有人敲门，随后叫：

“老赵，到哩么？”

是张仁义！

“敲！敲！敲死你个老龟孙！”我心里骂着恨不得开了门踢他两脚。

可这又是为什么呢？他根本就不知道我要进行一场什么样的谈话！

张仁义披了一件塑料布。进门来把上面的雨水一抖，往门框上一挂，光是点头哈腰问候：

“吃了么，老赵？”

“吃了。你哩?”

“也吃咧!这么大雨,做不成啥,我闷在屋里没事,又没个去处。一想,毬,到老赵屋里拉胡胡去!”

说着,伸手从搁板架上取下提琴。又从衣兜里掏出块东西,在弓子上使劲儿抹起来,说:

“我夜个出山,买了一疙瘩松香。”

他那种松香是最廉价的,根本不适宜在提琴上抹。只是,热情可嘉,再说,我现在对提琴已经没有一点儿兴趣。

“你要是喜欢,就拿你屋里耍去。”我想支走他。

“不成,回屋可又得做活儿哩!不是剁柴就是淘麦。再没个完!毬,还是老赵你自在。光杆儿一个,没人管理。碰上个庄莲莲,还是个绵性子。”

又把我和庄莲莲扯在一起!

他开始拉提琴了,完全是扯锯。锯出的声音不伦不类,有几处刮出刺耳的噪音,让人头皮发麻。但他实在缺点儿音乐细胞,丝毫察觉不出,反而洋洋得意,摇头晃脑地哼起小旦来:

> 昨夜晚与相公架定鹊桥,
> 到今天亲得多快乐逍遥。
> 叫郎君鲜花心被你采了,
> 切不可到别处另结凤巢……

我一怔。

还没回过神儿来呢,他却又接上小生的唱腔:

这姻缘神圣知岂是虚要，
重信义守正规才是豪侠……

天哪！这到底是怎么回事？怎么来来去去都像是在影射我！

足足有一个钟头，才拉足唱够。我递给他根烟。他点火扯着。又现出愁眉苦脸，长长地叹了口气。

“怎么了？”我问。

“唉，天乱摊派哩！”他说。“前几天九十四号信箱要三个民工。昨夜黑公社又捎话，三十号信箱也要去个人——我把全队问遍了。没人愿去喀。”

五十六

下午，雨突然停了。

雨一停，张仁义马上从我们屋子里蹿出来，扯着嗓门：

“哎——都听着！今儿地烂，妇女娃娃在仓库编筐。全劳哳好，去北坡伐树——”

当我无精打采地上了北坡时，才发现路边已经伐倒了好几棵树。

树都很大，断面的直径足有二尺。树皮很光滑。呈褐白相间颜色。我不用细看，便知道这是棵核桃树。它那坚实的、被风雨剥蚀得略显灰旧的树身，那一圈又一圈唱片般的密纹，都显示出它是一棵生命旺盛的植物——之所以要伐倒它，是由于它妨碍了“以粮为纲”，是由于它妨碍了修“大寨田”。其实，它好端端地长在地头，只不过遮住了地角的一团阳光，就这么点微小到不能再微小的缺点，队里便要伐倒它，借口是让地角长出麦子。实际上，这棵树上一年打下的核桃比那巴掌大的地角十年打下的麦子还多，这道理谁都知道，可是谁又都不敢说。

不过……不过也有可能这道理确实没人知道。人们已经习惯了上面怎么说就怎么做！

管他妈的！别说锯这一棵树，哪怕把全秦岭山上的树全都锯完呢！

秋儿主动来和我搭帮，两人扯着长锯，一气不歇伐倒了三棵树。

宝宝和二喜在我们下边的缓坡上伐树。二喜情绪非常好，大声说笑，唯恐别人没注意到他，并且扯不了几下锯，便总要找个借口去别处转转。坡边有几个年轻媳妇坐着捋荆条。他一蹿就蹿到那里。

我很清楚。这一切全是因为他身上那件毛衣。

一个月前，我回宝鸡。二喜给了我十多块钱，是去年打毛栗子挣来的，说：

“老赵，你到城里给咱买件毛衣！”

“要啥样的？”

“不拘①。”

“多大尺寸？”

“不拘。”

“啥颜色？”

这一回他特别认真，说：

“要鲜亮！啥鲜亮买啥！”

---

① 不拘——陕西关中土语：随便。

实在说。我买衣服是个门外汉。回到宝鸡，我满街乱转，尽心尽力为他挑选。挑来挑去，我认为最鲜亮的色彩是桃红，就为他买下了。回十二盘后，才一打开，庄莲莲就笑个不停。说一个男人家穿这样颜色不合适。不是一般的不合适，而是极不合适。弄得我惭愧无比，自认为糟蹋了二喜的钱，也辜负了二喜对我的信任，谁知出乎意料，二喜一见到这件毛衣。竟赞不绝口，当下就套在又脏又皱的褂子上，神神气气地在村子里兜了一圈。自那以后，这件毛衣天天不离他身。走到哪里，他都竭力挑起话题，趁机炫耀一下。

“老赵！”他大声说，“唱个曲子！”

“没毬意思。”我回答。

“咋没意思？”他说，“我给咱唱。”

说着，扯着嗓门唱起来。唱的是《白毛女》山洞里遇亲人一段，扯着味道极不正的洋腔，不时伸直脖子，朝那几位年轻的媳妇看，眼神直勾勾的。

整整两个钟头，我的注意力全集中在干活儿上。倒也安然自得。但一歇下，我却由不得又想起庄莲莲……眼前只有她的身影在晃动。

不行。不能再这样胡思乱想。可是，又干些什么呢？背唐诗——

青天有月来几时？
我今停杯一问之。
人攀明月不可得，
月行却与人相随。
皎如飞镜临丹阙。
绿烟灭尽清辉发。

但见霄从海上来。
广知晓向云间没。
白兔捣药秋复春，
嫦娥孤栖与谁邻？
……

哦，孤栖……与谁邻？也许，庄莲莲之所以爱上我。是因为她也孤凄凄的，她也需要生活中有伴侣，感情上有慰藉。可是，可是怎么又想到这上面来了？不行，唐诗中咏叹爱情的太多。而我现在是要从爱情中解脱出来！

我干脆闭上眼睛。预定好睁开后看见什么就想什么。哦，石头，一块巨石！这巨石是怎么形成的呢？也许。在人类无法知道的很久以前，地球上什么也没有，只有一团浑浊的空气。后来，电闪雷鸣，击发了一场大火，不，不对！没有燃体。大火是怎么击发出来的呢？

"你看啥哩。老赵？"

我回过头，秋儿正诧异地望着我。

"没看啥。啥也没看。"

"那我问你话。你连眼仁子都不转？"

"你问我话了？问我啥话？"

"今黑关尔下演《红灯记》哩，你看嘛去不去？"

他真有瘾！关尔下离我们这儿足有十多里，要翻一座大山，涉两道河。何况，那种生产队水平的、乱吼乱叫的戏有什么听头？何况，是听了一千遍一万遍的《红灯记》。

"不去！"

我这一声几乎是喊出来的。我不是有意要喊。但这喊声却发泄了我的郁闷。我心里很烦。不愿意有人打搅。

秋儿吃了一惊：

“啊老赵。你这……这是……”

我猛然清醒了：

“对不起——”。

才说了三个字。我又觉得不对。在山里。用不着说得这么客气。这种字眼只有用纯熟的、悦耳的普通话说出来才觉得融洽和协调。而我现在需要当地土话。要用他们能听懂的语言和能接受的方式进行交流。

想了想，我心平气和地：

“秋儿。没有啥，确实没有啥。我一点点麻达都没有。就是不欠合”①。”

“哪搭儿不欠合？哪搭儿不欠合？”他却更慌了。

“没有啥。心里不欠合，不是病，是不欠合。”

他这才定下心，嘿嘿笑着：

“我一看你就是不欠合，老赵，你今儿一后晌都不说话。人不说话，肯定是不欠合。啊你有吃有穿。还有啥不欠合的？”

该怎么说呢？因为庄莲莲？绝对不行。那么，胡编一个理由。就说很寂寞，很无聊。可是，寂寞和无聊变换成土活该怎么说呢？我搜寻来搜寻去，竟找不到一个可以代替它们的字眼。看来，山里虽然历史久远，但毕竟太闭塞也太落后，以至于表达稍微复杂一些、稍微含

① 不欠合——土语。不舒服的意思。

蓄和微妙一些感觉的语汇都没有。

没办法。我只好再借助普通官话。

“我——嗯，我……很孤独……”

“啥？”他立刻听不懂了，诧异地伸长脖子，“你根骨头？”

“不是骨头。是孤独！”我重复了一遍，干脆饥不择食，开始语言上的发明创造，“孤独！就是很寂寞，很无聊。懂不懂？寂寞和无聊！就是……嗯，就是光杆儿一个！就是，嗯……就是闷哇哇地没毬意思！”

他终于明白了。

“嗨，为这呀！你不早说。老赵，你要是‘骨头’，就给咱讲林道静么！一讲一笑，肯定就不‘骨头’咧！嘿嘿。”

这真要命！

说起来，是三年前的事情了。有一回我饭后没事儿，给几个青年社员念《青春之歌》。秋儿便听上瘾了。不过有时候我正念着，他便会焦躁不安地站起来，表情明显地流露出不解渴、不满足。后来，我终于发现，除了林道静和余永泽、卢嘉川的爱情关系，他对书中其余的一切统统不感兴趣。他曾多次咂巴着嘴，不好意思却又很淫邪地笑着问我：

“嘿嘿，老赵，你讲么长时间咧。到底没讲亮清，林道静和卢嘉川到底踏胡圾了没有？”

又恨恨地骂：

“日他娘哩！姓余的是个啥嫖客，早早把林道静的活儿做了！”

此刻，秋儿丝毫没有觉出我的苦笑，反而兴致更大了，很神秘地凑近；

“老赵，你给庄莲莲讲过林道静没有？”

“没有。”

“给她讲！给她讲！”他急不可耐。

“为什么？”

他却不说了，大嘴咧开着直笑。笑够又重新神秘地凑近我：

“老赵，说实话，你和庄莲莲睡过没有？”

“覅胡说！”

他马上正经了，不笑，也不敢看我，伸着一只手，像是随时要扪自已脸，却又忍不住瞅瞅我，犹犹豫豫地：

“啊……不是我一个。咱队人都……都说……老赵，你覅动火，都说你和庄莲莲迟早是睡一搭儿哩。”

我吃了一惊。

想了想，我又觉得这早已是预料之中的。按照他们的逻辑，剩下一男一女两个知青，不朝一搭儿睡怪事就出来了！“干柴见烈火，岂有不燃之理。”这是他们从戏本上学来的话，却也是符合他们生活实际的至理名言。

这未免荒唐！

可是认真想想，他们说的没一点儿道理么？

我和庄莲莲从下乡时的互不说话，到招工期间的相互照顾，到一起出山进山，形影不离，到最终在漆黑的山路上拥抱……这一步步不正朝着他们预定的方向踏去么？倘若昨天晚上不是庄莲莲很冷静、很理智；倘若是依循了我的冲动，这一切不已经成为事实了么？

我突然感到恐怖。

毫无疑问，在目前的境况中，庄莲莲对我的吸引力是巨大的。无论我多么理智地剖析这是种什么感情，也无论我事后多么忏悔和不安，而当她依傍在我身边时，我那种恶劣的却又是克制不住的动物本能便出来做祟了！我们天天在一起干活吃饭，天天在一起聊天解闷，就像锅和勺子，不管多么小心翼翼，还是会碰撞。而碰撞频繁的结果，是最终适应、习惯以至于一切全不顾。

必须立即改变这种状况！

必须！

现在，我必须首先解脱出来，最好是有一个暂时离开她的机会，使我和她都冷却一下，理智一些；使我能够摆脱开那些人为和肉欲的成分，进而客观地、从容地思索一下和她的关系。最为重要的，是我将在与她淡漠一段时间后，认认真真地想清楚：我和她究竟是应当脸对脸走，还是背对背行？究竟是有可能紧密起来，还是最终必然要分手——

这关系着我的一生！

我找到了张仁义，告诉他我要去三十号信箱当民工。

他惊奇得半天合不拢嘴，连连解释说：

“我可不是崴意思。老赵，我是心里闷。闲毯没事儿，就把这事说说。我可没想让你去。我没想——”

又连连摆手：

“不成！不成！庄莲莲知道了我让你走，要朝我脸上唾哩！”

我告诉他，是我自己要去。至于庄莲莲那头。由我去说。

五十七

收工时，天已经黑了。

庄莲莲下午在仓库编筐，收工早。她早早做好饭，连干活儿的衣服也没换，就坐在门口等我。

不远处，有一群孩子在唱：

豆芽菜，生拐拐，
我去河南做买卖。
生意不好赔了本，
大年三十才回来。
叫一声“花木楞登”开门来，
屋里人喜得光“哎哎”。

媳妇不歇蒸馍馍，
伺候了公婆伺候我。
我和媳妇搭句话，
我娘嫌我不理她；
我陪媳妇坐一坐，
我娘骂我爱老婆。
将心比，都一理，
我大崴阵子咋爱的你……

这是一首新儿歌。不知道孩了们又从哪儿学来的。农村的农谣都非常朴实，又非常形象，远比广播报纸上那些骂街似的大批判“诗歌”有味得多！我们在学校接受的一直是“洋教育”，对这些乡村土谣天然就有新鲜感和强烈的兴趣。庄莲莲和妇女娃娃混得熟，兴趣就更大。

但此刻。她却痴痴地听而不见。

我咳嗽一声，她纹丝未动。我又咳嗽一声，她一怔，猛地惊醒，不好意思地“呀”了一声，立即脸放光了，十分高兴地跳起来为我打洗脸水。

我心里一动。果然不出所料，我们俩会越陷越深，越缠越紧。

一边盛饭，她问我：

“累了吧？”

“还好。”

“你先吃块饼充充饥，我把糁子热一热。”

果然，玉米糁子很快热好。我端着碗，大口大口吃。劳动了一下午，我很饿。

菜是凉调大葱和一盘炒土豆丝。外加两个囫囵煮的鸡蛋。

“你也吃呀！”我说。

“吃着呢。”

“吃着什么呢？离得八丈远！”

她不好意思地笑了笑，起身往碗里挟了点儿菜，又继续坐得很远。

吃完一碗，又盛第二碗。正吃得上劲儿，我突然发现她停住筷子，痴痴地看着我。

“看什么呢？”

她吃了一惊，羞红了脸，吃吃笑着，低头扒饭。

我奇怪地看看她：

“怎么了？笑什么？”

“没什么。”

“没什么你笑什么？”

她还是笑，不回答，又突然想起：

“你不是有话要给我说吗？什么话？”

我有些犹豫，不准备这么早就告诉她。可转念一想，这又何必！迟早她都要知道。于是放下碗：

“嗯……是这样，最近公社给咱队要一个民工。”

她不解地看看我。

“咱队没人愿意去……”

“当然没人愿意去。”她说，“家再穷，是家。”

“我给张仁义说了，我去！”

她一怔，惊愕地张大了嘴。随后脸色苍白了。

为了怕我的决心改变，第二天一大早。我匆匆捆绑好行李，顺着伐鱼河谷出山了。

庄莲莲一句话也不说，默默地为我做了饭，看着我吃完，又默默地为我书包里装上干粮和煮熟的鸡蛋。出门的时候，又默默地跟出来。

“你回去吧！”

她不动。一会儿，低低说：

“……送送你！”

“回去吧。我又不是不认识路。”

她没有回答，只是坚决而执拗地继续跟着我走。

正是清晨。雾气还没有完全消散。山头上，树丛中，一团团潮气在悄悄浮动，似乎那些密密麻麻的藤葛缠住了它们。使它们不得不悄没声息地闪避和溜走。昨天那场雨把树木房屋洗得十分清爽，连伐鱼河的喧哗声都大了许多。只是，这声音听起来不像往日那么欢乐，倒像是在悲哀地哭泣。有几只不知名的鸟儿在叫，叫得有气无力。一切都让人觉得很沉闷，很压抑……

“你准备干多长时间?”庄莲莲突然问。

“看吧，过一两个月再说。”

沉默。

“你……就没想想我一个人在队上怎么过日子?”她有些幽怨。

我回答不出。

又是沉默。

她突然抬起眼，很凄然地；

“赵世平，你……是不是讨厌我?”

“你怎么这样想?”我吃了一惊，“庄莲莲，你……这是说到哪儿去了?”

大概我的表情是真诚的，她不再说什么。又默默地跟着我走。

我突然觉得有必要给她解释清楚。

“庄莲莲，”我很认真地叫了她一声，“你别生气。其实，我是想……咱俩这样泡在一起……不好。我……还不知道是不是爱你……不知道……嗯，该不该和你这样。”

“所以你就躲出去?”

我不说话。

“是我自己愿意的呀!”她红着脸，几乎是哀求，“我自己愿意。”

“可我不能不考虑前因后果，不能不讲道德!”

她没话说了，又沉闷地跟着走。

“回去吧,”我催她。

她应着，却仍然不停步。

“不要走了。转身。”

“再送一点儿……过了前边的弯儿。”

“不行。你要再送，我就不走了。”我干脆把背包往路旁一放。

她这才无可奈何地站住脚。

我扛起背包，走了几步，回头看，她倚着一棵树不动。

又走了几步，回头行，她还是不动。

一直走过山弯儿。又爬上坡，回过头，她依旧站在那里。天已经大亮了，太阳驱散了雾气，明晃晃地照着山沟。四周围愈发显得安静，这空旷和寂静造出一种气氛，令人十分凄楚，十分惆怅。

离得更远了，她的身影已经很模糊。只感觉到她伸出手来，向我招着，招着……

我突然想起小时候父亲教我背诵的一首词：

无言独上西楼，
月如钩。
寂寞梧桐深院锁清秋。
剪不断，
理还乱，

是离愁。

别是一番滋味在心头。

身后突然传来一阵奇异的声音。哦，她在哭！

第六章

五十八

张宝成和赵全亭都来三十号信箱当民工了。

其实冷静一想，他们肯定会来当民工。首先，农民有家，每天收工后回去可以红红火火的；而知青点经过招工和征兵，都零零星星地只剩那么一两个人了。纯粹为了热闹，大家也愿意往集体堆里凑。其次，农民们能睡暖炕，能吃上热饭，而知青们缺吃少喝，远远不如跑到这儿来混临时“职工食堂”。

先来的民工们全住在窑洞里。窑洞又潮又暗，一群人正挤在里边兴高采烈地说什么。不时爆发出哄堂大笑，还夹杂着过瘾的啧啧赞叹。不用问，这又是在讲下流故事。我打量了一下窑洞，窑洞不大，地上铺了四指厚一层麦草，算是褥子。有些人拿两块砖当枕头。还有些更干脆，鞋一脱，往脑袋上一垫，呼呼便睡着了。

我来得太晚，连这样的地盘也没有了。

张宝成嬉皮笑脸地问我：

“那口子呢？撂家里不管了？”

我没有回答他。他不了解我的心情。

晚上，住处仍然没有解决。

我心里着急，连晚饭也没有吃。找民工连长，不管事。又去找营长，却找不着。

张宝成一直跟着我跑前跑后，先不耐烦了，说：

“不求谁！谁也不求！今晚咱们自己找地方！”

“哪儿有地方？”

“跟我走！”他胸有成竹。

……我跟着他朝左面的沟里拐去。这儿的沟不像山里，都很平坦，很开阔。七绕八折，很快就到了一座房子前。

房子一共两间屋。张宝成指着左面的一间说：

“这是厨房。”

又指着靠右的一间：

“这是宿舍。是秦玉芳和白宝琳住的。她们今早上回宝鸡去了。”

说着，又神神秘秘地四周看看，确定无人，悄悄趴在我耳边说：

“今晚就在她们宿舍睡！”

我吃了一惊，不说别的，她们屋门是用一把大铁锁锁死的。难道我们要撬锁么？

“看你，还没睡就紧张成这样！”他说，“怕什么，又不是和她们睡！”

又嘻嘻一笑：

“其实真要和她们睡，更美！咱俩一人搂一个，暖暖和和。”

“别胡说。”

“看看，又来正经的，我不怕别的，就怕你正经。告诉你吧，咱一不撬她们锁，二不抬她们门，咱们学老鼠，钻进去。”

说着，弯腰去拔门槛。

我马上明白了。农村的门槛一般都很高，又是活动的。只要拔出来，我们贴着地皮往里一钻，就大功告成。只是，他为什么不拔宿舍的门槛，而拔厨房的呢？

“宿舍的门槛是钉死的！”张宝成说，“咱们从厨房进去，爬上棚顶。一掀苫席就进去了。”

“你怎么知道宿舍的门槛是钉死的？”

“我没有不知道的事。”张宝成得意地说，“你和庄莲莲没睡觉，我也知道。”

说着话，门槛就拔出来。正要往钻，突然一条狗“嗖”地从墙根蹿出来，朝着我们没命狂吠，把我们吓了一跳。

我隐约记得“狗怕弯腰”这句话，急忙弯下腰。果然，狗惊慌地往后一退，可是又很快重新逼近，猛叫猛跳。

“快，把你带的干粮拿出来！”

我掏出锅盔，张宝成掰了一块，扔过去。狗仍在叫，但只叫了两三声便停止，随后嗅到了干粮，慢慢凑近去。

张宝成又掰了一块扔过去。狗彻底平静了，一嘴里发出大嚼锅盔的声音，同时友好地朝我们摇尾巴。看样子，这是条饿狗。

人穷志短，饿狗的品质也很恶劣！

拉开被子，正要躺下，张宝成突然说：

“洗洗脚吧！”

“为什么？”

“讲点儿道德。女人爱干净！”

于是我俩又呼哧呼哧爬上棚顶，跳回厨房。轻轻地舀了水。洗手洗脸洗脚。一切完毕，再顺着木柱爬越。

被子里有一股温馨的气息，这大概与女知青经常洗晒和擦抹雪花膏之类有关。总之，这股味道很温暖，很好闻，也很诱人。躺在这种气息的被子里，身子底下垫着又厚又软的棉褥子。我俩惬意极了！

张宝成哧哧地笑起来。越笑越觉得好笑，越笑声音越大。他猛然停住——

窗台上有人影晃动。

我俩屏住声息，紧张地盯着窗台上的影子。影子凑近玻璃，正好奇地朝我们探头。

“坏了。”张宝成贴紧我耳朵，悄声说，“弄不好今晚咱俩得被绑一绳！”

“为什么？”

“半夜三更钻进女知青宿舍，算个啥事？山外的农民可不像咱山里，狠着呢！”

窗台上的影子还在探头，又用手扒窗棂。一会儿，窸窸窣窣声小了，呼哧呼哧的喘息声却更粗更重。只是，他始终不叫喊，也不对我们采取什么措施和行动，这使人感到蹊跷。

一分钟、两分钟……张宝成终于耐不住，探起身，仔细听听，又贴近窗户看了看，突然骂起来：

“狗日的吃上瘾了!”

原来是它!

又躺下来。

我睡不着;睁大眼睛看棚顶。眼前总有一双幽怨而凄然的眼睛……

“睡着了?”张宝成突然问。

“没有。”

“你在想庄莲莲!”他一语中的。

我没有回答。

我不想回答。也回答不出什么。

五十九

我们在三十号信箱主要是挖地沟。每天一镢头一镢头地挖,活儿很重,效率很低,完全是凭人海战术。

在生产队里,劳动是松紧带。农忙时汗流浃背,农闲时则松松垮垮,而这里是八小时工作制,很严格。据说,起初这里也是很舒服的,但上面很快发现光用“革命”促“挖沟”不行,决定搞包工。不过包工是刘少奇提倡的,正受着批判,怎么办呢?聪明的工地领导换了个说法:毛主席的大包干!

我有幸聆听了工地总指挥讲述大包工和大包干的区别。这位总指挥是位歇后语专家:

“有些人说。这边批判大包工,那边又搞大包干,这是对着棺材说谎——哄死人哩!这些人是他妈的洗脸盆里扎猛子——不知深浅。听清楚,大包工是刘少奇反党反社会主义的黑货,大包干是毛主席亲自蹲点创造的革命新生事物，专门治那些脑壳上擦猪油的滑头！大家都好好掂量。别的不说，误了工期，咱们都是养在圈里的猪——少不了挨刀！”

形象生动，句句生辉，我们听得十分有兴趣。

说实话，下乡以后，我们拥护毛主席的革命路线比在学校造反时更加自觉，也更加坚决。原因很简单，毛主席的革命路线确实让人感到舒服。干不干，二斤半，而刘少奇的包工就不同了，得动真的。

“打倒刘少奇！”

我们喊这样的口号有劲极了。喊来喊去，却有一个惊人的发现，和我们肩并肩、手挽手地大喊的，大都是村里的懒汉二流子！

这令人很丧气。

不过丧气归丧气，舒服归舒服，广播上、报纸上天天批判刘少奇，也就为我们撑了腰。只是现在从哪儿又冒出来个毛主席的大包干？

说不定，老人家身边又埋了一颗定时炸弹，又藏了一个赫鲁晓夫，又出现了一个已经上了党章的法定接班人想提前夺权！

不管别人怎么变着法儿偷懒，我干活儿始终很认真，很自觉。这些天，我老在想庄莲莲，她在队里怎么样了？一定很孤独，说不定正悄悄流泪呢……也许是我思虑太多，我竟连续失眠。于是拼命劳动，想使自己疲惫一些。谁知不行。一连七八天，我睡觉都很不好。以致白天干活儿无精打采的，连饭量都明显地减少了。

捱了几天，情况不仅不见好转，反而更严重了。我便琢磨着找个懂医的问问，最好能搞点儿中成药吃吃。谁知整个三十号信箱工地就没有一个医生。倒是附近的生产大队里有“赤脚医生”。于是我去找他。

“赤脚医生”姓梁，是梁家台大队支部书记的儿子。他胖胖的，年纪很轻，也很热情。我讲了病症，他听完后，眨巴眨巴眼说：“怪病！怪病！好好的人咋能睡不着呢！”

又问：

“你自己说，想吃点儿啥药？”

我告诉他，我这是神经衰弱，吃点儿安神药就行。

大约“神经衰弱”在农村是一种罕见的病，所以他还是不知该怎么开药。想了想，他干脆拿出一本厚厚的《赤脚医生手册》，说：

“你是识字人，你自己拿去看吃啥药！”

这是一本由“天津市《赤脚医生手册》编写组”编写的书。我迅速查到了“神经衰弱”一栏。

……神经衰弱是大脑皮层兴奋和抑制两大过程的平衡失调。以青壮年多见。

诊断要点：

一、一般发病缓慢，症状多种多样，如头痛、头晕及头部异常感觉，精神不振、乏力、精神不能集中、失眠、多梦、心慌、气短、记忆力减退、情绪易激动等。

二、应注意与器质性疾病的初期所引起的神经衰弱综合症状相鉴别。如脑瘤、高血压、甲状腺机能亢进、贫血等。

治疗：

(1) 首先要努力学习毛主席著作，用毛泽东思想武装病人的头脑，树立无产阶级的世界观和人生观。

(2) 可适当参加体力劳动……

“驴日的!”

我心里骂了一句。我一天到晚全在干体力劳动，而且是重得不得了的体力劳动，谁想治疗办法竟还是让我劳动！不仅如此，还要去学习毛主席著作。这毛主席著作被说成是“粮食”，是“武器”，也就够意思了吧！如今它又变成治病的“药”了，而且是占首要位置的一味“药”！那些参加编书的医生们要是得了病，是不是首先给的第一味药也是“学习毛主席著作。”

我连一句话也没说，一扔书本就走。如果不是这位“赤脚医生”是个生人，我就一定要当着他的面把这本狗日的、莫名其妙的医书撕了！

三十号信箱地处伐鱼河谷的出口。离这儿不远是磻溪公社，公社属下有个黄杨沟生产队，这是县上为普及革命样板戏抓的一个重点队和示范队。

我来干民工不多久，黄杨沟大队便热热闹闹地张罗着唱戏。据说要连唱八天，并且全部是自排自演。整个中国一共只许上演八个戏，在黄杨沟看八天就把全国的戏看全了。

我们每天晚上都闲得无聊。这正好，全兴致勃勃，翻沟越岭地去凑热闹。

黄杨沟大队总共不过百十户人家，根本就凑不出几个懂戏的人才。我们赶到时，戏已经开场了。乐队正在起劲地伴奏，那水平和我们十二盘不相上下，完全是一套不伦不类的三流杂耍班子。

先是李铁梅在唱。唱得毫无感情，一副呆头呆脑的样子。给人的感觉是她自己也不明白自己在唱些什么。奇怪的是，那些村民们倒听得很有兴趣，一个个大张着嘴，大瞪着眼。

“哎，”赵全亭突然发现什么，问，“你看这些看戏的，怎么中间全坐男的，妇女全在两边？”

我们仔细看看，果然。

“这叫搜台。”张宝成说，“现在已经好多了，不那么严格。过去咱们这儿看戏，不光男女要分坐，而且演员在台上表演，目光只许直对前方，不许左右看。要是谁斜看了妇女，轻者受罚，重者吊起来打！”

“你怎么知道？”我问。

“听我们队上那些老戏迷说的！”

我不禁毛骨悚然。这太莫名其妙了！说实话，从前我不了解农村。下乡后。才发现农村在意识上往往是两极。拿男女问题来说。一方面是相当开放，几乎每一个村子里都关系错综复杂、混乱不堪；而另一方面，则又封建落后到极点。尽管国家用尽了力气提倡婚姻自由，但实在说，婚姻自由在这里还差十万八千里呢！

正议论着，李玉和上场了。他是来赴宴斗鸠山。

才看见李玉和，我们便直想笑。他头上倒是戴了一顶不知从哪儿搞来的大盖帽，象征着铁路工人。只是身上却穿着一身破旧的中式对襟衫。整个形象不土不洋，十分滑稽。

乐队拉出一阵吱吱呀呀的噪音之后。李玉和开始唱了：

一封请帖内藏毒箭，
风云突变必有内奸。
笑看他刀斧丛中摆酒宴，
我胸怀革命正气，从容对敌，巍然如山。

紧接着是鸠山先生上场。他腰里挎着一把象征着东洋太君的腰刀，穿的和李玉和一样艰苦朴素，膝盖上还有明显的补丁。见到李玉和，他伸出手要握。

我们早看过无数遍这出戏了，知道下面应当是鸠山皮笑肉不笑地说："老朋友，你好呀！"谁知鸠山先生串了词，一张口，竟亲切地叫了声："老同志，你好呀！"

李玉和凛然大气地不看鸠山，也不与他握手。两人对起台词。看样子，演员文化水平太低，尤其是演鸠山那位，并不理解原剧中每句话的真实含意，而且也背不下那些对他来说既深奥又费解的台词，所以常常即兴发挥。不过也不得不承认，他在改造和串接台词方面确实是天才。

鸠山：……来，坐下！坐下谈！老同志，今天是私人请客，我们只讲交情，不讲革命斗争。好不好？

李玉和：我是个穷工人，喜欢来直的。你要说什么就赶快！

鸠山一伸大拇指：好！痛快！你这个人很痛快！来来来，咱俩先喝一杯酒。

李玉和：鸠山先生，你太客气了，我从来不喝酒。

一边说，李玉和掏出火柴，划火抽烟。按照原剧本的提示，李玉和掏出的应当是烟袋，但不知出于什么原因，此刻的李玉和竟掏出的是纸烟。偏偏这纸烟是劣质品，点了半天，就是点不着。急得李玉和一根接一根地点，又紧着用嘴叭嗒叭嗒地拼命吸。

戏没法往下演，鸠山先生也急了，凑上来帮着用手遮风护火，我们站得离台近，听见他压低着声音骂：

“日你娘！叫你用烟袋用烟袋，你偏想抽洋烟！”

我们“哄”地一声笑了。

“笑啥哩！笑啥哩！”身后却传来一片不满的指责。

烟终于点着了，大约这临时出现的差错使鸠山心里发慌，所以台词说得更离谱。

鸠山：不会喝酒？唉，你这个人呀，中国不是有句老话，“人生如梦”，转眼就是百年。正所谓“对酒唱歌，人生快乐”！

我们又笑起来。

接下来是王连举上场作证，再下来李玉和又唱，唱得和李铁梅一样没劲儿。我们不感兴趣，盼望着他赶快唱完，继续与鸠山先生对话，那样注定会对出许多精彩之极的绝句。谁知他的唱段很长，竟再也不完了。

又听了一会儿，我们实在耐不住性子，干脆一扭身，走！

夜已经很深了，月亮高高地挂在头顶。地面被照得很亮，偶尔云彩遮住了它。我们便全像瞎子一般，深一脚浅一脚地摸索着走。

远处是伐鱼河水不停歇的流湍声，不时夹进隐隐约约的狗叫。

张宝成嘻嘻笑着说，

“他妈的，在学校念了快十年的书，觉着自己大小算是个知识分子了。没想到一下乡，才真正开了眼！”

又说：“给你们讲个笑话。我们队天天都要早请示晚汇报，背诵最高指示。队长姓苟，不识字，就凭着感觉胡来。‘马克思主义的道理千头万绪’他说成‘马克思出主意，毛主席牵头哩’下面‘归根结底’不会说，就编成——‘刘少奇闹情绪’。再下来‘就是一句话’。到底是啥话呢？想了想，‘踏翻在地’。”

我们都笑了。

赵全亭说：“咱这块地方不是有名的中华民族古老文化的发祥地嘛！怎么几千年过去了，反而越来越没文化了！”

他说得一点儿不错！在我们这里，几乎每一条沟沟岔岔都是古迹，都是历史。“王在灵囿，麀鹿攸伏”、“勉勉我王，纲纪四方”，这些最早的民间诗歌，无不在赞诵几千年前这片土地古老而灿烂的文明，无不在肯定着当时匡扶道德和普及教化的业绩。炎帝在这里诞生，苍颉在这里造字，周朝在这里建都，楚汉在这里拼争。到了三国时代，这里更是文臣武将、志士仁人荟萃之地。拿不远处的斜峪关来说，就有多少诗句赞颂和描写啊！苏东坡说：“南望斜谷口，三山如犬牙。”而同是宋朝的郝居中则写道：“夜来老木风声恶，犹想褒斜万马来。”……按理说，历史的风风雨雨本该留下多少丰富的东西使后人们强盛、聪明和发达呀，可为什么，我们这里像什么也没有发生过！人们浑浑噩噩，麻木机械，像是刚从原始森林里走出来的！

由于昨夜睡得晚，所以一睁眼，已经是上班时候了。

外面是噼噼啪啪的响声。原来，下雨了！

我和张宝成几乎是同时跑到门口看。果然，是一场几个月来罕见的大雨！豆大的雨点像弹丸似地射下来，泥土地被砸得粉尘飞扬。但很快，这飞扬的尘土便被更加紧密的雨水压下去，雨水迅逗在地上积成无数个水坑。随即顺着各自的渠道向低处流聚。而最终，又无一例外地流进了伐鱼河。

看来，伐鱼河的存在以及它存在的位置，都是大自然在经历了千百万次的变动之后，极为科学和极为精确地安排下的！

我们都兴高采烈。一下雨，就可以不出工了，可以蜷在窑洞里打扑克。扑克打腻了，就聊天。聊到点，拿起大搪瓷碗吃饭！

在学校时，课本上曾有一篇文章，内容是说什么是幸福？结论是劳动！当时我把这位（是不是哲人，忘了）的话记在本子上，记得恭敬而虔诚。而现在，我才算搞明白，对我们来说，最大的幸福就是不劳动！用农民的话说，“让崴吾儿来三十号信箱受活受活，看还爱不爱劳动！”

雨下了一个钟头不到，便陡然停住，随后地上的雨水很快被吸干，再下来，太阳竟露出头。

这真令人丧气！

我们只好没精打采地又扛起工具，才干了不到十分钟，便看见远远驰来一辆吉普车。吉普车开得很快，开到我们身边，“呜”地怪叫一声，停住。下来一位公社干部：

“张宝成在不在？”

一个民工便转了头叫：

“张宝成，有人找你。”

又下来两个人，都穿着褪了色的军装，只是没有领章帽徽，像复转军人。他们顺着手指方向，很快走向地沟左侧。

“张宝成。”公社干部叫。

张宝成赤着膊，正在抡镢大干，嘴里哼着不伦不类的曲子。听见叫，一怔。

“你上来。”

张宝成便弯身拾了衣服。穿上。一边系扣子，一边顺着斜搭的板从地沟上来。刚走上来，旁边两位“复转军人”突然同时冲上去，一人一只手扭牢他，随后什么东西闪了一下。

是手铐！

我吃了一惊，扔下镢头跑过去。几乎同时，其他知青和民工也都看见了，一起涌去。

但是张宝成已经被拖进车里，门“砰”地关上。临关门的时候，我听见张宝成喊了一句：

“我犯了什么罪？”

声音被发动机的轰响声淹住。随后吉普车开动，一溜烟地跑远了。

这一来整个工地炸了锅，议论纷纷。有说那两个“复转军人”是县群专指挥部的，也有说是公社的武装干事。还有说是宝鸡市公安局的。又议论为什么要抓张宝成。议论了半天，毫无结果。

我感到奇怪：难道，张宝成得罪了谁，因此对方纠集人开车来把他带走，带到一个僻背的地方去痛打复仇？这种事情自世事大乱以来，确实有不少。但我很快又推翻了这种想法。毕竟，那都是乌合之众干的。而今天那两个人手里则拿着手铐，闪亮的手铐，这显示着来者身分非同一般！何况，有公社干部陪着。

显然，问题严重！

那么，张宝成究竟犯了什么罪？我苦苦地思索。首先，不知他父亲近况如何？会不会在深挖他父亲“罪行”的同时，牵带出了他的什么？再也许，是去年参军被刷以后，他说了不少牢骚话，哦，一点儿不错！比如他去年唱那段样板戏。如果被人揭发，就无疑是一条罪状！“栽什么树苗结什么果，撒什么种子开什么花——”让那些大批判家们一分析，这不是对现实不满又是什么？这不是与党与人民与伟大的长城为敌又是什么？光是这条罪证就够他吃的！何况他说话向来随便，不用费多大的力气调查，就能调查出一大堆“罪证”！

只是，谁吃饱了饭没事干，去揭发他的呢？

要知道，我们知青中说“反动”话的可是太多了！可还从来没有发生过告密事件呢！

当天晚上，我摸黑赶到公社，直接到广播室找刘宝英。

敲开门，刘宝英一见是我，忙让进屋，劈头就说：

“你知道不，杨晨虹死了！”

我吃了一惊，半天都说不出话。

足足有三四分钟。

“怎么死的？”

“掉到水库淹死的！”刘宝英说，“县上正在调查！他们怀疑和张宝成有关。”

这简直是祸从天降！

但认真想想，我又禁不住感到恐怖。一点儿也不错，张宝成完全可能做出这样的事情！兔子逼急了，还会咬人一口呢！何况他一个血性汉子！从第一回杨晨虹无情无义地抛弃他，他就愤怒之极，就恨不能“宰了她”！后来，事情缓和了，这使他心灵逐渐恢复了平静。但不曾想，参军一被刷，杨晨虹竟马上又——这就彻底激怒了他。这一回激怒可不比上一回。它没有任何再缓和的可能。张宝成已经彻底灰心了、绝望了。他恨她！恨得要命！

天哪！这真可怕！

如果真是张宝成干的，那他就大错特错！那他就糊涂透顶！简直是发昏到家了。

可是再想想，我又觉得奇怪。虽说张宝成一贯吊儿郎当，胆气很大。可害人性命毕竟非同小可。他一定会内心不安，情绪不稳，一定会思维混乱，行为失常。而这些天，从我和他的接触中却丝毫也感觉不到这些。他吃得香，睡得好，没事儿就乐呵呵地乱寻开心。哦，不像！一点儿也不像。

“是在哪个水库淹死的?”我问刘宝英。

“曹家沟。”

曹家沟水库我知道。夏天我们曾在那里游泳。那是个大水库，水深达几十米。平素张宝成从吴岭出山，也必经那个水库。不过，那个水库离我们工地足有二十里。来回走一趟，起码得四个钟头。

为了慎重，我又进一步落实：

“是什么时候淹死的?”

“昨天。”

昨天我和张宝成一整天都在挖地沟。晚上没事儿，我们又一起去黄杨沟看戏，一直到半夜才回来。

不！绝对不可能！

我心里轻松了许多。虽然他还被怀疑着，虽然他此刻也许正在遭罪，但无论如何，这一切都不难摸清。最终他将是无罪的！

只是，杨晨虹究竟是怎么死的呢？

尽管我对她印象不好，尽管她对不起张宝成。但毕竟，这太惨了！

六十

调查人员很快到三十号信箱工地来厂。他们先找我，又找赵全亭，最后挨着个儿找民工和知青。

找我谈话是在一间单独的屋子里，提的问题很奇怪。除了张宝成和杨晨虹以前关系怎样？为什么闹崩？最近关系怎么样？是不是有所和解？再就是翻来覆去地问：他俩在这一个月之中是否有过接触？具体地说，是否发生过两性关系？

“不可能。”我回答。

“为什么不可能。”他们启发我，“虽说张宝成已经彻底厌恶她了，可是，也可以占点儿小便宜呀！比如，好说好散，不伤和气。只不过在临散之前，你杨晨虹得答应我一件事……再比如，张宝成力气大，完全可以强制。”

我实在听不下去。站起身：

“这种推论只是你们的想法，用到张宝成身上就不合逻辑！”

“这不是很有逻辑吗？”

“张宝成是个爱和恨都不装假的人。他不可能说出这一套假惺惺的甜言蜜语。如果硬设想他会说出，那就不合逻辑！”

调查组人员显然有些生气，可能他们还从来没有碰到一个知青敢这样顶撞他们。一个瘦瘦的人站起来，很不友好地质问我：

“你敢担保他没和杨晨虹发生过关系？”

这倒把我问怔了。

他俩以前好得如胶似漆。在那种时候，什么事情都可能发生。不，我不敢担保！

想了想：

“我敢担保这两个月中，张宝成绝对没做这种事情！”

这一回轮到他们发怔了。

一个星期后，张宝成被放回来。

一点儿不错，他无罪！

只是短短一个星期，他像变了个人。脸色憔悴，表情麻木，更准确地说，是冷漠！他胡茬长了老长，两颊却消瘦了一截。眼睛里的光是冷冰冰的！

我端来饭让他吃，他不吃。勉强吃了两口，就再也吃不下去。

我提议：虽说不少人已经知道他是无罪的，但还是应当要求公社来人。在全体民工大会上郑重宣布，以彻底消除影响。

他一声不响。半天，才摇摇头说：

“没意思！”

“怎么没意思？这可是关系着你个人声誉，对你今后招工挺重要的！”

他不吭，一动不动坐着想心事。

我感到不解：真相已经大白，这无论如何应当使他感到几分轻松。为什么反而——哦，明白了，毕竟，他是爱杨晨虹的。他咬牙切齿地骂她咒她，他恨不能一刀宰了她，这一切都是源于对她的爱！现在，杨晨虹死了。所有她的过失、她的不贞……都由于她生命的结束而远去，而淡漠，而消失。留在张宝成心底的，只是深深的悲哀！他为她的惨死而痛惜！

晚上，屋子里只剩我们两个人。张宝成才突然声音喑哑地冒了一句：

“你知道杨晨虹是怎么死的？”

我看看他。

“是自杀！”

我浑身都一颤。

事情还是出在县计委主任儿子的身上。

县计委主任的儿子叫汪录平，参过军，在部队上表现不错，入了党，后来复员了，也还努力工作，做人本分。

但是他父亲是县计委主任，这是个实权人物。尤其在招工问题上，名额和指标全在他手里卡着。由于这层原因，上门巴结他的人络绎不绝。毫无疑问，汪录平也沾了他的光。许多无法巴结他却又能与汪录平挂上钩的人，无一例外地对汪录平百般殷勤。

再没有比权力更腐蚀人的了。不知从什么时候开始，汪录平明白了自己的价值。他变得口大气粗，行为放肆，颇有“汪衙内”的气魄，他曾先后与十一名女知青发生过关系。至于摸摸揣揣，更是不计其数。反正，这些人都不会和他反目。因为对她们来说，受屈辱是一时，而能否当上工人，则关系着一生！何况，所有最后惨遭蹂躏的女知青们，哪一个不是以谄媚的态度，主动而不是被动地去接触他的呢！

杨晨虹是第十二名！

杨晨虹想离开农村，想得厉害。又有哪一个知青不想呢？只是对她来说，比一般知青想得更甚。原因在于她从小娇生惯养，受不了农村这份苦！并且她又是一个对生活怀有许多不切实际的憧憬的人。她把城市生活看得太好！她一心想当工人，想早出去！为了出农村，她甚至不择手段，行为卑鄙，包括对张宝成背信弃义！但很遗憾，她心脏和视力却不为她争气。致使好容易碰上的一次机会白丢掉了！

她一直在千方百计寻找机会。

而机会也终于降临了！

杨晨虹的妹妹是七〇届毕业生。这一届毕业生全部留城，被分配在三十八号信箱工作。和汪录平在一起。

杨晨虹通过妹妹结识了汪录平，并且很快和他打得火热。她有本钱，长得还算可以。只不过她最初的动机仅仅是想利用一下汪录平，所以不管外表上怎样亲热，两人的接触其实一直是有限度的！

但是汪录平的欲壑大着呢！他不仅一手牵紧了杨晨虹，想最终吞吃她，同时把贪馋的眼光射向了杨晨虹的妹妹！

应当说，杨晨虹的妹妹才真正算得上个大美人。她长得很秀气，雪白的皮肤，窈窕的腰身，甜甜的笑靥，清澈的眼波。这一切都使她具备了一种无法描述的神韵。为了姐姐的招工，她也不遗余力，先后给汪录平送了不少礼。与杨晨虹不同的是，她是一个矜持而认真的姑娘，在男女问题上很谨慎。

一个月前，事情终于有了眉目。秦川机床厂招工又到县上，名额四十。他们想尽量照顾招收本厂子弟。县计委主任同意了，条件是必须搭配他的四个人。其中也有杨晨虹。

填了表，又去公社盖章，一切都是在保密状态中进行的。眼看胜利在望，汪录平拿出了杀手锏：必须满足他的要求！

杨晨虹想要滑头，但汪录平在这方面比他更有谋略，更精明，挨到最后，她只有就范。不仅失去了贞操，并且与汪录平整整同宿了一个星期。

却不料汪录平紧接着又找到了杨晨虹的妹妹，同样是赤裸裸的交易。要么陪他睡一觉，她姐姐马上出来当工人；要么做个冰清玉洁的女人，让她姐姐继续在农村。而她姐姐在农村又是怎样的状况？难道不会遭到比和男人睡一觉更惨的事么？喃喃，农村那些男人们。

忍辱含羞，思虑再三，杨晨虹的妹妹做出了牺牲。

而事情却并没有到此为止。就在杨晨虹一切手续全办好就绪，准备打捆行李出农村的时候，这位县计委主任出了问题。他和儿子一样，利用招工的权力做了大量坏事，被人揭发。县革委会立即采取措施，对他隔离审查。同时，对他利用手中权力发出的招工登记表和批准的招工名额宣布一律作废！

一切美梦都泡了汤。

而几乎是同时，杨晨虹姐妹俩都发现自己怀了孕。当杨晨虹的妹妹流泪告诉她这一切时，杨晨虹才如梦初醒！才发现从一开始，她就是被汪录平算计好了的！

如何对生养她们的父母去诉说这一切？如何再做个清白而有自尊的人？似乎生活的大网已牢牢罩死了她！她纵有天大的本事，也难以挣脱。

她是满怀着悲愤、满怀着痛苦踏上回吴岭的山路的。她是否反省了自己的行为？包括对张宝成的感情？不清楚。当她最终在水库边站了半个多小时以后，她纵身跃了进去！

张宝成是静静地给我讲完这一切的。一边讲，这个从不流泪的男子汉眼里噙满了泪水。

晚上，已经是半夜了。我出来解手，看见窑洞外的河边上有烟火一明一灭。走近些，原来是张宝成。他拿着香烟，半天不抽一口。香烟烧到了手指。他也不觉得。疏星淡月，风息夜凉，面对着幽幽冥冥的夜空，他想些什么呢？

我没有打扰他，悄悄走开。

天快明时，我一觉醒来，走出屋子找他。发现他还呆坐在原地，像是凝固的！

六十一

杨晨虹死后，张宝成像变了个人。一连十几天，饭不吃觉不睡的，只是闷头抽烟。再就是呆坐着想心事。那些日子，他手指头被熏得焦黑。

半个多月后，他才缓过神儿。

上午，我正在汗流浃背地干，民工连长突然来找我。

“哎，你麻利收拾一下，王师傅叫你去一下哩。”

“啥事？”

“谁毬知道！反正不是瞎事。你吾儿时运来咧！”

三十号信箱由省建筑工程二公司负责基建。王师傅是二公司油漆组的组长。人胖胖的，很和善。昨天，他们班人手不够，让我去帮忙。我干活儿很卖力，他对我印象不错。

我扔下镢头，一溜烟地跑去。

王师傅掂个小油漆桶，正坐在一堆砖头上休息，我跑近去：

“是你叫我吗，王师傅？”

他“哦”了一声，表示招呼，又笑眯眯地看着我，很欣赏地上下直打量，好像我是个大美人：

“嗯，小赵，昨天你干活儿不错。你来我们油漆班干活儿咋样？”

油漆活儿比挖地沟轻松多了，我当然愿意！

“我知道你很愿意。”王师傅说，“不过油东西得有技术。你油过东西没有？”

“没有。”我老老实实回答。

“什么也没油过吗？”

“没有。”

他迟疑了一下，又很快挥挥手，说：“没油过也不要紧！反正这活儿又不是多难！我教你两遍，肯定就会了！”

又说：

“就凭你这诚实劲儿，我就要你。回去给连长说一声，从今天起，你跟着我干活儿！”

我转身往回走。走了几步，连自己也不知道是怎么回事，鬼使神差地又折回身：

“王师傅，谢谢你！”

我不知道我的声音是不是有些发抖。反正，我是很认真、很真诚地说这句话的。过去在学校里，我无拘无束地生活，不知道什么叫低人一等，什么叫寄人篱下，只有下乡后，经受了种种肉体和精神上的折磨，我才发现我在生活中的真实位置。无论我多么自视清高，也无论我多么洁身自好，在许多人的眼里，我不如一条狗！当我从那些不屑的白眼和鄙夷的举动中领受了侮辱后，我对生活中善良的微笑和仁慈的照护便有了一种格外强烈的感受。

师傅什么也没有说，看看我，叹了口气。

王师傅给我领了一套旧工作服，外加两副手套。还告诉我，以后我每月可以去领两回手套。手套是白线织的。我舍不得用，心里打好了主意，攒到一定数量，我要送给庄莲莲，让她织件线衣。

我已经时时刻刻不能忘却她了！

现在，我干的活儿比前些天轻松得多，舒服得多了！

每天，我掂着小桶，晃晃悠悠到新盖好的房子去，用砂纸打磨门窗。这活儿本来应当很仔细，但当我很仔细地打磨时，其他人则全不满意了，认为这是将他们的军。无奈只好睁只眼闭只眼，三下五除二地一打磨，抓起油刷就涂抹。

干了几天，油漆班的工人又有休病假的，并且一休就是几个月。我便向王师傅推荐了张宝成和赵全亭。王师傅一眼便相中了赵全亭，很高兴地让他留下；唯独张宝成，王师傅对他印象不好。我说了张宝成不少好话，但王师傅不信。

又过几天，油漆班又进来几位知青。

王师傅指定我当他的副手，专门管理这批知青。

我感到对不起张宝成。他却满不在乎，说：

“赵世平，你的情我领了，不过干不干油漆工一毬样！反正我挖地沟也是三天晒网、两天打鱼！”

六十二

现在，我真正体会到八小时工作制的好处了！

我们很脏，一连几个月洗不上澡，理不成发，衣服被扯成布条条，像个十足的乞丐。但我们现在可以按时间上班了，可以吃饭不用操心，并且中午有两个钟头归我们。王师傅睡午觉，我们就打扑克。晚上更闲，一连四五个小时，我们都凑在一堆胡聊。除了各式各样的奇闻轶事、下流故事，有时候还不成调地哼几首歌。那些歌大都是忧伤而怀旧的。

有一回，天已经黑了，风拂来，四周显得很凄凉，我们坐在山坡上唱。先是唱《卡秋莎》、《红梅花儿开》，然后是《敖包相会》和《听妈妈讲那过去的事情》。最后不知怎么唱起了小时候我们最爱唱的一首歌：

让我们荡起双桨，
小船儿推开波浪。
海面倒映着美丽的白塔，
四周环绕着绿树红墙……

唱啊唱。当最终沉默下来时，才发现每个人都流泪了！

为什么流泪？是由于悲伤？是由于眼前的处境不好？还是由于这首歌本身的力量？不知道。谁也说不清。只是晚上临睡下时。我才终于搞清楚了，这首歌曾经给我们带来了许多憧憬。那些憧憬全是纯洁、高尚、美丽动人的！而现在，在现实生活中，我们那些憧憬一个接一个地被无情地粉碎了！我们全在为少年时代的理想破灭而感到怅惘、感到惶惑、感到惋惜和难过！

我们是一群被社会遗弃的孤儿！

我们不希望生活是这种样子的！

由于轻松，日子过得飞快！

只是我心里越来越萌生出一种不安！

晚饭后，我无心闲聊，独自到伐鱼河边去散心。

这里叫钓鱼台，河边设有姜子牙庙。离老远，就可以看见河中心矗立着一块巨大的石头，上面镌刻着“孕璜遗蹼”四个大字。相传三千多年前，姜子牙每天跪在那块石头上执竿垂钓。有一天，一个樵夫笑话他说：“老丈，看你线上那针，直而不曲，似此只怕钓一百年，也钓不起一条鱼来！”姜子牙嗬嗬一笑，道：“宁在直中取，不向曲中求，不为锦鳞设，专钓王与侯。”

刚下乡的时候。我们曾进到子牙庙里去看过，也试图爬上河中心那块大石头；但没有成功。我们曾一边喝着山泉啃锅盔，一边感慨地谈论着历史；也曾默默地伫立在河边，思索岁月的无情流逝。但渐渐地，这些古老而动人的传说便褪了色。在现实生活面前，我们都变得实际而又实际。招工、参军、干活儿、挣工分、买盐买油买醋……所有这一切像伐鱼河中那些永无休止的漩流，把许许多多的杂枝芜节都旋在其中。我们不再多愁善感，不再温良恭俭让，不再狂热躁动，甚至来来回回走过它身边，连多看一眼的兴趣也没有了！

而今天，是怎么啦？我心头为什么沉甸甸的。

也许，不完全是沉甸甸，这里面更多的是一种惆怅，一种空落，一种孤独……我为什么神不知鬼不觉地就来到了这里？是想独自呆坐片刻，还是想静下心来，好好思索思索……

思索些什么呢？

这儿是伐鱼河的出山口，地势很开阔。四周围满是麦田。时令已经阳历五月，麦田中不时镶嵌着一块块的油菜地。油菜全开花了，黄灿灿的，非常艳丽。河两岸的柳树不知是何年何月栽下的。粗大而茂密。也许是由于石块挤压和水流冲击的缘故，这些树木千姿百态，有些挺得笔直，有些弯曲若俯，更有些把树梢多情地吻向水面……

我在岸边站了一会儿，随后脱了鞋。河水清凌凌的，一群梭鱼正兴高采烈地聚在一处争夺食物。我刚伸下脚。它们便倏地四下逃散。只有一只螃蟹很镇静，不动声色地蠕动着。它似乎发现有人来，想悄悄地潜到旁边那块石头底下去。

四周真静。偶尔掠过一阵风，也是温柔而甜蜜的，像一只娇嫩的手在你脸颊上轻轻抚弄。一切都那么飘渺，那么莫测。生活，就像从我脸颊上掠过的那阵风，过去了，就再也不回来，只留下许多令人咀嚼的东西。欢乐的，使你回忆起来备加惆怅；哀愁的，却一切都淡远了……哦，往事如烟如云。

太阳已经远远落在地平线下，只有云层中挤射出来好看的霞光。但是这霞光也很快消失。伐鱼河四周被一层暮色笼罩住。那些白天望去葱茏而峻伟的山峰，都变得影影绰绰。朝山里伸去的那条小路在前边拐个弯儿，就消失了踪影。远远望去，一片神秘和深沉，给人以悲壮凄凉的感觉。而脚下的流水也仿佛被这悲凉的气氛所感染，变得轻柔而均匀，仿佛娓娓向你诉说……哦，它是从我们十二盘流过来的！它是从我住的那间屋子门前流过来的！

它要向我诉说些什么呢？

六十三

一连几天，我干活儿都懒洋洋的提不起精神。休息时，也不再和别人开玩笑、打扑克，总是呆呆地出神儿。

王师傅发现了，问我怎么了？

我如实对他说，想请几天假。

“回宝鸡？”

“不，回生产队。”

他不解地看我一眼。

“我们队还有一个女知青，孤单单的。”

他马上明白了：

“是你对象！”

我没有作声。我不想解释，也解释不清。小时候，我以为世界上没有说不清楚的事情，但是现在，当我长大了，并且面对着复杂的生活现实时，我才发现世界上其实有很多事情是讲不清楚的。何止讲不清楚，连想清楚都不能。就像此刻，我心里充满了迷惘和惆怅，甚至还有那么一种小小的悲伤，但是这一切复杂而微妙的情绪是从哪里来？又会向何处去？

说不清。是真的说不清！

也许是我真诚的表情打动了他。王师傅想了一下，很痛快地挥挥手：

“你回去吧！不急回来。给你三天时间够不够？不够还可以再长些。五天，怎么样？你放心，工分我让他们给你照记。我知道将来招工要凭工分。”

我没有说一句感谢话。

我发现，凡是大说感谢话的人，其实心里并不一定怎么感谢。

真正想感谢谁，往往是说不出来的！

我连衣服也顾不得换，匆匆就上路了。

顺着小路一拐进山里，我的脚步竟越走越快，快得简直像飞跑。我连自己也意识不到，现在，无论承认与否，“家”的概念已经在我心中深深扎下了根。我想“家”，恋“家”，为这个“家”而操心。

哦，“家”是怎么形成的呢？也许，人类最初并没有某个天才设计出来了“家”，并且为之安排“家”的组合成分。“家”只是人们在严酷的现实面前，自然而然筑起的一道坚强屏障！在这个屏障里，人们能够享受到温暖，享受到信任，可以熏陶出那使人类得以繁衍和生息的崇高的义务和责任！这一切都源于自然，长于自然，自然得使人丝毫感觉不出它已经筑成！甚至感觉不出自己在为它忠诚而无私地献身！

虽然我出山不过一个多月。但这一个多月正是一年中最旺盛、最蓬勃、最有活力的季节，山里已经全然换了个天地。山，更绿了；水，更清了。而满山的花儿也全都开齐了！红蓝黄白，像是在竞赛。一团团的锦簇云涌，一片片的芬芳浓郁……只是，我顾不得看这些！

我急着回“家”！

路旁长满了五味子。五味子才结出籽粒，一片青色。到了秋天，它会变红变紫。一咬进嘴里，酸甜可口，健胃生津。除了它，那些山杏都长熟了，颜色艳丽，十分诱人，尤其是有一种叫羊奶子的果子，非常好吃。一路上随时可以顺手摘到。

只是我没有摘。

我急着回“家”！

四五个小时的路程，我只用三个多钟头就赶到了……农人们还在山坡上干活儿，一只肥胖的母鸡领着一群小鸡娃，吱吱喳喳地在麦场边踱步。小鸡娃乱飞乱跑，而老母鸡则神态安详，一下一下地迈着步子，使我马上想起一个时髦句子：“一步一个脚印”。偶尔，小鸡娃跑远了，老母鸡便“咯咯”几声，算是一种慈爱的照应……

在独木桥上。我碰见了乖艳。这一回是她主动招呼我：

“回来了，老赵？”声音轻轻的。

“回来了。”

她迟疑了一下，似乎有话要说，可又不知该怎么说。

“你病好些么？”我问她。

她笑笑，不回答。

“想开些，身体要紧！你还年轻，还要继续过日子哩嘛！”

她还是一笑，眼里却噙了泪珠。

我不敢多嘴了，转身走开。才走几步，听见她叫：

“赵世平！”

我惊讶地踅身。

“长生还留下些锯呀刨的，你拿去吧！”

“我又不会木匠，给别人吧！”

“换个人我就不给！我把它沉到潭里去呀！”她说，十分坚决。

我突然惊奇地看到了原来的那个乖艳。

村子里静悄悄的。

屋门紧关着，却没上锁。推开门，里边黑森森，迎面便扑来一股阴凉而潮湿的寒气！看看案板上，满是一层灰。看看水桶里，是前几天积存的水。再掀开锅盖，空空的，锅底已经长了一层锈斑……显然，庄莲莲这些天没有在这儿吃饭。只是屋里铁丝上挂着的几件新洗的衣服和桌子上摊开的那本笔记本，说明她今天还在厨房里呆过！

我出门去找，生产队部、磨房……却哪儿也找不到。

跑到吉香家。吉香她娘说：

"刚才还见她出工哩！怕是在仓库北院晒玉米种。"

我又赶往仓库北院。果然，她在晒玉米种子。她坐在一张小凳上，侧身对着我，手托着腮帮，呆呆地出神。几只麻雀正在席上蹦蹦跳跳地吃碎粒，她却根本没感觉！

我呆住了！

她的变化多大呀！下乡几年来，她脸色从来都是红扑扑的，洋溢着健康和快乐的气息。而现在，她脸色明显地发黄，脸颊瘦下去了好多。尤其是眼神，忧郁、惆怅。还有一种用语言所无法形容的孤独和悲哀……她的身子凝然不动，脸上的表情也凝然不动，一切都像是僵硬着的……

"庄莲莲！"

她头微微动了一下。

"庄莲莲！"

她倏地扭身。突然眼睛亮了一下：

"赵世平！"

她站起来，似乎高兴得要扑过来，但是，突然一扭身，抽抽嗒嗒地哭了。

“怎么了？”我弄不清是怎么回事儿。

她不回答，只是哭。哭得呜呜的。

“到底是怎么回事？”我急了，一把抓牢她肩头，“是不是有人欺负你？”

她使劲儿摇摇头，又用袖子抹去泪水，说：

“没事没事。什么事也没有！我是高兴的！”

又说：

“今天一早上，我就听见树上喜鹊叫。我想着会不会是你要回来。这不，你真的就回来了！”

又擤了一下鼻涕，喜眉笑脸地：

“你吃饭了没有？我买了五斤鸡蛋，都给你留着呢！我去给你做饭。”

说着，不管三七二十一收了玉米种，跑出院子，又跑回我们屋子，先是提了桶，去打水，又擦洗案板，擦洗锅碗、扫地……

“咋回事？”她忙碌不停，脸上洋溢着压抑不住的兴奋，“你一走，我发现咱屋子里寒森森的，吓死人！你一回来，连光线都亮了一截！”

我心里突然酸酸的。

趁庄莲莲做饭的空儿，我在门口转了一圈。

我这才发现环境已经起了很大变化，冬天我砍了几十捆柴，全堆在溪边一块平坡上，现在柴堆已经几乎不存在了。只零零星星地剩几根细树枝。再看看，我在门口栽的两根搭衣服的杆子也被人拔走了。

怪不得庄莲莲把衣服搭在阴暗的屋子里。最可恨的是，连搭厕所的木架也被人偷走了！

转到自留地的时候，我又发现我种的菜连一点儿也不剩，全被人摘了。地里还清晰地留着几个小孩子的脚印……

晚上，她发现煤油灯里油浅了，提着油壶去打油。

前脚刚走，占香她娘就进来了：

“回来吧，老赵，覅去做民工咧。”

我望望她。

“打你一走，可把莲莲熬煎咋咧！”她颤巍巍地说，“你走头几天，她不吃也不喝，光哭哩！后来大家都劝，说你干够半年还回来哩嘛，这才好些。现时又不行了，一天做活儿没心思，吃饭没心思。眼看着人就瘦了一截。老赵，莲莲一个心眼儿，都搭在你身上咧。”

我一句话也没说，心里翻腾得很凶。

“咱村子里有瞎瞎人哩！你看着了没有？把你撂下的柴捆子全偷光咧！我看不过眼，让娃她爸守护两天，守护不住咯！大白天就明着抢，都说反正知识青年迟早要飞，抢不抢一样咯。

“你在家，谁想发坏也不敢！你一走，人家可就胆壮咧！有事没事敲门，想占女娃家便宜！不是莲莲心气硬，只怕早落下坏名声咧！先天，莲莲和蛮科翻了脸，还朝他脸上搧了一下，又要去寻公社，蛮科才变规矩。”

我一句话不说，铁青着脸。我一下乡已经五年了，我已经熟悉了农民，懂得了农民。他们是一群勤劳的人，是一群像牛一样在贫脊的土地上躬耕的人。但同时，他们又是一群没有经受过文明洗礼的人，是一群眼浅心狭的人，会为了一丁点儿的小利益谄媚讨好，也会为了一丁点儿的小甜头翻脸摆威。哦，究竟该用什么字眼去准确地描述他们呢？

我忍着、忍着，但是终于忍不住，“腾”地跳起，抓把斧子就朝门外奔。

吉香她娘一下子吓呆了，颤颤索索地追上来：

“老赵，你做啥？老赵，这是咋咧？”

但是她追不上我。我已经什么也听不见。什么都听不进去了，我一阵风地跑到王蛮科家，门关着。我上去就是一脚，没踢开。里边是插死的。只抖落下一层灰。

“开门！”我大吼。

“谁呀？”是翠春。

“开门！”我恶狠狠地叫。

里边没声音了，大约听出了是我，并且从我的声音中听出了火药味儿，足足过了十多秒钟。翠春才又问；

“得是老赵？你回来了？啥时回来的？”

但是我根本不回答，又狠狠踢门。门不结实，被踢得摇摇晃晃。再来几下，它就会开，实在踢不开，我也想好了，抱根木桩撞开它。

不过没等我抱木桩，门“咿呀”开了，翠春站在门口：

“老赵，咋么咧？你气色不好。进来吧，屋里坐。”

“不坐！”我一脸狰狞，“蛮科哩？”

“他去山外开会了。”

我不信，迈腿就往屋里跨。

“真去山外开会了。我要骗你，雷劈我！”翠春说得很坚决，“不信，你进屋寻。”

她一把掀开门帘。

这一下我倒没了主意。

想了想，我应当冲进屋子，把他家里的东西乱劈乱砸一通，以发泄忿气，以显示威风，以惩罚恶行。可是，可是翠春正眼巴巴地望着我，眼里有一种乞求，有一种讨饶，有一种说不清道不明的羞辱和委屈。这使我不忍心这么做了！无论如何，不该株连！翠春是个好女人，平素和我们处得很好，见了我总是关心地问寒问暖。这些问候不是套近乎，不是假殷勤，是真切的，诚实的！她的眼神突然提醒了我：这个家不光是王蛮科的，更多地是她的！她像燕子衔泥般，一口一口地筑起了自己的窝。

不，我不能劈！

可是，总不能白来一趟——

我内心斗争得很激烈，一种强烈的发泄欲和理智在交锋。

忽而发泄欲占了上风，我肝火直冒，恨不能由着性子乱抡斧子。忽而理智占了上风，我便一声不响，拧紧着眉毛，脸色铁青。

最后，我一扭头走出院子。临出院子前，我用斧头一砍，那扇可怜的门板就裂开一道大口子。

翠春急急忙忙追上来，拉住我一只袖子：

“覅急走！老赵，覅急——”

我睬也不睬。

“我有话给你说哩，老赵——”

我停住脚。

“我知道你为啥来。”翠春说，脸烧得通红，“老赵，这事不怪天，不怪地，怪蛮科他自己。我打早说过，人不敢做瞎心事。做了瞎心事，今儿不报应，明儿报应；今年不报应，明年报应，这不，你掂着斧子来了。”

我怔怔地，不明白她说着些什么。

“好在他没有得逞。他没眼力，以为莲莲好欺负。莲莲一动真，他鬼胆不够了！我先天已经给莲莲说咧，要是气还不顺，就往公社告。我陪她一起告！蛮科是这几年当干部当瞎的！再早，他不打人，不骂人，不欺负人。现在手里有权，一天板脸摆威。老赵，他这样下去，我看着也不行。你给拿个主意，除了剁他头我不做，你咋说，我跟上你咋做。”

这倒突然！

想了想，我对翠春说：

“没你事！”

转身就跑。一直跑到村子中央，我双手叉腰，连一口气儿也不歇，瞪圆眼睛就喊：

“全村人都听好！谁把知青点上的柴捆偷了去，我日他先人！今儿晚上，谁偷了谁送回去！要是不送，我明儿把驴日的耳朵剁了去！”

又喊：

“从今儿开始，都把自家娃娃伙管好！谁不管好，让娃娃伙偷我的菜，我把野汉日下的胳膊卸下！叫野汉日下的绝种。”

越骂声越大，越骂越来气儿。我连自己也不知道是从哪里生出的邪劲儿，又跳脚又拍门额，和平日里完全成了两个人，直到庄莲莲火急慌忙地跑来，一把捂住我嘴。

六十四

第二天中午，王蛮科回来了。

下午，我正在自留地里补种菜苗，突然看见他和一群社员正去北坡上工。见到我，大伙儿全有些不自在，嘴里亲热地问："啊老赵，种菜哩嘛？"眼睛却偷偷直瞥王蛮科。

大约王蛮科觉察出这一点。他很尴尬，却又不能失掉威风。镇定了一下，他脸上的表情突然显出一种坚决和狰狞。

"赵世平，你过来！"

"干啥？"我一手拄镢，斜着眼。

"不干啥，叫你过来！"

"不说干啥，我不过去！"

"你吾儿架子还大？"

"你吾儿！"我回敬他。

他脸一下子红了，但这不过三五秒钟：

"听说，昨黑了你到我屋去想劈我，有这事么？"

"有！咋？想让民兵绑我么？"

"要看你自己的态度哩！"

"我没态度！"

"没态度我就绑！"

"绑你娘个×！"

他愣了，想不到我会这样直截了当地骂他。

"你吾儿，还……还骂人？"

"骂你咋了？"

“咋了？”他冷笑一声，彻底镇静下来，“不咋。”转过身叫，“宝宝！”

“哎，到、到哩！”宝宝慌忙站出人群。

“去集合民兵！”

“哎，哎，蛮科，怕不合适。”

“叫你集合就集合，出了事我担着！”

宝宝不敢违抗，急慌慌地走了，刚走两步，又停住。看看我，又看看王蛮科：

“哎，其实你两个——哎，老赵，蛮科，你两个都是革命英烈！都热情大很！哎，熄熄火，抓革命促生产，干部团结紧。”

“团结你娘个×！”王蛮科狠狠地骂，“赶紧去。”

我心里突然一阵紧张，虽说在气头上我敢找王蛮科拼命，但归根结底，他坐在权力的位置上。他手里有革委会的大印！有一个连的民兵！只要平心静气地想一下，就会明白，论动真格的，我远不是他的对手。何况，山高皇帝远。在这偏僻的大山沟里，他尽可以为所欲为！

怎么办？

“我实话告诉你，”王蛮科更加狰狞地逼近我，“你知识青年是老虎，我王蛮科不敢动。可老虎现在卸了胳膊掉了腿，只剩你一个咧！我要连光杆儿你一个都不敢动，也就太没胆气咧！我先不问你旁话，黑了你和庄莲莲有事没事就朝一搭儿钻。都做下些啥事？老实说！”

我突然猛地被提醒了！

军婚！乃娥的男人黎三屯现在正在新疆当兵！

关键时刻，嘴不能软，腿不能软，哪怕刀架上了脖子。

我也开始冷笑，开始狰狞地看着他：

“我也实话告诉你！我虽然少了胳膊少了腿，光杆儿一个，可还是老虎！你欺负别人可以，欺负我，没门儿！你还想问我哩！我先问你，谁和渚头坪的乃娥黑了偷偷钻沟里？在窑里偷偷摸摸到底做些啥？”

他一下傻眼了。

“告诉你，我和庄莲莲不拘咋么好，都受保护！不犯法！你和我性质可就不一样了！王蛮科，实话掏给你，我对你手下留着情哩！我要不留情。告你一个破坏军婚——少则三五年，多则一辈子！你自己掂量掂量，担戴得起？”

他更慌张了。

我笑得更加狰狞：

“你还想绑我哩！咱俩走着看，谁绑了谁！日你先人！”

说着，我把铁锨一扛，连正眼儿也不瞅他，走了。

才到家，没十分钟，王蛮科像个影子似的跟来了。

“干啥？”

他没回答，竟破天荒地朝我一笑。

这是什么意思？

猜不出！

猜不出也就不猜！我不理睬他，独自忙活。他有几分尴尬。看见灶前有一堆没劈开的枫木柴，顺手就掂起斧子，噼噼啪啪地卖力劈。劈完了，又一根根码好。码得横齐竖直，简直像艺术品。这真是稀罕！

我还是不理他。

他把头上戴的那顶单帽子抓在手里，就势抹了两把汗。又从上衣兜里掏出一盒烟，想吸却又没火。正好一只猫窜过来，他就逗猫玩。他手拿根柴棍，上面绑个线球，一扬一扬。猫便不停地抓扑。他一边玩，一边不时偷眼看我，偶尔有两回，猫儿扑空。在地上滚成一团。他笑起来，声音刚展开，又倏地收住，担心地看看我。

猫终于跑走了，我的风箱也开始拉动。王蛮科凑过来，从灶膛里拨出一块炭火，就着吸烟。

“老赵，”他这是头一回这样称呼我，声音是谦卑的，带着一种赔不是的口气，“你生气了？”

“听谁说？”

“不用听谁说，一看你眉眼，嘿嘿。”

我只是用鼻子“哼”了一声。这一声很难说清是什么意思。似乎是对他说话的反驳，又像是对他说话的认可，还像是对他不屑一顾。在这种时候，我确实不知道用哪一种态度对他更好。只有一个原则我是牢记于心的，决不能犯软，当东郭先生！

想了一下，我首先警告他：

“王蛮科，今儿我正式通知你，往后你敢动庄莲莲一指头，我要了你的命！”

他脸刷地灰白。

“听清了没有？！”

他乖顺地点点头，这倒使我消了些气。

停了停，我问他：

“我和庄莲莲到底咋了？你把话挑明。”

他眨眨眼，不知该怎么回答。

“你不是一天像特务盯着我俩哩嘛！你说说我俩到底做了些啥？只怕可怜，连你和乃娥的一半都不及。”

他脸色又变得灰白。

足足有十多秒钟。

“老赵，”他又开口，声音平静些了，“你认得乃娥啊不？”

“当然认得！”

“认得就好。”他说，又闷头吸烟，连吸几口，“乃娥也认得你。她说过，你一看就是个好人。”

这是干什么？灌迷魂汤？

“我对你实说，嵗一年，山里面几个队联合唱戏哩。”他自顾自说起来，眼睛不看我，“我也去了，偏偏乃娥和我一搭儿。她也爱唱，比我唱得清亮、腔正。戏班子是农闲凑起的，咱十二盘没大地场，每晚上到关尔下去排练。我两个每天结伙儿去，结伙儿回。提个灯笼，一来二去地翻坡，没曾想好上了。”

这真巧！他和乃娥竟也是在翻越十二盘坡上开始的。

“嵗阵子，我不吃饭不觉饿，不睡觉不知乏。她哩，走起路来风刮地。见我脸就红。排戏哩，黑压压一屋子人，我和她眼睛也不知咋就对到一处。她忙扭头，和旁人说话。说不几句又扭身，眼光可又对上了！臊得她一捂脸，埋得低低的。”

王蛮科放下烟，眼里突然亮了一下。

“我要是早说破早打主意，啥麻达也就都没有了。偏偏我心性强，一心要置办好新房哩！我出死力干活儿。挣呀挣，没挣出个人民币，倒挣出个困难时期。困难时期人都过不成了，隔几天就躺倒一个！乃娥家娃娃多。我一看不是事。就找人给她爸说，我要娶乃娥哩！她爸说行，不过得拿五百元。没钱也行，用粮顶。放现在，八百斤粮食我也凑哩！可嵗一年哪搭儿寻去？连老鼠洞里都空空的。不怨乃娥她爸心狠，乃娥她娘吃葛根得下浮肿病，乃娥也瘦成个鸡爪长脖。饿成嵗样子，哪搭还有爱不爱哩。”

王蛮科嘴里还叼着烟，却再没吞吸一口。足足有半分钟，他就这么一动不动地凝固着，像一尊木雕。又过了一会儿。他喉骨节一动一动，像是在咽唾沫，又像是在拼命控制情绪。

我突然心里一阵沉重。真没想到，这个凶狠而冷酷、善于狐假虎威的人也曾经有过那么动人的爱情。这爱情的结局是什么，他不说我也清楚。

可是这毕竟是从前的事情了！从前的王蛮科和今天的王蛮科不是一个人！就像我，已经不再是脖子上戴着红领巾的三好学生！生活多么强大！生活又是多么坚决地在改造着人！如果王蛮科和乃娥的事到此为止，那我会很同情他，他和乃娥也会在我心里留下一个很美好的形象！但是生活却并没有到此为止。他还在继续朝前走，并且学会了为非作歹，欺辱乡邻。当他召集人痛打李长生时，他是否因为自己有过相同的经历而产生一丝儿同情？他扪心自问过吗？不，他的所作所为告诉我，不能丧失警惕！

“嵗阵子黎三屯才不满十岁，有个哥在外面混世事，手里头有几个钱，又凑了些粮票。就和乃娥订了亲。说是订亲，其实是买人哩！乃娥挎了个小布包，跟上人家就走。我在村口堵住她，问：‘你真咯要和他过一辈子？她朝我一笑，啥也没说。我想着她要回头看看我，可她根本没回头。我想着她要哭几声，可到底没见泪蛋蛋——”

王蛮科闭了闭眼睛，微弱的光线中，我分明看见他干涸的眼睛里慢慢渗出了泪水。泪水在眼眶里打着旋儿，终于，垂挂在睫毛上，又从睫毛上一下子跳到脸颊。他就任凭着泪水停留，一动不动。

“她走了。我哭了一天，就差眼里冒血。哭毕，我心里轻松了，拿上镢头就去做活儿。老赵，我给你掏实话。我和乃娥确实有事，早几年，还你有情我有意地真好。现时都是耍哩！耍过就丢手！她有她的家我有我的家，我和她是野雀乱踏窝，图个快活。”

我心里一阵反感，几乎要呕吐。

“老赵，我想跟你和了哩！我再不找你麻缠。坚决不！你也不暴露我，行嘛不？”

原来如此！

绕了半天圈子，他只是担心我告他破坏军婚！为什么他的心思就不用在认真回顾一下从前，不用在反省一下自己呢？有了这样的经历。却依然这样卑俗，这样猥琐，这实在可悲！

但无论如何，这是保证双方互不侵犯的最佳方案了。我默默地看看他，点了点头。

六十五

第三天一大早，我就出山了。

我拿定了主意，回生产队！

庄莲莲过这样的日子，我心里真像被谁用刀子扎！

回到三十号信箱工地，我先找到民工连长，告诉他我要回队去了。至于队上再派谁来，等我回去以后再定。他倒很干脆，说：

“走走！毬，这事情么，又不是你和我的事情。三十号信箱建成建不成，有毛主席老人家操着心哩。”

我又去找王师傅。

王师傅听了，半天没有吭声。后来才说：

“你要走，我也不能拦你。不过你能不能晚十天半个月再走。你看，现在正式工人泡病假的泡病假，偷懒的偷懒，剩下两个还成天去造反。干活儿全凭你们知青。你当知青头儿已经顺了，我也很放心。猛一下走了你，工作得受些影响呢。”

他说得很诚恳，很实在。对这样一位宽厚的老工人，我实在没有勇气拒绝！

反正，也就是再干半个月！

晚上，我和张宝成呆在一起，他问我：

“你咋又突然要回队？你在这儿干得正美，又轻闲又省心！”

我突然产生了一种强烈的愿望，想把这一切讲给别人听。不讲出来，我觉得心里很憋，很闷。而讲给他听，是最合适不过的。

我约他出去走走。一边走，我把一切都讲给他听，讲得原原本本，不加掩饰。讲到这一次回队的情景，我禁不住流了泪。

张宝成头一回没有嘻嘻发笑，听完我的讲述，沉默了半天叹了口气说：

“悲剧！”

天很黑，周围很安静，只有流水声在响，是一个谈心的好环境！

“看样子，庄莲莲真是爱上你了！”他说。

我点点头。

“你也有点儿爱她。”

“可能。”

“别说可能。到底爱不爱？”

“我真的不知道。”

于是我又把我所有的思考讲给他听。

他听得很专注，一声不响抽烟。抽完了，又续上一根。

我问他：

“要是你处在我的位置。你怎么办？”

“我么？”他连丝毫犹豫也没有，很痛快地回答，“我就不顾一切地和她好，能好多久就好多久！”

“这不道德！”

“什么叫道德？”

“我已经说过了，我还不知道会不会真爱她！我当时冲动了一下，只是因为寂寞。”

“可她是真心爱你呀！”

“问题正在这里。她是真心。而我只是——说难听点儿……玩玩……”

“你看你，你看你！”张宝成有些生气，说：“你总是用一种学生守则上的规范来衡量人和事！怎么叫个玩玩？对她那方面来说，她并不是不清楚你只是和她过一阵子。可是她并没有放弃爱你。这就是说，这一段对她来说是很宝贵的！很可能，她这一生中再不会有这种爱！要是失去了这一段，她会遗憾一辈子！懊悔一辈子！从这个角度去想，你就不会那么假正经！让我说穿了吧，赵世平，你其实是个胆小鬼！你不是不想，你只是害怕舆论，害怕对她负责。你自己想想，你那些道德是一些他妈的什么玩意儿！你是不是在冒充正人君子！”

我第一次听到这种对道德的注解。它和我从小接受的教育完全不一样！

大概他觉得这些话太刺伤我，沉默下来。

又停了一会儿，他说：

“……你用不着骗我。我看得出来，你多少是爱她的！”

六十六

我开始掰着指头算日子。

第一天很快过去，紧接着是第二天、第三天……

刷子一下一下挥动，灰褐色的油漆便在门窗上留下一道一道的印痕。门窗是用刨子刨过的，散发着一股木头的香气。

门窗为什么要漆成灰褐色？我不知道，也不理解，只觉得很不好看。哦，也许这是一种反叛！前几年，最时髦的颜色是大红。红彤彤的语录本、红彤彤的袖章、红彤彤的旗帜……不是到处都在搞红海洋么！连城市里的墙壁也要求全刷成红色的。让人一走在街上，就觉得心里紧张，觉得什么地方失了火！

而现在，人们对红海洋厌倦了。

刷油漆确实需要技术。首先，油漆要蘸得不多不少，这才不会滴漏。这是为革命刷门窗，为革命节约。其次，不能上下左右乱刷。得顺着木纹，一下一下刷，使油漆能够均匀地渗入到木头的每一缝隙中。最后，往高处刷时，刷子要两面轮流甩，并且运动的速度要快。否则，那些停留在刷子上的油漆便会顺着刷把流下来，一直流进你的袖管。

每天，我一边机械地刷着门窗，一边想着庄莲莲。说好了办完手续就回去的。而现在——她不知该怎么担忧，怎么焦急呢！

一边刷，我不由自主咀嚼着张宝成的话。这些话我已经咀嚼无数